父爱的
力量

名家忆父亲

朱永新 主编

团结出版社

图书在版编目（CIP）数据

父爱的力量：名家忆父亲 / 朱永新主编 . -- 北京：
团结出版社，2022.7（2023.4 重印）
ISBN 978-7-5126-9447-7

Ⅰ.①父… Ⅱ.①朱… Ⅲ.①散文集－中国－现代②
散文集－中国－当代 Ⅳ.① I266

中国版本图书馆 CIP 数据核字（2022）第 100061 号

出　　版：团结出版社
　　　　　（北京市东城区东皇城根南街 84 号　邮编：100006）
电　　话：（010）65228880 65244790（出版社）
　　　　　（010）65238766 85113874 65133603（发行部）
　　　　　（010）65133603（邮购）
网　　址：http: //www.tjpress.com
E-mail：zb65244790@vip.163.com
　　　　　tjcbsfxb@163.com（发行部邮购）
经　　销：全国新华书店
印　　装：三河市东方印刷有限公司

开　　本：145mm×210mm　32 开
印　　张：10.375
字　　数：204 千字
版　　次：2022 年 7 月　第 1 版
印　　次：2023 年 4 月　第 2 次印刷

书　　号：978-7-5126-9447-7
定　　价：59.00 元
本书部分文字作品著作权由中国文字著作权协会授权，申话·010-65978917，
传真：010-65978926，E-mail：wenzhuxie@126.com。

目 录

第二编　诗书传家

第三编 岁月的印记

第四编　分离与成长

父亲是男人最重要的工作（代序）

一

在中国古代，父亲在家庭和家庭教育中具有非常重要的地位。《三字经》云："养不教，父之过"，父亲不仅是一家之主，也是家庭教育的重要责任人。

中国古代流传下来的家书、家训，从《颜氏家训》到诸葛亮的《诫子书》，从《袁氏世范》到《朱子家训》，一直到近代的《曾国藩家书》，也无一例外地是由父亲主导撰写的。

进入现代社会之后，随着男性承担社会责任的加重，逐步形成了"男主外，女主内"的社会分工，家庭里教育儿童的主力逐步由父亲让位于母亲，父亲参与不足甚至父亲缺位成为比较普遍的现象。

全国妇联儿童部 2016 年发布的《第二次中国家庭教育现状调查分析报告》显示，"家庭教育分工距离'夫妻共亲职'的理想养育观念和模式仍有较大差距，近一半的家庭在不同方面存在子女教育中父亲'缺位'的情况"。

根据英孚教育联合腾讯教育频道的问卷调研显示，在近 5000 个被调查者中，78% 的人认为父亲陪伴孩子的时间不够。仅有 6% 的父亲会把 80% 以上的业余时间用来陪伴孩子，但用于亲子共读、科学探索等高质量的互动仅占不到 25%。在农村，情况更不乐观。根据有关调查，在六千多万的留守儿童中，父亲外出的就占到了 40% 以上，4.3% 的留守儿童一年中与父母的电话平均不到一次。父亲在家庭教育中隐性或显性缺位的情况，在核心家庭、传统家庭、婚内家庭、离异家庭的各种家庭结构中，都比较普遍。

在国外，父亲缺位的问题也比较突出。"二战"以后，因大批男性在战争中失去生命，引发了学界对"父亲缺位（Father Absence）"（父亲在家庭中的缺失）的关注。从 20 世纪 40 年代到 20 世纪 70 年代，众多研究者聚焦于"父亲缺位"对儿童教育产生的结果，在与母亲角色的比较研究中寻找父亲对于儿童成长发展的独特意义。这一时期的代表性研究包括父亲作为性别角色模范对于儿童性别角色发展的影响、对比有父亲养育陪伴的儿童和缺少父亲养育陪伴的儿童的成长状况，以分析"父亲缺位"给儿童发展造成的不良后果等。

　　进入 20 世纪 70 年代以后，伴随着欧美各国离婚率和未婚生育率的不断提高，"父亲缺位"的现象也更加突出。1975年，父亲角色研究领域的先驱兰姆（Lamb）博士发表了《父亲：孩子发展中被遗忘的贡献者》一文后，西方研究者开始对父亲参与家庭教育产生兴趣。1985 年，兰姆与普雷克（Pleck）等人首次提出了父亲参与概念的模型，这一模型将父亲参与的概念定义为三个维度：投入程度（engagement）、可及程度（accessibility）、尽责程度（responsibility），这三个维度同时也构成了评价父亲参与的框架。其中投入程度指父亲直接参与照顾儿童，主要是与儿童的直接互动，如喂饭、陪伴玩耍、辅导学习等；可及程度指父亲与儿童的可接近程度，父亲可能并没有与儿童直接联系，但儿童在需要时能得到父亲的帮助；尽责程度指父亲在抚养儿童时，多大程度上满足儿童成长所需的资源需求，承担有关其教养的责任。

　　这一概念框架后由普雷克（2010）修订完善为五个维度：积极投入活动（positive engagement activities）、温暖与回应（warmth and responsiveness）、控制（control）、间接关怀（indirect care）、过程责任（process responsibility）。这　时

期，许多学者开始察觉到家庭的系统特征，父亲不再被视作家庭中一个孤立的个体，而是作为家庭互动网络中的一员来看待，研究者开始依托多种理论观点开展更深入的研究，如生态理论、家庭系统理论等。

从 20 世纪 90 年代后期至今，欧美父亲角色定位经历了四个阶段的演化——从道德导师(the moral teacher)、养家者(the breadwinner)、性别角色模范(the sex-role model)到参与的父亲(involved father)或新养育型父亲(the new nurturant father)。随着研究的不断深入，研究者意识到大多数父亲在家庭养育中所承担的角色是多元的，而父亲在不同角色上的相对重要性有所不同(Lamb, 2010)。另外，这一时期父亲研究在理论模型建构上也有了较大发展，其中影响较大的，如阿马托(Paul Amato)运用社会资本理论发展出关于父亲身份的资源定向模型，布朗芬布伦纳(Bronfenbrenner)家庭生态系统理论的不断发展完善，克兰珀(Krampe)和牛顿(Newton)从儿童视角出发重新定义并构建父亲在位(Father Presence)理论的动力模型等。观念的变化和理论分析工具的日趋成熟让许多研究者得以重新反思和检验前辈的研究结果，推动着父亲研究各细分领域持续而深入地发展，同时影响着父亲参与教养的相关实践和政策制定。

二

每个成年男子都有不同的工作，但无论做什么，他最重要的工作之一就是做父亲。奥巴马曾经在一份声明里说："身为两个女儿的父亲，我知道作为一名父亲是任何一个男人最重要的工作之一。"在他看来，做父亲的重要性丝毫不亚于做总统。

在我们日常生活当中，有三个词最能形容父亲：

一个词是"影子"。意思是父亲虽然存在但是无法看见。他们每天晚上很晚回家，早上又早早上班去了；

另一个词是"取款机"。父亲的任务就是在外面打拼，给夫人、孩子提供金钱的来源；

还有一个词是"魔鬼"。很多家庭把严父慈母的分工推行到了极致，父亲扮演着凶狠的角色。

毫无疑问，父亲在生活中通常扮演的这三种角色，并不符合父亲本应具有的定位，也不应该成为父亲的重要特征。父亲是一个坚毅的称谓，意味着责任与担当。

父亲作为一种工作，如何才能够做好呢？实际上就是两个关键词。一个词是"榜样"。父母是孩子的第一任老师，也是最重要的老师。孩子的语言，孩子的思维，孩子认识世界的方式，都是在父母的耳濡目染下学会的。为孩子做榜样是父亲的重要任务。另一个词是"陪伴"。可以说，陪伴是父母工作中最主要的部分。父亲只要把这两点做到了，他的工作就基本上及格了。

事实上，对许多孩子来说，和父亲在一起的互动、与父亲交流的时间，远远比父亲给予他的金钱、玩具重要得多，有意义得多，因为父亲是不可替代的。母亲和父亲组成了家庭世界的"阴""阳"，母亲永远也替代不了父亲。作为父亲，无论是他的坚强、坚毅、果断、坚持，还是他的威严，于男孩、女孩而言都是不可或缺的。这是一个社会习得的过程，孩子在与父亲的相处中学习成人世界的交往礼节。世界卫生组织研究发现，每天和父亲相处两个小时以上的孩子往往智商更高，男孩子看上去更坚毅，女孩成人后更懂得如何与异性交往。

那么，父亲如何陪伴孩子呢？我认为，以下两个方面最重要。

第一是陪孩子读书。一个人的精神发育史就是他的阅读史，家庭是培养孩子阅读的最重要的起点。父母对孩子阅读能力的养成具有极为重要的作用。很多父母也会给孩子买很多的书，但是经常甩给孩子让其独自阅读。他们不知道，孩子自己看书与爸爸妈妈带着看完全不是一回事，因为阅读不是一个简单的获取知识的过程，实际上还包括了亲子关系的构建。正是在带孩子读书的过程中，父母会帮助孩子阅读、观察、思考，从而构建一种亲密温馨又智慧的亲子关系。在这样的亲子关系构建过程中，父亲和孩子的关系当然不可或缺。

第二是陪孩子运动，走进大自然。相对而言，父亲一般更乐于运动。运动是很好的生活习惯，对孩子成长发育过程中的骨骼、肌肉、心血管系统等能够提供全面而充分的锻炼。父亲与孩子一起运动，既是愉快的亲子游戏，也是双方社会性获得的重要方面。这些运动最好能够在大自然中进行。运动和走进大自然的过程中自然而然地蕴含着相关训练，孩子会在潜移默化中获得探险的精神、坚毅的品质、交往的能力，等等。

家庭是一个"阴""阳"结合的世界，是一个不可分割的整体。抛开"影子""取款机"和"魔鬼"这三个词，让父亲回归到应有的位置，不仅能够让孩子健康成长，也能够让家庭成为真正的家庭。男人只有意识到父亲是自己最重要的工作之一，才有机会成就一个家庭的幸福，才能拥有真正美好的生活。

母爱给孩子以温暖，父爱给孩子以力量。在前行的路上，我们既需要温暖，也需要力量。

朱永新

第一编

无言的爱

　　第一编"无言的爱"中的父亲大多是"平凡"的父亲，他们在承担起生活重担的同时养育子女、教育子女，也许他们并不都是完美的父亲，甚至在性格上多多少少还有一点小缺陷，却同样有含蓄深沉的父爱。

梁漱溟

梁漱溟（1893—1988），原名焕鼎，字寿铭，曾用笔名寿名、瘦民、漱溟，后以漱溟行世。中国著名的思想家、教育家、社会活动家，现代新儒家的早期代表人物之一。1917—1924年执教于北京大学哲学系。他在中国发起乡村建设运动，并取得可资借鉴的经验。一生著述颇丰，主要著作有《中国文化要义》《人心与人生》等。

父亲成就了我的自学／*梁漱溟*

遂成我之自学的，完全是我父亲。所以必要叙明我父亲之为人，和他对我的教育。

吾父是一秉性笃实的人，而不是一天资高明的人。他做学问没有过人的才思，他做事情更不以才略见长。他与母亲一样天生的忠厚，只他用心周匝细密，又磨炼于寒苦生活之中，好像比较能干许多。他心里相当精明，但很少见之于行事。他最不可及处，是意趣超俗，不肯随俗流转，而有一腔热肠，一身侠骨。

因其非天资高明的人，所以思想不超脱。因其秉性笃实而用心精细，所以遇事认真。因为有豪侠气，所以行为只是端正，而并不拘谨。他最看重事功，而不免忽视学问。前人所说"不耻恶衣恶食，而耻匹夫匹妇不被其泽"的话，正好点出我父一副心肝。我最初的思想和做人，受父亲影响，亦就是这么一路（尚侠、认真、不超脱）。

父亲对我完全是宽放的。小时候，只记得大哥挨过打，这亦是很少的事。我则在整个记忆中，一次亦没有过。但我似乎并不是不"该打"的孩子。我是既呆笨，又执拗的。他亦很少正言厉色地教训过我们。我受父亲影响，并不是受了许多教训，而毋宁说是受一些暗示。我在父亲面前，完全不感到一种精神上的压迫。他从未以端凝严肃的神气对儿童或少年人。我很早入学堂，所以亦没有从父亲受读。

十岁前后（七八岁至十二三岁）所受父亲的教育，大多是下列三项。一是讲戏，父亲平日喜看京戏，即以戏中故事情节讲给儿女听。一是携同出街，购买日用品，或办一些零碎事，其意盖在练习经理事物，懂得社会人情。一是关于卫生或其他的许多嘱咐，总要儿童知道如何照料自己身体。例如：

正当出汗之时，不要脱衣服；待汗稍止，气稍定再脱去。

不要坐在当风地方，如窗口、门口、过道等处。

太热或太冷的汤水不要喝，太燥太腻的食物不可多吃。

光线不足，不要看书。

诸如此类之嘱告或指点，极其多；并且随时随地不放松。

还记得九岁时，有一次我自己积蓄的一小串钱（那时所用铜钱有小孔，例以麻线贯串之），忽然不见。各处寻问，并向人吵闹，终不可得。隔一天，父亲于庭前桃树枝上发现之，心知是我自家遗忘。并不责斥，亦不喊我来看。他却在纸条上写了一段文字，大略说：

一小儿在桃树下玩耍，偶将一小串钱挂于树枝而忘之。到处向人寻问，吵闹不休。次日，其父亲打扫庭院，见钱悬树上，乃指示之。小儿始自知其糊涂云云。

写后交与我看，亦不作声。我看了，马上省悟跑去一探即得，不禁自怀惭意。——即此事亦见先父所给我教育之一斑。

到十四岁以后，我胸中渐渐自有思想见解，或发于言论，或见之行事。先父认为好的，便明示或暗示鼓励。他不同意的，让我晓得他不同意而止，却从不干涉。十七八九岁时，有些关系颇大之事，他仍然不加干涉，而听我去。就在他不干涉之中，成就了我的自学。那些事例，待后面即可叙述到。

朱永新感悟：

本文原名《我的父亲》，收录本书后改为《父亲成就了我的自学》。诚如梁漱溟自己所言，他的成长受父亲的影响是非常深刻的。父亲一腔热肠，一身侠骨，不随流俗，这也成为梁漱溟的精神底色。父亲的教育比较宽松，"从未以端凝严肃的神气对待他"，对孩子的事情很少直接干涉，丝毫感觉不到"精神上的压迫"。父亲注重在日常生活中进行教育，一是在和孩子一起看京戏时，用戏中故事情节和人物命运对孩子进行教育；二是在和孩子购物办事的过程中，让他们"练习经理事物，懂得社会人情"；三是关心孩子的健康，让他们知道如何照顾自己的身体。文章中那个丢失小铜钱的故事，更是反映了父亲的教育智慧。

李霁野

李霁野（1904—1997），中国现代著名翻译家，作家，中共党员、民进成员。新中国成立后，历任南开大学外语系主任、天津市文化局局长、天津市文联主席等职务，曾当选为天津市和全国政协委员。晚年热心提倡世界语，加入中国世界语之友会，任天津世界语协会名誉会长。著有小说集《影》《不幸的一群》等，散文集《忙里偷闲》《回忆鲁迅先生》《意大利访问记》等，杂文集《鲁迅精神》，诗集《海河集》《今昔集》等，专著《近代文学批评片断》，译著有长篇小说《被侮辱的与被损害的》《简·爱》等。

父亲的精神／李霁野

在对事对人上最使我受影响的，只有父亲一人。从我记事以来，我觉得没有人比父亲再慈蔼，再诚恳，再牺牲自己，再宽容别人的了。我自愧不能有约翰·布朗（Dr. John Brown）那样动人的笔，像他给约翰·卡恩思（John Cairns）写信似的，写出父亲的生活来，我所能写的，只是几件我永世不能忘记，而且每一念及就心底里涌出欢欣感谢之情的小事。

大概在五六岁的时候，不知为什么我总是离不开父亲，一离开就要哭泣，而他总不像普通的父亲一样，板起严厉的脸子，使我不敢再响一声，或者把我扔在一旁，扬长去了，让我哭得不能出气；他总有使人安心的抚慰，使人慰帖的言语，然后他才从容地出去做事，急急地事完回来。我哭得不可开交的时候自然也很有，但是在我幼小的心中，我记得，决没有过这样伤心的痕迹，觉得他的言语形容欠缺了一丝一毫的爱。抚慰了幼小者的心，而却留下了这样印象，是并不容易的。

父亲在家的时候多，晚间常有来闲谈的客人。我总站在父亲的身旁，紧靠着他，或者坐在他的膝上，看他们有时只轻轻动着嘴唇，有时大笑起来，有时一点动静也没有，只彼此默啜着清茶。他们谈什么，笑什么，我一点也不了解，他们的沉默更使我觉得奇怪。他们拿我做谈料，笑叫我"夜猫"，这意义我却明白。有时候我不知道是怎样睡到自己床上去的。

父亲总常注意到我的精神与寒热，我纠缠得无论怎样久，他总没有厌烦的感觉。他照料我的时候，他自己也就变成了和我一样大小的孩子；他决不用大人的心意来威压我的。这是我觉得多数人不及父亲的地方。

　　第一天父亲送我去上学，我依依地舍不得放他走，因为环境一生疏，父亲对于我显得更为亲密了。好久才渐渐惯了，然而心里总是不愉快。那时我所入的已经是"改良的"私塾，不再读三字经和百家姓，却读共和国教科书了。上学不久，父亲来和塾师谈天，问到我的情形，塾师答道：

　　"悟性很好，记性稍差些。"

　　父亲微笑一下点点头。那时候我并不知道"悟性"是什么，只见到父亲并不失望，自己也就高兴了。记性不佳，我不久就实际经验到那苦处了。

　　塾师一次只给我认了两个句子八个字，要在放晚学之前背熟，我也记不清可曾用心念过了没有，只记得任怎样只能背过一半来。大的同学一个个背完书都回家去了，只剩下我和我的堂兄；然而他的书是已经背过的了，只是在等我。我用尽本领也只能背熟四个字：花，木，草，鱼（下句四个字连现在也记不起是什么了）。天渐渐黑了，我越急越背不出，这时候我真痛恨塾师，迫切地想念起父亲来了，他若在跟前，我非抱住他的颈子痛哭一场不可；没有他在，我连一滴眼泪也不愿流；我是这样的骄傲。上学前父亲也教我认字，但是他没有一次这样伤过我的自尊心，我也就没有这样糊涂过。从塾师读教科书，仿佛是吃苦药，读父亲亲手写的字，却似欢喜地接受一件恩物。这件事情父亲究竟知道没有，我已经记不清楚了，我只记得因为怕使父亲失望，我心里当时很悲苦。

我时常觉得惋惜的，是我最初所读的书现在已经是一失不可复得了。这书是我心爱的，并不是因为它的内容好，却是因为是父亲亲手写成的缘故。父亲的字写得整齐而且清楚，读起来比四号铅字印的教科书愉快得多，虽然书里有些插图，然而拙劣的占多数。我还记得这抄写本是八开的毛边纸，上下空白留得宽而匀整。我读着的时候，觉到一种骄傲：别的人没有我这样幸福。父亲写时的情形我也依稀记得：他不是觉得苦累，他是在做着一件愉快的工作。

以后我进了高等小学，功课的门类也渐渐加多了。我是最不善手工的，然而兴味却非常浓，尤其是编纸的细工。有时把别的功课不办，把爱读的小说也抛在一旁，一心一意地来做这有趣的玩意儿。在一块色纸上一刀一刀地切下去，有时将近完成，一刀切过火了，失望即刻就压住了我的心，然而对面满含慰安的微笑的父亲的脸，使我即刻又振起勇气来了：我重新开始工作。有时候接二连三地失败，父亲每回总婉言劝我：

"太累了罢，睡觉歇歇，明天一定会做得好。"

然而我心里总不满足，一定还要继续做，父亲也就坐在对面看书陪着我，时时注意我工作进行得如何，从微笑的眼睛里知道他满心希望我得到成功的快乐。直到夜深，他也不显出厌倦来使我不安：在这样小事上，他也这样体贴我，安慰我，鼓励我！手工完成的时候，他总笑着向我说：

"好呀，终于做成了。赶紧睡觉，太累了。"

看我睡下，他才细心关好门，轻轻走了。我的手工虽然压根儿没有做出过一点好成绩，然而我总高兴做，而且现在想起来也还认为是儿时的一大快乐：这全是为了父亲的缘故。

我看着有时厌倦有时麻烦（唉，我是何等自私！），而父亲总是乐于从事的，就是替兵士们写家书。我们镇上总驻着一连以上的兵士，他们多半是我们北方三四百里地方的人，然而他们终年没有回家的机会，写信和读信的能力都没有。有时他们收到家里寄来的信了，就请父亲给解读而且作复。一遇到这样情形，父亲总把别的事务抛开，即刻替他们做。父亲先问他们要报告给家里的事实，和对来信问到的问题怎样答复，然后就在兵士的热心期待中，从容地做那传达两地真情的工作。父亲不但把事实叙清，把问题答复，总还要写上一些体贴入微的话，这使粗野的兵士也感觉得到：他们脸上的感谢的微笑，可以表示出他们内心的满足。做完这件工作，精神是愉快的，父亲有时就和兵士谈起家常来了：我知道，兵士中爱父亲的人很不少。因为这样的信而得到安慰的兵士们的家人，我想也颇多，他们总该也无意间默默地对父亲怀了感谢之情吧。

父亲是勇于自我牺牲的人：一大家的生活负担都放在他一个人身上，我有时从我的观点（他许认为是自私的也未可知）劝他莫要这样自苦，他总只是微笑一下，缓缓地摇摇头，轻轻地叹息一声，而却不说什么话。父亲是饱尝了生活艰辛的人，然而他不但没有抱怨过谁，连向人诉苦的时候也绝少。看见他有时被忧伤笼罩着的脸面，是我童年觉得最为伤心的事。

大家庭制度是建在最不合理的基础上面的，像残酷的桎梏一样，这制度危害了我可爱的父亲的一生。在无理性的不谐与轧轹中，父亲度着漫长的艰辛的日子，有时那苦恼潜进了我幼小的心，我常私自默默地流下眼泪。

我离家到外面上学之后，家里的事有些就是"眼不见，心不烦"了；然而时常怀念着父亲，每写信总问及家事，而父亲信所说的总是足以安慰我的：我很了解父亲的苦心。

父亲是欢喜替人家调解纷争的，而"爱"不能破除大家庭的不和，很使他伤心。父亲终于是属于过去时代的人了：他总以为这是他个人的缺点，并不完全以为是制度的罪过。

因为父亲是属于过去时代的人，他对于解决我婚姻问题所持的态度，更显得是很宽容，很使我感谢的了。订这糊涂的婚约，大概是二十年前的事了，那时候是照例如此，没有什么错对可说。远在十年前，宣布解除婚约，在闭塞的乡间小镇上，实在是一件破天荒的谬举，顽固点的父亲一定会发誓不要这样不孝的儿子了，然而从我向家里表示要解除婚约的意思起，到这事圆满解决了的时候止，父亲无论在书信上，或是在谈话中，都没有拿一点父亲的权威来压迫我的心意过；他从他的观点来委婉劝我的话，有时甚至使我感动得哭了。在理智上我认识了"父与子"的冲突，在感情上我们依然还和谐一致。

母亲病重那年我回家，父亲比别时苍老得多了，面容上满堆着生活的忧伤与辛苦，头发也大多白了。我一生忘不了这凄惨的一段生活！我的心爱的母亲就要离开人世，父亲的心沉重着，我对于他们给予的慰安和爱，却不能尽量回报！童年的家庭幸福，已经是一逝而不复返的幻梦，已经是封锁起来的天国了。我真自私：我逃出这不能忍受的苦狱，让母亲含着更大的悲痛奄奄逝世，让父亲孤零零地承当一切的悲哀与凄楚！

这次别后，又是多年不见父亲；在这几年中，除母亲去世给父亲精神上一大打击之外，还遭了一次空前的动乱。有次严冬在没膝的大雪中领着家里人奔逃，两年中就没有安然生活过，父亲经过这次事变，已经由中年一步迈进老年了，乱后的照相使我发生一种凄怆的感觉：父亲衰老了。

"父亲衰老了！"去年相见时我心里怅然这样想；然而父亲的精神还仍旧：慈蔼，诚恳，宽容。虽然父亲谈天时我不能再像儿时一样，依依地靠在他身旁，或坐在他的膝上，离开时也不会再哭泣了，然而我的心依恋着他，并无异于往日。我愿以父亲的精神做我生活的基石。

1932 年 1 月 9 日夜 11 时，天津

朱永新感悟：

本文原名为《父亲》，收入本书后更名为《父亲的精神》。

诚如作者所言，"在对事对人上最使我受影响的，只有父亲一人"。而父亲对他的影响，主要是六个字：慈蔼，诚恳，宽容。他认为，这六个字就是父亲的精神，也是他生活的基石和精神支柱。文章中许多细节，都表现了父亲的这种精神。如"父亲总常注意到我的精神与寒热，我纠缠得无论怎样久，他总没有厌烦的感觉"，"他照料我的时候，他自己也就变成了和我一样大小的孩子"，"他决不用大人的心意来威压我"。人们经常用严父慈母来表达对家庭教育的角色期待，但其实，慈父对孩子的成长也起着非常重要的作用。

李健吾

李健吾（1906—1982），笔名刘西渭。中国现代著名作家、戏剧家、翻译家。历任国立暨南大学文学院教授，上海孔德研究所研究员，上海市戏剧专科学校教授，北京大学文学研究所、中国科学院外文所研究员。中国文联第四届委员。代表作品有长篇小说《心病》、剧本《这不过是春天》等。译有莫里哀、托尔斯泰、高尔基、屠格涅夫、福楼拜、司汤达、巴尔扎克等名家的作品，并有相关研究专著存世。

家　长／李健吾

在男性社会中间，家长是我顶弄不清楚的一个观念。我从小没有想到家长属于哪一门，哪一类，是怎样的身份，是怎样的地位，直到我自己最近成为这种奇怪的家畜之一，这不是说我自来没有感到家长的权威，或者尊严。对于一个孩子，例如我，一切只有"畏"这个字来表现，至于另一个"敬"，说实话，一个十岁的野孩子，特别是乡下孩子，根本就不能体会这同样属于人世的另一种精神作用。

这话当然不便应用到人人身上。我只是把自己当作实例来讲。别人我不知道，我不能分身进去感觉。但是，我自己，我敢说，生下来就好像怕一个人，一个修短适度，白面书生的中年男子——不用说，是我父亲。我怕他。现在叫我回忆从哪一天怕起，我实在没有力量做到，反正我可以相信，好像一落娘胎，我第一声的啼哭就是冲着他来的。我真怕他。他并没有络腮胡子，也不永久绷着面孔，我还瞥见他背着我们摸摸母亲的脸。但是一听见他咳嗽，或者走步，我就远远溜开，万一没有第二个门容我隐遁，只好垂直了一双黑皴皴的小手，站正了，恨不得脚底下正是铜网阵的机关隧道。我想不出他有多大的生杀之权，不过我意识到这是我眼前唯一的人物：他吩咐人，差遣人，从来没有被人差遣，被人吩咐，母亲背地埋怨他两句，然而也只是背地罢了。

我必须声明一句，就是我仅仅当着他怕他。他一不在眼前，我就活像开了锁的猢狲，连跳带蹿，一直蹦上房去。他出去了，这寺庙一样清净的院落，仿佛开了闸。忽然一声喧响，四面八方全是回应，兄弟姐妹凑在一起，做成热闹的市场。什么都变了。玻璃砸了一块；瓶子豁了一角；桌子坏了一条腿；墙上多了几道铅笔印子；最后钩针也许扎进姐姐的手指，姐姐疼哭了，我吓哭了；父亲在前院说着话呐，一切仍归平静，甚至于姐姐忘掉疼，不哭了，我更一溜烟不知溜到什么地方去了。

其实提心吊胆，我藏在后园一丛丁香后头。

然后我挨了一记耳光。

我哭了，又不敢哭了。

在这些无数的耳光里面，我记得最亲切的，也最显家长尊严的，差不多回忆起来我最感兴味的，是我忘记给他磕头拜寿的那一巴掌。直到如今，有十五六年了，我还觉得右半个脸红肿着。尤其难堪（不仅是我，我父亲同样难堪）的，是坐了一屋的客人。在不同的情境，这伤着父子双方的骄傲。——但是我说得太多了，或许有人要笑我不知羞了。然而，假如我告诉人，现在我也做了家长，也有权利打自己子女的耳光，谁敢笑我一个不是？假如我再告诉人，我倒羡慕那些挨耳光的日子，唯其我如今做了家长，难道我因而有失家长的高贵？

我明白我说的是什么：别瞧我是家长，或者正唯其我是家长。现在我晓得父亲为什么老是绷着面孔，因为他要弄钱养活这一家大小；为什么他必须绷着面孔，因为他要维持他既得的权利或者无从辞职的位置。我开始尊敬他：我了解他的苦衷。在所有的职业之中，家长是终身而且最不幸的一个。他的上司是社会国家，下属是群一无所能的妇孺。他叹气得躲着子女，甚至于太太；他读书得躲着子女，尤其是太太。他得意的时辰，就许是他失意的时辰。他梦想了十年云岗，梅兰芳，峨眉山，甚至于中山公园。"明天我们结伴儿去，好不好？"明天？他摇摇头："我不闲在；我二孩子病了，出疹子。"

这种不可避免的累赘，并不足以证明家长之不可为。曾参唯恐家长之不可为，特地创造了一个"孝"字，来做父亲或者家长的护符。然而在人生的现象里面，最难令我理解的，正是那块"父严子孝"的匾额。无论如何，家长在无形之中占了便宜，却也一丝不假。我可以强子女用功，说是为了他们好，甚至于像我父亲，打他们一记耳光。然而这还显不出家长的威风。我可以为了一粒芝麻，摔坏苏漆小凳，或者扔破乾隆时代的细瓷瓶，没有一个人敢说我，除非爱财心重，事后我轻轻自怨自责一句。我必须守旧。我可以开出一批赏心悦目的方针，例如，顽固，蛮横，拍桌大怒，不置可否，衣冠整饬等等。然而一个家长最紧固的城堡，却是缄默。这是进可攻、退可守的无上战略。从我做了家长以后，我明白这怎样容易，又怎样困难。这要来得自然。我有三字秘诀奉赠，就是"言必中"。所以，我学来好些为人的道理，从我做了家长以后，不幸是我立即发现我老，老到寻不见一丝不负责任的赤子之心了。

朱永新感悟：

这篇文章没有讲多少父亲的教育故事，但是却道出了中国传统社会中父亲的特殊角色："在所有的职业之中，家长是终身而且最不幸的一个。他的上司是社会国家，下属是群一尢所能的妇孺。他叹气得躲着子女，甚至于太太；他读书得躲着子女，尤其是太太。"这段描述，把父亲的威严面纱揭了下来，也揭示了父亲经常为什么摆着一副严肃的面孔，为什么总是保持缄默，对孩子过于严格的原因所在。在中国传统社会，"家长"往往就是指父亲而不是母亲，而且具有明显的不平等因素。所以我一直建议把"家长"改为"父母"这一更加民主、平等的概念。

王西彦

王西彦（1914—1999），原名正莹，又名思善，中国现代著名作家。曾担任《现代文学》月刊主编，1942年后，先后担任桂林师院、湖南大学、武汉大学、浙江大学等地教授。代表作有长篇小说"追寻"三部曲——《古屋》《寻梦者》《神的失落》，作品选集《王西彦中篇小说选》《王西彦小说选》（三集）、《王西彦选集》（五卷）等。

义　父 / 王西彦

乡下小孩子，凡是生辰八字和亲生父母相克的，多认一个孤零无依的人做义父，说是可以消除祸灾；或是生辰八字注定难于长大成人的，也多认一个孤零无依的人做义父，说是表示卑贱不重视。所以给人做义父的人，照例总是一些漂泊贫穷的不幸者。

我的义父也是一样，他是一个褴褛孤苦的看庙人。

庙就是西竺庵，当时国民小学的所在地。我最初上学的时候，老祖母和母亲哄我说："去吧，到亲爷家里去，亲爷给你预备着状元糕呢。"我们乡下管义父喊作"亲爷"，自然是一种尊敬的意思。我听了这话很高兴，因为义父在我看来是一个非常和蔼可亲的老人，我喜欢到他家里去，吃他给我预备的状元糕。

可是到学校里一看，却使我大失所望了。我发现义父实在是一个和乞丐一样的穷老头子，他住的房子里摆着几只大尿桶，他的床上挂着一条渔网似的破烂帐子，人走进去，就闻到一股扑鼻而来的臭气。有太阳的日子，他常常坐在阶石上，当着阳光，脱下褴褛的衣服，袒露出瘦骨如柴的上身，偻着腰背捉虱子。他吃的东西也往往是发臭的，有一次我竟然看见他在吃一碗挤满米米虫的豆酱……

这难道是我的"亲爷"吗？他为什么会这样穷困呢？

我曾经询问过老祖母和母亲，不过她们的回答很简单，大致说，我的义父是邻县东阳人，原来是有家有室的，在一场巨大的灾难里家破人亡了，只剩下他一个人漂荡到外地来。年轻时依仗一份高明的手艺，曾经在附近一个小镇上开过一爿小小木器店，还娶来一位颇有姿色的年轻寡妇；谁知道有一天他到县城里去赶市，回来竟发觉妻子已经卷逃无踪了，在一种完全猝不及防的灾祸里，失去了几乎全部财产和全部对幸福的期望。他简直疯了。他抡起斧头，劈坏了所有自己手制的桌椅器皿，丢掉店房，从镇上失踪了。但在几年之后，正当人们将要把他淡忘掉的时候，他又回来了；不过他已经衰老了，头发花白了，腰背佝偻了，言语含糊不清了，举止也颤抖迟钝了。人们可怜他，刚好那个庙子里的看庙人死了，就让他填了那个缺。于是，他耕种着寺庙附近几丘寺田，有时更掮起斧头锯刨给左近一些人家修理猪圈和牛栏，生活在人们的施舍里。而且，他开始认真吃起长斋，念起佛来了。

这时我毕竟还年少，老祖母和母亲这种简单的叙述，并不能使我感到人世间深广的悲哀。不过，仿佛也因此很忧郁，觉得自己有这样一位义父，绝不是什么光彩的事情。穷困的人总是被轻视的，即使那时我还是个小孩子，也已经有了这种认识，并由这种认识带来了对义父的怜悯。甚至义父那张歪呐打皱的脸孔，对我也不再是亲切可亲的了。

然而，义父终究是义父，他和我之间有着一种隐秘难解的关系。到国民小学里去读书时，他往往会把我喊到他腾着浓重臭气的房里去，从那褴褛污秽的床上，摸出一块糕饼或是一个梨子，颤颤地塞到我手里，要我当场吃下去。

“吃，快吃，当心给别人看见！”他说。这对我是一件十分为难的事情，因为我立刻想到爬动在他那褴褛污秽的床上的虮虱，想到他吃挤满米米虫的豆酱，就仿佛闻到他塞给我的赠品上的臭气似的；不过我还是把它吃掉了，竭力不露出厌恶和勉强的神色，同时在心里也毕竟充满感激的情绪。

由于种种和这相类似的事情，越益使我对义父的穷困感到难堪了。这时,在家里,义父来了。他一来就大声喊着我的名字,向老祖母和母亲夸扬我读书的聪明;于是老祖母和母亲就到厨房里去端出一碗上面堆满菜肴的饭,不然就是一壶酒。看见酒,他的眼睛就发光了,就贪婪地喝着;话也更多了,对我作着种种赞美的祝福,直到舌头僵硬了,依然喃喃不肯停止。

有时,当我在上学或是放学回家的时候,看见义父迎面走来。在我的小伙伴的队伍里,就有人嘲弄地喊将起来:"××的亲爷来啦!"我的脸孔立刻羞红了,我的小伙伴分明是讥刺我有这么一个褴褛如乞丐的义父。这是很伤害我的自尊心的,我几乎要哭出来。可是义父走近了,他亲切地拉开难看的笑脸,老远就喊着我的名字。我简直想钻到地底下去。在那一刻,我几乎是不高兴到近于愤怒的。自然,我做出一种不愉快的表情,既不答应他,也不看他一眼。

是不是他也注意到我的神情呢?不知道,也没有去顾忌。他的褴褛伤害了我的自尊心,至于我的冷淡会不会伤害到他的自尊心呢?感谢我那时是一个小孩子,我的无知不允许我去思索那样深奥的问题。

终于我做出了一件非常使他伤心的事情。有一次,大概是学校放假的日子,我混在牧童队伍里牵牛割草,到了那庙里。刚刚庙门开着,看庙的义父却不在,他一定在庙后掘地;我走进去,大概是出于破除迷信的动机吧,用草刀把一个佛像的脑袋砍掉了,还挖掉另一个佛像的眼睛。不待说,这事情立刻给义父发觉了。第二天，他泪流满面地跑到我家里来，跪在老祖母面前，磕头哭诉了一遍，要求老祖母重新修塑回去。为了这事，我受到老祖母和母亲一顿狠狠的责骂。但最使我感到意外的，还是义父那种如丧考妣的伤心模样：我不懂庙里那几尊颠颠好笑的佛像对他有什么用处，能给他什么安慰。总之，我是真正地觉得自己做了一件错事了，暗自内疚了很久，不敢再见义父的面——不是为了他的褴褛，而是由于自己的过错。

当年秋天，我患了一场重病，别人都说是佛爷的报应，老祖母急忙到庙里去许愿；尤其是义父，简直是慌乱了，他天天跑到我家里来，跪在我床前，喃喃地为我祈祷着，他的脸上流满了眼泪。我这才知道，他不仅仅爱那些佛像，也爱着我。但他自己呢？他受够了不幸，尝尽了辛酸，究竟有什么人爱他，关心他？

人世间是怎样的不公允啊！

不久我病好了。重新到学校里去。那两尊佛像已经修塑好了，义父每天都在佛像面前烧香念佛，有时放学之后，他更要我一起跪在佛像面前祈求饶恕。我十分顺从地照做了。我觉得应该顺从的不是佛像的权威，而是义父的虔诚。

半年之后，我就离开家庭，到外面去读书了：最初是县城里的高小和初中，后来是省城里的高中和更远的北方故都的大学。在这些年岁里，我很少回家乡去。如像一只安徒生童话里的丑小鸭，在更广大更复杂的世界里碰撞磨练，我几乎忘记自己的童年了。有时偶尔想起家乡，在那一群朴质而善良的脸孔里面，有一张很显明的，就是我那义父。

有一次我回家乡去，第二天大清早，还没有起床，义父就来了。他在帘子外面徘徊着，张望着，却不敢走进房来，直到我大声询问外面是什么人时，才听到一声颤抖而畏缩的答应。我听出那是义父的声音，就连忙下床来，请他进门就座。我看见他那一刹那间，使我惊讶不置的，不是他的畏缩踌躇，而是他的衰老和褴褛。他原来就是衰老和褴褛的，现在更衰老和褴褛了，完全变成一个乞丐了，而且是最贫穷的乞丐。

"在外面做大官啊！"他说，声音很模糊，歪嘴的脸上挤出一丝笑容。

我怎么来回答他呢？我怔着，说不出话。但我看见他的眼眶旁边的皱纹变成湿润了，他流出眼泪来了。在临走的时候，我取了些钱给他，说是送他买酒喝的，他摇摇头，不肯收受，却十分意外地竟然歃歔了起来。

他走后，人家告诉我，说这个孤凄的老人现在是更加可怜了，经常挨饿，没有饭吃。因为老了，不能耕种，也不能使用斧头锯刨给别人修理猪圈牛栏了，所得的施舍自然也大不如前。离开家乡之前，我特地到西竺庵里去探望了他一次。寺庙更破旧了，后面那棵高耸挺拔的冬青树也已经枯死，首先给我一种凄凉的感觉。走进庙去，看见义父蜷伏在庙角一堆稻草上面，模样如一条病狗。

大概是睡着了，他并不动弹，甚至我轻轻呼唤他，也不答应。那是夏天，他裸露着枯柴一般的上身，却躺在稻草上面，让一群苍蝇围集着他，仿佛他已经完全失掉了知觉。

我没有惊动他，就悄悄地退出身来了。我觉得还是不要去惊动他的好。在这世界上，他完全是一个孤独的人。他一无所有，现在他老了，他的生命也将不再归他所有了，我去惊动他做什么呢？像他这样的人，承受别人的损害，代替别人承受损害，他生命的存在对他自己能有什么用处呢？

果然，在我那次离开家乡不久，就接到家里的信，说在一个深秋的夜里，义父静静地把生命交给死亡。他在什么时候死的？他死的时候曾经有过什么言语？谁也不知道，谁也不关心。这于他将是一种幸福吧，我想。因为像他那样的人，只能有这样的死才是合适的，因为他再不能受人怜悯了。

朱永新感悟：

这篇文章虽然没有多少教育的故事，但是我还是收录在本书之中。因为它讲述了另一类父亲的故事。在中国文化中，除了亲生父母外，还有养父母和义父母之说。养父母，是指收养或者寄养孩子，与孩子共同生活的成年人；义父母，又称干爹干妈，是指既不是亲生父母，又不在一起生活的成年人。在农村，凡是生辰八字和亲生父母相克，或者被认为难于长大成人的孩子，往往要认一个孤零无依的人做义父，以帮助孩子消除祸灾、逢凶化吉。这篇文章，就讲述了作者自己的义父——一个褴褛孤苦的看庙人的故事。虽然义父命运多蹇、孤苦邅迍，但是他也有着普通父亲对孩子的爱怜：义父省下好吃的东西给他，生病时为他祈祷，他有成绩时为他骄傲。

吴冠中

吴冠中（1919—2010），中国当代著名画家、美术教育家。油画代表作有《长江三峡》《北国风光》《小鸟天堂》《黄山松》《鲁迅的故乡》等，个人文集有《吴冠中谈艺集》《吴冠中散文选》《美丑缘》等十余种。

父爱之舟 / 吴冠中

是昨夜梦中的经历吧，我刚刚梦醒！

朦胧中，父亲和母亲在半夜起来给蚕宝宝添桑叶……每年卖茧子的时候，我总跟在父亲身后，卖了茧子，父亲便给我买枇杷吃……

我又见到了姑爹那只小小渔船。父亲送我离开家乡去投考学校以及上学，总是要借用姑爹这只小渔船。他同姑爹一同摇船送我。带了米在船上做饭，晚上就睡在船上，这样可以节省饭钱和旅店钱。我们不肯轻易上岸，花钱住旅店的教训太深了。有一次，父亲同我住了一间最便宜的小客栈。夜半我被臭虫咬醒，遍体都是被咬的大红疙瘩。父亲心疼极了，叫来茶房，掀开席子让他看满床乱爬的臭虫及我的疙瘩。茶房说没办法，要么加点钱换个较好的房间。父亲动心了，但我年纪虽小却早已深深体会到父亲挣钱的艰难。他平时节省到极点，自己是一分冤枉钱也不肯花的，我反正已被咬了半夜，只剩下后半夜，不肯再加钱换房子……恍恍惚惚我又置身于两年一度的庙会中，能去看看这盛大的节日确实无比的快乐，我欢喜极了。我看各样彩排着的戏人边走边唱，看高跷走路，看虾兵、蚌精、牛头、马面……最后庙里的菩萨也被抬出来，一路接受人们的膜拜。卖玩意儿的也不少，彩色的纸风车、布老虎、泥人、竹制的花蛇……父亲回家后用几片玻璃和彩色纸屑等糊了一个万花筒，这便是我童年唯一的也是最珍贵的玩具了。万花筒里那千变万化的图案花样，是我最早的抽象美的启迪者吧！

　　父亲经常说要我念好书，最好将来到外面当个教员……冬天太冷，同学们手上脚上长了冻疮，有的家里较富裕的女生便带着脚炉来上课，上课时脚踩在脚炉上。大部分同学没有脚炉，一下课便踢毽子取暖。毽子越做越讲究，黑鸡毛、白鸡毛、红鸡毛、芦花鸡毛等各种颜色的毽子满院子飞。后来父亲居然从和桥镇上给我买回来一个皮球，我快活极了，同学们也非常羡慕。夜晚睡觉，我将皮球放在自己的枕头边。但后来皮球瘪了下去，必须到和桥镇上才能打气，我天天盼着父亲上和桥去。一天，父亲突然上和桥去了，但他忘了带皮球。我发觉后拿着瘪皮球追上去，一直追到楝树港，追过了渡船，向南遥望，完全不见父亲的背影。到和桥有十里路，我不敢再追了，哭着回家。

我从来不缺课，不逃学。读初小的时候，遇上大雨大雪天，路滑难走，父亲便背着我上学，我背着书包伏在他背上，双手撑起一把结结实实的大黄油布雨伞。他扎紧裤脚，穿一双深筒钉鞋，将棉袍的下半截撩起扎在腰里，腰里那条极长的粉绿色丝绸汗巾可以围腰二三圈，还是母亲出嫁时的陪嫁呢。

初小毕业时，宜兴县举办全县初小毕业会考，我考了七十几分，属第三等。我在学校里虽是绝对拔尖的，但到全县范围一比，还远不如人家。要上高小，必须到和桥去念县立鹅山小学。和桥是宜兴的一个大镇，鹅山小学就在镇头，是当年全县最有名气的县立完全小学，设备齐全，教师阵容强，方圆二十里之内的学生都争着来上鹅山。因此要上鹅山高小不容易，须通过入学的竞争考试，我考取了。住在鹅山当寄宿生，要缴饭费、宿费、学杂费，书本费也贵了，于是家里粜稻，卖猪，每学期开学要凑一笔不小的钱。钱，很紧，但家里愿意将钱都花在我身上。我拿着凑来的钱去缴学费，感到十分心酸。父亲送我到校，替我铺好床被。他回家时，我偷偷哭了。这是我第一次真正心酸地哭，与在家里撒娇地哭、发脾气地哭、吵架打架地哭都大不一样，是人生道路中品尝到的新滋味。

第一学期结束，根据总分，我名列全班第一。我高兴极了，主要是可以给父亲和母亲一个天大的喜讯了。我拿着班主任老师孙德如签名盖章，又加盖了县立鹅山小学校章的成绩单回家，路走得比平常快，路上还取出成绩单来重看一遍那紧要的栏目：全班六十人，名列第一。这对父亲确是意外的喜讯，他接着问："那朱自道呢？"父亲很注意入学时全县会考第一名的朱自道，他知道我同朱自道同班。我得意地、迅速地回答："第十名。"正好缪祖尧老师也在我们家，他也乐开了："茅草窝里要出笋了！"

我唯一的法宝就是考试，从未落过榜，我又要去投考无锡师范了。为了节省路费，父亲又向姑爹借了他家的小渔船，同姑爹两人摇船送我到无锡。时值暑天，为躲避炎热，夜晚便开船，父亲和姑爹轮换摇橹，我在小舱里睡觉。但我也睡不好，因确确实实已意识到考不上的严重性，自然更未能领略到满天星斗、小河里孤舟缓缓夜行的诗画意境。船上备一只泥灶，自己煮饭吃，小船既节省了旅费，又兼做宿店和饭店。只是我们的船不敢停到无锡师范附近，怕被别的考生及家长们见了嘲笑。

老天不负苦心人，我考取了。送我去入学的时候，依旧是那只小船，依旧是姑爹和父亲轮换摇船，不过父亲不摇橹的时候，便抓紧时间为我缝补棉被，因我那长期卧病的母亲未能给我备齐行装。我从舱里往外看，父亲那弯腰低头缝补的背影挡住了我的视线。后来我读到朱自清先生的《背影》时，这个船舱里的背影便也就分外明显，永难磨灭了！不仅是背影时时在我眼前显现，鲁迅笔底的乌篷船对我永远是那么亲切，虽然姑爹小船上盖的只是破旧的篷，远比不上绍兴的乌篷船精致，但姑爹的小小渔船仍然是那么亲切，那么难忘……我什么时候能够用自己手中的笔，把那只载着父爱的小船画出来就好了！

庆贺我考进了颇有名声的无锡师范，父亲在临离无锡回家时，给我买了瓶汽水喝。我以为汽水必定是甜甜的凉水，但喝到口，麻辣麻辣的，太难喝了。店伙计笑了："以后住下来变了城里人，便爱喝了！"然而我至今不爱喝汽水。

师范毕业当个高小的教员，这是父亲对我的最高期望。但师范生等于稀饭生，同学们都这样自我嘲讽。我终于转入了极难考进的浙江大学代办的工业学校电机科，工业救国是大道，至少毕业后职业是有保障的。幸乎？不幸乎？由于一些偶然的客观原因，我接触到了杭州艺专，疯狂地爱上了美术。正值那感情似野马的年龄，为了爱，不听父亲的劝告，不考虑今后的出路，毅然沉浮于茫无边际的艺术苦海，去挣扎吧，去喝一口一口失业和穷困的苦水吧！我不怕，只是不愿父亲和母亲看着儿子落魄潦倒。我羡慕过没有父母、没有人关怀的孤儿、浪子，自己只属于自己，最自由，最勇敢。

……醒来，枕边一片湿。

朱永新感悟：

这是一篇感情细腻的散文，吴冠中先生用他那绘画的丹青之手，写出了父亲的温暖之爱。父爱像一条船，把孩子送往遥远的彼岸。他把父亲视为自己的艺术启蒙老师，父亲带他去看庙会，那些边走边唱的演员、高跷走路的杂技、彩色的纸风车、布老虎、泥人、竹制的花蛇等，给他留下了深刻的印象。而父亲用玻璃和彩色纸屑糊的一个万花筒，则成为他"童年唯一的也是最珍贵的玩具"。万花筒里那千变万化的图案花样，也被他视为"最早的抽象美的启迪者"。因为母亲生病，父亲还扮演了母亲的一部分角色。最感人的场景，就是用小船送他去入学的时候，姑爹和父亲轮换摇船，父亲不摇橹的时候，便抓紧时间为他缝补棉被，"我从舱里往外看，父亲那弯腰低头缝补的背影挡住了我的视线"。父爱之舟，送孩子远航。

汪曾祺

汪曾祺（1920—1997），中国当代著名作家、散文家、戏剧家，被誉为"抒情的人道主义者"。汪曾祺在短篇小说创作上颇有成就，对戏剧与民间文艺也有深入钻研。代表作有小说《受戒》《大淖记事》，散文集《蒲桥集》等。

多年父子成兄弟 / 汪曾祺

这是我父亲的一句名言。

父亲是个绝顶聪明的人。他是画家，会刻图章，画写意花卉。图章初宗浙派，中年后治汉印。他会摆弄各种乐器，弹琵琶，拉胡琴，笙箫管笛，无一不通。他认为乐器中最难的其实是胡琴，看起来简单，只有两根弦，但是变化很多，两手都要有功夫。他拉的是老派胡琴，弓子硬，松香滴得很厚——现在拉胡琴的松香都只滴了薄薄的一层。他的胡琴音色刚亮。胡琴码子都是他自己刻的，他认为买来的不中使。他养蟋蟀，养金铃子。他养过花，他养的一盆素心兰在我母亲病故那年死了，从此他就不再养花。我母亲死后，他亲手给她做了几箱子冥衣——我们那里有烧冥衣的风俗。按照母亲生前的喜好，选购了各种花素色纸做衣料，单夹皮棉，四时不缺。他做的皮衣能分得出小麦穗、羊羔、灰鼠、狐肷。

父亲是个很随和的人，我很少见他发过脾气，对待子女，从无疾言厉色。他爱孩子，喜欢孩子，爱跟孩子玩，带着孩子玩。我的姑妈称他为"孩子头"。春天，不到清明，他领一群孩子到麦田里放风筝。放的是他自己糊的蜈蚣（我们那里叫"百脚"），是用染了色的绢糊的。放风筝的线是胡琴的老弦。老弦结实而轻，这样风筝可笔直地飞上去，没有"肚儿"。用胡琴弦放风筝，我还未见过第二人。清明节前，小麦还没有"起身"，是不怕践踏的，而且越踏会越长得旺。孩子们在屋里闷了一冬天，在春天的田野里奔跑跳跃，身心都极其畅快。他用钻石刀把玻璃裁成不同形状的小块，再一块一块逗拢，接缝处用胶水粘牢，做成小桥、小亭子、八角玲珑水晶球。桥、亭、球是中空的，里面养了金铃子。从外面可以看到金铃子在里面自在爬行，振翅鸣叫。他会做各种灯。用浅绿透明的"鱼鳞纸"扎了一只纺织娘，栩栩如生。用西洋红染了色，上深下浅，通草做花瓣，做了一个重瓣荷花灯，真是美极了。用小西瓜（这是拉秧的小瓜，因其小，不中吃，叫作"打瓜"或"笃瓜"）上开小口挖净瓜瓤，在瓜皮上雕镂出极细的花纹，做成西瓜灯。我们在这些灯里点了蜡烛，穿街过巷，邻居的孩子都跟过来看，非常羡慕。

父亲对我的学业是关心的，但不强求。我小时了了，国文成绩一直是全班第一。我的作文，时得佳评，他就拿出去到处给人看。我的数学不好，他也不责怪，只要能及格，就行了。他画画，我小时也喜欢画画，但他从不指点我。他画画时，我在旁边看，其余时间由我自己乱翻画谱，瞎抹。我对写意花卉那时还不太会欣赏，只是画一些鲜艳的大桃子，或者我从来没有见过的瀑布。我小时字写得不错，他倒是给我出过一点主意。在我写过一阵"圭峰碑"和"多宝塔"以后，他建议我写写"张猛龙"。这建议是很好的，到现在我写的字还有"张猛龙"的影响。我初中时爱唱戏，唱青衣，我的嗓子很好，高亮甜润。在家里，他拉胡琴，我唱。我的同学有几个能唱戏的，学校开同乐会，他应我的邀请，到学校去伴奏。几个同学都只是清唱。有一个姓费的同学借到一顶纱帽，一件蓝官衣，扮起来唱"硃砂井"，但是没有配角，没有衙役，没有犯人，只是一个赵廉，摇着马鞭在台上走了两圈，唱了一段"郡坞县在马上心神不定"便完事下场。父亲那么大的人陪着几个孩子玩了一下午，还挺高兴。我十七岁初恋，暑假里，在家写情书，他在一旁瞎出主意。我十几岁就学会了抽烟喝酒。他喝酒，给我也倒一杯。抽烟，一次抽出两根，他一根我一根。他还总是先给我点上火。我们的这种关系，他人或以为怪。父亲说："我们是多年父子成兄弟。"

我和儿子的关系也是不错的。我戴了"右派分子"的帽子卜放张家口农村劳动，他那时还从幼儿园刚毕业，刚刚学会汉语拼音，用汉语拼音给我写了第一封信。我也只好赶紧学会汉语拼音，好给他写回信。"文化大革命"期间，我被打成"黑帮"，送进"牛棚"。偶尔回家，孩子们对我还是很亲热。我的老伴告诫他们"你们要和爸爸'划清界限'"，儿子反问母亲："那你怎么还给他打酒？"只有一件事，两代之间，曾有分歧。他下放山西忻县"插队落户"。按规定，春节可以回京探亲。我们等着他回来。不料他同时带回了一个同学。他这个同学的父亲是一位正受林彪迫害，搞得人囚家破的空军将领。这个同学在北京已经没有家，按照大队的规定是不能回北京的，但是这孩子很想回北京，在一伙同学的秘密帮助下，我的儿子就偷偷地把他带来了。他连"临时户口"也不能上，是个"黑人"，我们留他在家住，等于"窝藏"了他。公安局随时可以来查户口，街道办事处的大妈也可能举报。当时人人自危，自顾不暇，儿子惹了这么一个麻烦，使我们非常为难。我和老伴把他叫到我们的卧室，对他的冒失行为表示很不满，我责备他："怎么事前也不和我们商量一下！"我的儿子哭了，哭得很委屈，很伤心。我们当时立刻明白了：他是对的，我们是错的。我们这种怕担干系的思想是庸俗的。我们对儿子和同学之间的义气缺乏理解，对他的感情不够尊重。他的同学在我们家一直住了四十多天，才离去。

对儿子的几次恋爱，我采取的态度是"闻而不问"。了解，但不干涉。我们相信他自己的选择，他的决定。最后，他悄悄和一个小学时期女同学好上了，结了婚。有了一个女儿，已近七岁。

我的孩子有时叫我"爸"，有时叫我"老头子"！连我的孙女也跟着叫。我的亲家母说这孩子"没大没小"。我觉得一个现代化的、充满人情味的家庭，首先必须做到"没大没小"。父母叫人敬畏，儿女"笔管条直"，最没有意思。

儿女是属于他们自己的。他们的现在，和他们的未来，都应由他们自己来设计。一个想用自己理想的模式塑造自己的孩子的父亲是愚蠢的，而且，可恶！另外作为一个父亲，应该尽量保持一点童心。

一九九〇年九月一日

朱永新感悟：

《多年父子成兄弟》，是一篇可以当作教材的父亲读本。多才多艺的汪曾祺之所以才华横溢，应该得益于少儿时期父亲营造的宽松环境和他的言传身教。父亲很随和，很少发脾气，对孩子从无疾言厉色。父亲爱孩子，喜欢跟孩子玩，带着孩子玩。是出名的"孩子头"。他领着孩子到麦田里放风筝，给孩子做各种各样的花灯。他关心孩子的学业，但从不强求。孩子的数学不好，他也不责怪，只要能及格就行。孩子喜欢书画，他不指导只建议。他和孩子一起唱戏，拉胡琴，给孩子伴奏。他甚至指点孩子写情书，给孩子抽烟喝酒。最后这点虽然不应提倡，但是汪曾祺能够有如此的灵性与创造性，无疑与父亲这种宽容和陪伴是分不开的。而汪先生自己与孩子的关系，也是承继了父亲的养育方式，尽可能顺应孩子的天性，而不是以自己理想的模式去塑造孩子。

梁晓声

梁晓声（1949—　），原名梁绍生，中国当代著名作家，北京语言大学人文学院教授，中央文史研究馆馆员。其长篇小说《人世间》获第十届茅盾文学奖。

父亲的演员生涯 / 梁晓声

那年，父亲去世已经一个月了，我仍为我的父亲戴着黑纱。

有几次出门前，我将黑纱摘了下来，但倏忽间，内心里涌起一种怅然若失的情感。戚戚地，我便又戴上了。我不可能永不摘下。我想，这是一种纯粹的个人情感。尽管这一种个人情感在我有不可弹言的虔意。我必得从伤绪之中解脱。也是无须别人劝慰，我自己明白的。然而怀念是一种相会的形式。我们人人的情感都曾一度依赖于它……

这一个月里，又有电影或电视剧制片人员，到我家来请父亲去当群众演员。他们走后，我就独自静坐，回想起父亲当群众演员的一些微事……

　　1984年至1986年，父亲栖居北京的两年，曾在五六部电影和电视剧中当过群众演员。在北影院内，甚至范围缩小到我当年居住的十九号楼内，这乃是司空见惯的事。父亲被选去当群众演员，毫无疑问地最初是由于他那十分惹人注目的胡子。父亲的胡子留得很长。长及上衣第二颗纽扣。总体银白，须梢金黄。谁见了谁都对我说：梁晓声，你老父亲的一把大胡子真帅！

　　父亲生前极爱惜他的胡子，兜里常揣着一柄木质小梳。闲来无事，就梳理。记得有一次，我的儿子梁爽，天真发问："爷爷，你睡觉的时候，胡子是在被窝里，还是在被窝外呀？"父亲一时答不上来。那天晚上，父亲竟至于因为他的胡子而几乎彻夜失眠，竟至于捅醒我的母亲，问自己一向睡觉的时候，胡子究竟是在被窝里还是在被窝外。无论他将胡子放在被窝里还是放在被窝外，总觉得不那么对劲……

　　父亲第一次当群众演员，在《泥人常传奇》剧组。导演是李文化。副导演先找了父亲。父亲说得征求我的意见。父亲大概将当群众演员这回事看得太重，以为便等于投身了艺术。所以希望我替他做主，判断他到底能不能胜任。父亲从来不做自己胜任不了之事。他一生不喜欢那种滥竽充数的人。

　　我替父亲拒绝了。那时群众演员的酬金才两元。我之所以拒绝不是因为酬金低，而是因为我不愿我的老父亲在摄影机前被人呼来唤去的。李文化亲自来找我——说他这部影片的群众演员中，少了一位长胡子老头儿。"放心，我吩咐对老人家要格外尊重，要像尊重老演员们一样还不行么？"——他这么保证，无奈我只好违心同意。从此，父亲便开始了他的"演员生涯"——更准确地说，是"群众演员"生涯——在他七十四岁的时候……

父亲演的尽是迎着镜头走过来或背着镜头走过去的"角色"。说那也算"角色"，是太夸大其词了。不同的服装，使我的老父亲在镜头前成为老绅士、老乞丐，摆烟摊的或挑菜行卖的……不久，便常有人对我说："哎呀晓声，你父亲真好。演戏认真极了！"父亲做什么事都认真极了，但那也算"演戏"么？我每每的一笑罢之。然而听到别人夸奖自己的父亲，内心里总是高兴的。

一次，我从办公室回家，经过北影一条街——就是那条旧北京假影街，见父亲端端地坐在台阶上，而导演们在摄影机前指手画脚地议论什么，不像再有群众场面要拍的样子。时已中午，我走到父亲跟前，说："爸爸，你还坐在这儿干什么呀？回家吃饭！"父亲说："不行。我不能离开。"我问："为什么？"父亲回答："我们导演说了——别的群众演员没事儿了，可以打发走了。但这位老人不能走，我还用得着他！"父亲的语调中，很有一种自豪感似的。

父亲坐得很特别。那是一种正襟危坐。他身上的演员服，是一件褐色绸质长袍。他将长袍的后摆，掀起来搭在背上。而将长袍的前摆，卷起来放在膝上。他不倚墙，也不靠什么。就那样子端端地坐着，也不知已经坐了多久。分明的，他唯恐使那长袍沾了灰土或弄褶皱了……

父亲不肯离开，我只好去问导演。导演却已经把我的老父亲忘在脑后了，一个劲儿地向我道歉……

中国的电影、电视剧，群众演员的问题，对任何一位导演，都是很沮丧的事。往往地，需要十个群众演员，预先得组织十五六个，真开拍了，剩下一半就算不错。有些群众演员，钱一到手，人也便脚底板抹油，溜了。群众演员，在这一点上，倒可谓相当出色地演着我们现实中的那些个"群众"、那些个中国人。难得有父亲这样的群众演员。我细思忖，难怪都愿请我的老父亲当群众演员，当然并不完全因为他的胡子……

那两年内，父亲睡在我的办公室。有时我因写作到深夜，常和父亲一块儿睡在办公室。有一天夜里，下起了大雨。我被雷声惊醒，翻了个身，黑暗中，恍恍地发现父亲披着衣服坐在折叠床上吸烟。我好生奇怪，不安地询问："爸，你怎了？为什么夜里不睡吸烟？爸你是不是有什么心事啊？"黑暗之中，但闻父亲叹了口气。许久，才听他说："唉，我为我们导演发愁哇！他就怕这几天下雨……"

父亲不论在哪一个剧组当群众演员，都一概地称导演为"我们导演"。从这种称谓中我听得出来，他是把他自己——一个迎着镜头走过来或背着镜头走过去的群众演员，与一位导演之间联得太紧密了。或者反过来说，他是把一位导演，与一个迎着镜头走过来或背着镜头走过去的群众演员联得太紧密了。而我认为这是荒唐的，也认为这实实在在是很犯不上的。我嘟哝地说："爸，你替他操这份心干吗？下雨不下雨的，与你有什么关系？睡吧睡吧！"

"有你这么说话的么？"父亲教训我道，"全厂两千来人，等着这一部电影早拍完，才好发工资，发奖金！你不明白？你一点不关心？"我佯装没听到，不吭声。父亲刚来时，对于北影的事，常以"你们厂"如何如何而发议论，而发感慨。不知从什么时候开始，他不说"你们厂"了，只说"厂里"了。倒好像，他就是北影的一员。甚至倒好像，他就是北影的厂长……

天亮后，我起来，见父亲站在窗前发怔。我也不说什么。怕一说，使他觉得听了逆耳，惹他不高兴。后来父亲东找西找的。我问找什么。他说找雨具。他说要亲自到拍摄现场去，看看今天究竟是能拍还是不能拍。他自言自语；"雨小多了嘛！万一能拍呐？万一能拍，我们导演找不到我，我们导演岂不是要发急么？……"听他那口气。仿佛他是主角。我说："爸，我替你打个电话，向你们剧组问问不就行了么？"父亲不语，算是默许了。于是我就到走廊去打电话。其实是给我自己打电话。

回到办公室，我对父亲说："电话打过了。你们组里今天不拍戏。"——我明知今天准拍不成。父亲火了，冲我吼："你怎么骗我？！你明明不是给我剧组打电话！我听得清清楚楚。你当我耳聋么？"父亲他怒赳赳地就走出去了。我站在办公室窗口，见父亲在雨中大步疾行，不免羞愧。对于这样一位太认真的老父亲，我一筹莫展……

父亲还在朝鲜人民共和国选景于中国的一个什么影片中担当过群众演员。当父亲穿上一身朝鲜民族服装后，别提多的像一位朝鲜老人了。那位朝鲜导演也一直把他视为一位朝鲜老人。后来得知他不是，表示了很大的惊讶，也对父亲表示了很大的谢意，并单独同父亲合影留念。那一天父亲特别高兴，对我说："我们中国的古人，主张干什么事都认真。要当群众演员，咱们就认认真真地当群众演员。咱们这样的中国人，外国人能不看重你么？"

记得有天晚上，是一个星期六的晚上。我和妻子和老父母一块儿包饺子。父亲擀皮儿。忽然父亲长叹一声，喃喃地说："唉，人啊，活着活着，就老了……"一句话，使我、妻、母亲面面相觑。母亲说："人，谁没老的时候？老了就老了呗！"父亲说："你不懂。"妻煮饺子时，小声对我说："爸今天是怎么了？你问问他。一句话说得全家怪纳闷怪伤感的……"

吃过晚饭，我和父亲一同去办公室休息。睡前，我试探地问："爸，你今天又不高兴了么？"父亲说："高兴啊。有什么不高兴的！"我说："那么包饺子的时候叹气，还自言自语老了老了的？"父亲笑了，说："昨天，我们导演指示——给这老爷子一句台词！连台词都让我说了，那不真算是演员了么？我那么说你听着可以么？……"

我恍然大悟——原来父亲是在背台词。

我就说:"爸,我的话,也许你又不爱听。其实你愿怎么说都行!反正到时候,不会让你自己配音,得找个人替你再说一遍这句话……"父亲果然又不高兴了。

父亲又以教训的口吻说:"要是都像你这种态度,那电影,能拍好么?老百姓当然不愿意看!一句台词,光是说说的事么?脸上的模样要是不对劲,不就成了嘴里说阴,脸上作晴了么?"父亲的一番话,倒使我哑口无言。惭愧的是,我连父亲不但在其中当群众演员,而且说过一句台词的这部电影,究竟是哪个厂拍的,片名是什么,至今一无所知。

我说得出片名的,仅仅三部电影——《泥人常传奇》《四世同堂》《白龙剑》。前几天,电视里重播电影《白龙剑》,妻忽指着屏幕说:"梁爽,你看你爷爷!"我正在看书,目光立刻从书上移开,投向屏幕——哪里有父亲的影子……我急问:"在哪儿在哪儿?"妻说:"走过去了。"

是啊,父亲所"演",不过就是些迎着镜头走过来或背着镜头走过去的群众角色。走得时间最长的,也不过就十几秒钟。然而父亲的确是一位极认真极投入的群众演员——与父亲"合作"过的导演们都这么说……

在我写这篇文字时,又有人打来电话——

"梁晓声?……"

"是我。"

"我们想请你父亲演个群众角色啊！……"

"这……我父亲已经去世了……"

"去世了？……对不起……"

对方的失望大大多于对方的歉意。

如今之中国人，认真做事认真做人的，实在不是太多了。如今之中国人，仿佛对一切事都没了责任感。连当着官的人，都不大肯愿意认真地当官了。有些事，在我，也渐渐地开始不很认真了，似乎认真首先是对自己很吃亏的事。

父亲一生认真做人，认真做事。连当群众演员，也认真到可爱的程度。这大概首先与他愿意是分不开的。一个退了休的老建筑工人，忽然在摄影机前走来走去，肯定地是他的一份儿愉悦。人对自己极反感之事，想要认真也是认真不起来的。这样解释，是完全解释得通的。但是我——他的儿子，如果仅仅得出这样的解释，则证明我对自己的父亲太缺乏了解了！我想——"认真"二字，之所以成为父亲性格的主要特点，也许更因为他是一位建筑工人，几乎一辈子都是一位建筑工人，而且是一位优秀的获得过无数次奖状的建筑工人。

一种几乎终生的行业，必然铸成一个人明显的性格特点。建筑师们，是不会将他们设计的蓝图给予建筑工人——也即那些砖瓦灰泥匠们过目的。然而哪一座伟大的宏伟建筑，不是建筑工人们一砖一瓦盖起来的呢？正是那每一砖每一瓦，日复一日，月复一月，年复一年地、十几年地、几十年地，培养成了一种认认真真的责任感。一种对未来之大厦矗立的高度的可敬的责任感。他们虽然明知，他们所参与的，不过一砖一瓦之劳，却甘愿通过他们的一砖一瓦之劳，促成别人的冠环之功。他们的认真乃因为这正是他们的愉悦！

愿我们的生活中，对他人之事的认真，并能从中油然引出自己之愉悦的品格，发扬光大起来吧！

父亲是一个普通得不能再普通的人。父亲曾是一个认真的群众演员。或者说，父亲是一个"本色"的群众演员。以我的父亲为镜，我常不免地问我自己——在生活这大舞台上，我也是演员么？我是一个什么样的演员呢？就表演艺术而言，我崇敬性格演员。就现实中人而言，恰恰相反，我崇敬每一个"本色"的人，而十分警惕"性格演员"……

朱永新感悟：

晓声是我的好友，多次听过他讲述父亲的故事。但是，这个故事不是童年时代的父亲对他的影响，而是老年的父亲对于他的影响。这就是认真，责任感。在他看来，父亲一生认真做人，认真做事，连当群众演员，也认真到可爱的程度。父亲的认真，让中年的他继续感悟人生、反省自己。他叩问自己：以父亲为镜，在生活这大舞台上，我也是演员吗？我是一个什么样的演员呢？我会像父亲做一个"本色"的演员吗？

林清玄

林清玄（1953—2019），中国台湾当代作家、散文家，曾任台湾《中国时报》主编，连续七次获台湾《中国时报》文学奖、散文奖和报导文学奖、台湾报纸副刊专栏金鼎奖等多个奖项，代表作有《菩提十书》《清净之莲》《桃花心木》《生命的化妆》《身心安顿》等。

期待父亲的笑 / 林清玄

父亲躺在医院的加护病房里，还殷殷地叮嘱母亲不要通知远地的我，因为他怕我在台北工作担心他的病情。还是母亲偷偷叫弟弟来通知我，我才知道父亲住院的消息。

这是典型的父亲的个性，他是不论什么事总是先为我们着想，至于他自己，倒是很少注意。我记得在很小的时候，有一次父亲到凤山去开会，开完会他到市场去吃了一碗肉羹，觉得是很少吃到的美味，他马上想到我们，先到市场去买了一个新锅，买了一大锅肉羹回家。当时的交通不发达，车子颠簸得厉害，回到家时肉羹已冷，且溢出了许多，我们吃的时候已经没有父亲形容的那种美味。可是我吃肉羹时心血沸腾，特别感到那肉羹是人生难得，因为那里面有父亲的爱。

在外人的眼中，我的父亲是粗犷豪放的汉子，只有我们做子女的知道他心里极为细腻的一面。提肉羹回家只是一端，他不管到什么地方，有好的东西一定带回给我们，所以我童年时代，父亲每次出差回来，总是我们最高兴的时候。

他对母亲也非常的体贴，在记忆里，父亲总是每天清早就到市场去买菜，在家用方面也从不让母亲操心。这三十年来我们家都是由父亲上菜场，一个受过日式教育的男人，能够这样内外兼顾是很少见的。

父亲是影响我最深的人。父亲的青壮年时代虽然受过不少打击和挫折，但我从来没有看过父亲忧愁的样子。他是一个永远向前的乐观主义者，再坏的环境也不皱一下眉头，这一点深深地影响了我，我的乐观与韧性大部分得自父亲的身教。父亲也是个理想主义者，这种理想主义表现在他对生活与生命的尽力，他常说："事情总有成功和失败两面，但我们总是要往成功的那个方向走。"

由于他的乐观和理想主义，使他成为一个温暖如火的人，只要有他在，就没有不能解决的事，就使我们对未来充满了希望。他也是个风趣的人，再坏的情况下，他也喜欢说笑，他从来不把痛苦给人，只为别人带来笑声。

小时候，父亲常带我和哥哥到田里工作，透过这些工作，启发了我们的智慧。例如我们家种竹笋，在我没有上学之前，父亲就曾仔细地教我怎么去挖竹笋，怎么看地上的裂痕，才能挖到没有出青的竹笋。二十年后，我到竹山去采访笋农，曾在竹笋田里表演了一手，使得笋农大为佩服。其实我已二十年没有挖过笋，却还记得父亲教给我的方法，可见父亲的教育对我影响多么大。

也由于是农夫，父亲从小教我们农夫的本事，并且认为什么事都应从农夫的观点出发。像我后来从事写作，刚开始的时候，父亲就常说："写作也像耕田一样，只要你天天下田，就没有不收成的。"他也常叫我不要写政治文章，他说："不是政治性格的人去写政治文章，就像种稻子的人去种槟榔一样，不但种不好，而且常会从槟榔树上摔下来。"他常教我多写些于人有益的文章，少批评骂人，他说："对人有益的文章是灌溉施肥，批评的文章是放火烧山；灌溉施肥是人可以控制的，放火烧山则常常失去控制，伤害生灵而不自知。"他叫我做创作者，不要做理论家，他说："创作者是农夫，理论家是农会的人。农夫只管耕耘，农会的人则为了理论常会牺牲农夫的利益。"

父亲的话中含有至理，但他生平并没有写过一篇文章。他是用农夫的观点来看文章，每次都是一语中的，意味深长。

有一回我面临了创作上的瓶颈，回乡去休息，并且把我的苦恼说给父亲听。他笑着说："你的苦恼也是我的苦恼，今年香蕉收成很差，我正在想明年还要不要种香蕉，你看，我是种好呢？还是不种好？"我说："你种了四十多年的香蕉，当然还要继续种呀！"

他说："你写了这么多年，为什么不继续呢？年景不会永远坏的。假如每个人写文章写不出来就不写了。那么，天下还有大作家吗？"

我自以为比别的作家用功一些，主要是因为我生长在世代务农的家庭。我常想：世上没有不辛劳的农人，我是在农家长大的，为什么不能像农人那么辛劳？最好当然是像父亲一样，能终日辛劳，还能利他无我，这是我写了十几年文章时常反躬自省的。

母亲常说父亲是劳碌命，平日总闲不下来，一直到这几年身体差了还常往外跑，不肯待在家里好好地休息。父亲最热心于乡里的事，每回拜拜他总是拿头旗、做炉主，现在还是家乡清云寺的主任委员。他是那一种有福不肯独享，有难愿意同当的人。

他年轻时身强体壮，力大无穷，每天挑两百斤的香蕉来回几十趟还轻松自在。我最记得他的脚大得像船一样，两手摊开时像两个扇面。一直到我上初中的时候，他一手把我提起还像提一只小鸡，可是也是这样棒的身体害了他，他饮酒总不知节制，每次喝酒一定把桌底都摆满酒瓶才肯下桌，喝一打啤酒对他来说是小事一桩，就这样把他的身体喝垮了。

在六十岁以前，父亲从未进过医院，这三年来却数度住院，虽然个性还是一样乐观，身体却不像从前硬朗了。这几年来如果说我有什么事放心不下，那就是操心父亲的健康，看到父亲一天天消瘦下去，真是令人心痛难言。

父亲有五个孩子，这里面我和父亲相处的时间最少，原因是我离家最早，工作最远。我十五岁就离开家乡到台南求学，后来到了台北，工作也在台北，每年回家的次数非常有限。近几年结婚生子，工作更加忙碌，一年更难得回家两趟，有时颇为自己不能孝养父亲感到无限愧疚。父亲很知道我的想法，有一次他说："你在外面只要向上，做个有益社会的人，就算是有孝了。"

母亲和父亲一样，从来不要求我们什么，她是典型的农村妇女，一切荣耀归给丈夫，一切奉献都给子女，比起他们的伟大，我常觉得自己的渺小。

我后来从事报告文学，在各地的乡下人物里，常找到父亲和母亲的影子，他们是那样平凡、那样坚强，又那样的伟大。我后来的写作里时常引用村野百姓的话，很少引用博士学者的宏论，因为他们是用生命和生活来体验智慧，从他们身上，我看到了最伟大的情操，以及文章里最动人的素质。

我常说我是最幸福的人，这种幸福是因为我童年时代有好的双亲和家庭，我青少年时代有感情很好的兄弟姊妹；进入中年，有了好的妻子和好的朋友。我对自己的成长总抱着感恩之心，当然这里面最重要的基础是来自于我的父亲和母亲，他们给了我一个乐观、关怀、善良、进取的人生观。

我能给他们的实在太少了，这也是我常深自忏悔的。有一次我读到《佛说父母恩重难报经》，佛陀这样说：

"假使有人，为于爹娘，手持利刀，割其眼睛，献于如来，经百千劫，犹不能报父母深恩。"

"假使有人，为于爹娘，亦以利刀，割其心肝，血流遍地，不辞痛苦，经百千劫，犹不能报父母深恩。"

"假使有人，为于爹娘，百千刀戟，一时刺身，于自身中，左右出入，经百千劫，犹不能报父母深恩……"

读到这里，不禁心如刀割，涕泣如雨。这一次回去看父亲的病，想到这本经书，在病床边强忍着要落下的泪，这些年来我是多么不孝，陪伴父亲的时间竟是这样的少。

有一位也在看护父亲的郑先生告诉我："要知道你父亲的病情，不必看你父亲就知道了，只要看你妈妈笑，就知道病情好转，看你妈妈流泪，就知道病情转坏，他们的感情真是好。"为了看顾父亲，母亲在医院的走廊打地铺，几天几夜都没能睡个好觉。父亲生病以后，她甚至还没有走出医院大门一步，人瘦了一圈，一看到她的样子，我就心疼不已。

我每天每夜向菩萨祈求，保佑父亲的病早日康健，母亲能恢复以往的笑颜。

　　这个世界如果真有什么罪孽，如果我的父亲有什么罪孽，如果我的母亲有什么罪孽，十方诸佛、各大菩萨，请把他们的罪孽让我来承担吧，让我来背父母亲的孽吧！

　　但愿，但愿，但愿父亲的病早日康复。以前我在田里工作的时候，看我不会农事，他会跑过来拍我的肩说："做农夫，要做第一流的农夫；想写文章，要写第一流的文章；要做人，要做第一等人。"然后觉得自己太严肃，就说："如果要做流氓，也要做大尾的流氓呀！"然后父子两人相顾大笑，笑出了眼泪。

　　我多么怀念父亲那时的笑。

　　也期待再看父亲的笑。

朱永新感悟：

　　这是一篇完美的教育散文。讲述了父亲如何春风化雨悉心教诲的故事。父亲鼓励他树立人生的理想："做农夫，要做第一流的农夫；想写文章，要写第一流的文章；要做人，要做第一等人。"父亲是一个永远向前的乐观主义者，再坏的环境也不皱一下眉头，再坏的情况下也喜欢说笑，从来不把痛苦给人，这种积极向上的乐观态度深刻影响了林清玄。最精彩的地方，是父亲用"农夫"立场教育孩子。他要儿子坚持写作："写作也像耕田一样，只要你天天下田，就没有不收成的。"在儿子遇到写作的瓶颈时，他告诉儿子："年景不会永远坏的。假如每个人写文章写不出来就不写了。那么，天下还有大作家吗？"作者的勤奋、坚持、乐观无疑是来自于父亲的言传身教。

残雪

残雪（1953 — ），本名邓小华，中国当代著名作家，中国当代先锋派文学的代表人物。代表作品有《山上的小屋》《苍老的浮云》《黄泥街》《五香街》等。

我的第一位精神导师 / 残　雪

那时因为粮食不够吃，光明村的人家都种了蔬菜，家家都把大小便解在马桶里，留着去浇菜。

父亲很喜欢在屋前的菜园子里忙碌，一下班就去浇菜或锄草。我们种过白菜、黄芽白、苋菜、南瓜、丝瓜、猪婆菜等，使用的肥料就是全家人的粪便。我记得我们菜园里的菜总是不如人家的长得好。虽然父亲花了很多心血，抱的期望也很高，但不知是缺少某种肥料还是方法不对，菜园总是不太景气。白菜长得瘦瘦的，南瓜总是只长到拳头那么大。南瓜叶倒是长得十分茂盛，绿油油的，却只开公花，很少结果。后来父亲说是不该浇多了尿。只有苋菜是最容易伺候的，而且割完一轮又可以长新叶，只要不停地浇兑水的尿就可以了。所以整个夏天，我们几乎餐餐吃苋菜煮稀饭。

我们菜园里只有一样菜长得十分好，那就是最耐贫瘠的猪婆菜。这种菜，茎、叶都长得十分肥厚，绿得也可爱，几乎不需要怎么照料。但猪婆菜十分难吃，尤其在没有油放的情形下，简直难以进口。我们由于天天吃不放油的猪婆菜，竟然得了皮肤过敏。不过还得吃，因为可以饱肚子。

南瓜虽然费了父亲不少的心血，但收成终于是微乎其微。有一天，父亲和狄狄站在门口的台阶上喊我，父亲边喊还边敲着手里的杯子，我连忙奔过去。

"吃好东西。"父亲诡诈地眨了眨眼，"猜一猜，猜对了才有吃。"

"我看看，我看看！"我踮起脚尖，看见了杯子里金黄色的面糊糊。

"是我用南瓜花和了一点点灰面炸出来的，一人吃一口。"父亲说。

他用筷子在杯子里捣来捣去的，捣了老半天，弄得我们直咽口水，最后才下决心夹起它，往我口里一送，大声说：

"吃！"

他又夹了一块给狄狄吃了，自己最后才吃。南瓜花究竟是什么味道，我已经完全没印象了，但当时的情景却历历在目，一直到今天我和狄狄都记得这回事。"金灿灿的"，狄狄后来说，不知是指菜园里的南瓜花还是油炸的南瓜花，说不定是指那天的太阳。

从食堂买回的钵子饭一天比一天小下去了，每次小海和小米将饭用小竹篮从食堂里提回，我们就围拢去看。一钵钵的饭是那样的少，我总是迫不及待地端起分给我的一份就狼吞虎咽。后来父亲想出了一个办法，每分一份饭，他就将那碗饭用筷子捣松，弄得在碗里堆起老高，一边递给我们一边说：

"捣松捣松，又是一大碗！"

直捣得我们皆大欢喜。

喝完稀饭父亲则带领全家舔碗，一轮一轮舔得干干净净，不用洗碗了。他边喝边告诉我们，稀饭是上面的米汤最有营养，有个什么人专门喝米汤，长得又白又胖。其实是当时家里煮稀饭只能放一点点米和大量的水，煮熟后总是清汤寡水，匀到每人碗里总是只有米汤和一点儿饭渣。我看见外婆总是只喝米汤，从来不吃饭渣。

苦日子没完没了，外婆的脸肿得像个气球，苍白得像尸布。一次她去两里外挑米，挑到半路腿一软，跌倒在山坡上，米桶翻倒，脸也跌破了皮。一位过路的好心人看见，扶起她来，又将她送回家。

父亲的脸也微微地肿了起来，整天唉声叹气的。每天晚饭后他都在书桌前正襟危坐，在经过浩劫之后幸存下来的那盏淡绿色的台灯下读马列书籍。我从未见他外出，也没有任何朋友来拜访他。这时我已经能识不少的字了，在陪伴父亲的过程中，我渐渐认熟了那些马列书籍封面上的书名，我还坐在桌旁背熟了一年级的许多课文。父女俩共用一盏台灯，默默交流的那些夜晚，在我的心灵上打下了深深的烙印。

一天我和小伙伴玩着玩着，我忽然说：

"这个苦日子，不知还要过多久？听说今年乡下的收成要好些了。"说这话时我大约八岁。

一回父亲下班回来显得有点高兴，对我们大家宣布：

"今天医生给我开了证明，是水肿病，我凭证明领了一调羹黄豆吃了。以后每个月可以领几次，可惜要跑两里路去领。我们单位有个人，每月去领黄豆吃，脸越肿越大，这个月终于死了。可见这黄豆也是吃不得的，吃时嘴里舒服，心里明白自己离死不远了。"他边说边笑，一点儿都不忌讳谈论死，我却怕得不行。

我亲眼看见对门的李婆婆死了，上星期她还对外婆说，她不想死，但活下去吃了家里人的饭，不如死了算了。过了三天，她就病死了。还有张婆婆，也是今年病死的。外婆平常对她们说："我会死在你们两位的前面。"可外婆还活着。人怎么这么容易死呢？要是父亲死了，我们不是都得去讨饭吗？所以父亲不能死。

苦日子终于过完了，饭可以吃得饱了，当然油水还是极为不足的。这个时候我们就开始养一些消耗很小的动物了，比如乌龟，比如蚕。

狄狄从宣传部的食堂捡回一只猫，我们和父亲就担负起了照料这只猫的责任。每个星期六，父亲都要在街头的小摊上买五分钱的小干鱼回来，然后用一把生了锈的旧剪刀，将一两条小干鱼剪成粉末状，拌在饭里面给小猫吃。父亲剪鱼时，小猫就围着他的脚跟拼命地叫，我和狄狄心里都暗暗着急，但父亲仍是不紧不慢地剪，似乎有无穷的乐趣。直到细小的干鱼成了真正的粉末，他才将米饭装进一个旧碗，用这些粉末来拌饭，拌来拌去的小猫叫得更急了。最后，他自己认为已充分拌匀了，才放在地上让小猫去享受。他的这套程序每次都要花半个小时以上，而我，每次都在边上观看，似乎百看不厌，又似乎因此与父亲贴得更近了。

因为小猫生了跳蚤，弄得满屋子都是，母亲几次威胁要把小猫送走。我和弟弟都对母亲不满，父亲则取笑母亲"心地残忍"。

也许是因为干鱼，也许是因为父亲对动物的溺爱，每当父亲坐在炉子边看书，小猫就跳上父亲的膝头，一动不动地蹲在那里，直到夜深，父亲要睡了才下来。

星期六，父亲兴高采烈地带回一只受了伤的小鹰，他告诉我们小鹰是撞到办公室里给抓住的，这种东西非吃肉不可。但是哪来的肉呀？他又说青蛙也可以代替。于是我们拼命地去找青蛙，等我们找了青蛙回来，他却把鹰放掉了，说我们养不活，要饿死的。"它还想来叼我的眼珠呢！"他夸张地说。

　　除了养动物、种蔬菜，父亲还有一大爱好，就是干修理工作。他修家里的表、眼镜、锅子、雨伞、鞋子等等。他是个有心的人，总是将一些废物当作修理的配件，放在只有他知道的地方，时机一到就拿出来用。如果我们将他的这些"配件"扔了或搞坏了，他就发脾气。

　　"小小，我今天要把这把伞修好，你信不信？"他拿着伞头破损的油布伞，眨着眼对我说道。

　　"你没有东西怎么修？我不信。"

　　"怎么没有？当然有啦，你到那个最底下的屉子里将那块灰色尼龙布拿出来。"

　　我将尼龙布交给他，他比了一比，说大小正好，像专门为修理准备的一样。

　　"你再到床底的小箱子里把一只塑料瓶盖找来。"我翻了半天，找出胶水瓶的塑料瓶盖来交给他。

　　然后他拿出小剪刀和一把锤子，还有一卷铜丝、上了桐油的棉线和一根特制的大针，一板一眼地干起来，不紧不慢，胸有成竹，有条不紊，我在旁边简直看呆了。"每一针都要先想好，比如这块布，在破处比好，把要折转的边也计算进去。还有，修理之前就要把全过程在脑子里计划一遍……"他边说边干，一个多小时过去，伞就被他修好了，虽然外观不怎么好看，但整齐结实，而且耐用，他旋转着雨伞，反复问我："怎么样？"

我记得他有一块表，每天慢半小时，他每隔几天就拿小剪刀撬开表壳，用一些自己做的工具进行修理。修理来，修理去，与不良现象斗争了好几年，那表仍然时快时慢，打摆子一般，但他毫不气馁，仍然兴致勃勃地干修理工作，还对我们说：

"这是只好表，瑞士产的。"

因为年深日久，他那副眼镜的铜丝框锈坏了，镜片掉了下来。到了星期天，他找出小锤子和白铁片，敲打一整天，居然将镜架彻底改造了一番，只是戴上后镜架前多了两块白铁皮。他并不在乎，对自己的劳动成果十分欣赏，说："起码还可以再戴十年！"开始的时候我看着那两块白铁皮很不习惯，时间一长也就习惯了。

他患有脚气和灰指甲，总到药店去买一种"杀烈癣霜"来涂，还细细地、耐心地修指甲，将那些长得厚厚的病指甲修平。每星期大干一场，一干便是一上午。刀片、刷子、药棉、药水、棉签、清理出来的废物等，摆得整整齐齐。因为眼睛近视，他总是割破了皮，搞得脚趾上血迹斑斑，惨不忍睹。他一修脚，我就守在边上看，他边修边和我谈话，时常在一个句子中途双手一颤，赶快用棉球吸出一团鲜血。

"小小，帮爸爸去下面买瓶'杀烈癣霜'来。"

"老是擦呀擦的，又不见好。"

"已经好多了嘛！就剩下这小趾头上还有一丁点儿，我马上来消灭它，只消一瓶，不，半瓶，就彻底好了。"

我非常佩服父亲的修理本领，一直努力学他。我也修过破伞和鞋子，每次都不太成功，想来想去，我还是缺乏父亲那种构思的能力，我的工作没有计划，没有先后次序，也没有对结果的预期，一切全是即兴式的。这些特点后来被我在生活中渐渐克服，但又在再后来的小说创作中得到了淋漓尽致的发挥。

朱永新感悟：

残雪的父亲邓钧洪是早年的地下党员，也是一位酷爱读书的知识分子。残雪和她的哥哥邓晓芒多次在文章中描写父亲带着他们兄妹一起读书的故事。残雪写道："父亲读书是真读，一本书他要反反复复读，每一段、每一章都要深思，都要在脑子里贯通。那些马列哲学书上写满了他的批注。五六岁的我经常看见父亲的眼睛在镜片后面进入冥思的状态。我那时也许似懂非懂地感到了，这每日的操练该是多么的惬意和自足！"邓晓芒也写道："父亲从图书馆，或者母亲从资料室下班回来，带回几本书，要么就是中外经典小说，要么是《鲁迅全集》的某一册，我们兄弟姐妹立刻每人抢一本，有的围在炉边，有的倒在床上，如饥似渴地读起来。外人有时候很奇怪，知道我们家兄弟姐妹多，但是整天听不到一点儿人的声音，直到把门推开一看，才发现原来满满一屋子人，人手一本在看（当时我们家大小8口挤住在共20多平方米的两间房子里）。"在这篇文章中，残雪没有过多写父亲的读书故事，而是从种菜、养动物、修理等细节，描写了一个热爱生活，顽强生存的父亲的形象，残雪把父亲作为自己的第一位"精神导师"，可以窥见一斑。正如她在另外一篇访谈中说的那样："我的父亲是一名真正的孤胆英雄，我做不到像父亲那样，但我将他传给我的内在气质转化成了搞文学的天赋。我通过文学创作的演习，一次次重现了父辈追求过的永恒之光。"

余
华

余华（1960— ），中国当代著名作家，中国作家协会委员会委员。1987年，发表《十八岁出门远行》《四月三日事件》《一九八六年》等短篇小说，确立了其先锋作家的地位。1998年，小说《活着》获得意大利文学最高奖——格林扎纳·卡佛文学奖。2003年，英文版《许三观卖血记》获美国巴恩斯·诺贝尔新发现图书奖。2004年，被授予法兰西文学和艺术骑士勋章。2008年，小说《兄弟》获得法国国际信使外国小说奖。2013年，长篇小说《第七天》获得第十二届华语文学传媒大奖年度杰出作家奖。2018年，小说《活着》获得作家出版社超级畅销奖。

父子之战 / 余 华

我对我儿子最早的惩罚是提高自己的声音，那时他还不满两岁，当他意识到我不是在说话，而是在喊叫时，他就明白自己处于不利的位置了，于是睁大了惊恐的眼睛，仔细观察着我进一步的行为。当他过了两岁以后，我的喊叫渐渐失去了作用，他最多只是吓一跳，随即就若无其事。我开始增加惩罚的筹码，将他抱进了卫生间，狭小的空间使他害怕，他会在卫生间里"哇哇"大哭，然后就是不断地认错。这样的惩罚没有持续多久，他就习惯卫生间的环境了，他不再哭叫，而是在里面唱起了歌，他卖力地向我传达这样的信号——我在这里很快乐。接下去我只能将他抱到了屋外，当门一下子被关上后，他发现自己面对的空间不是太小，而是太大时，他重新唤醒了自己的惊恐，他的反应就像是刚进卫生间时那样，号啕大哭。可是随着抱他到屋外次数的增加，他的哭声也消失了，他学会了如何让自己安安静静地坐在楼梯上，这样反而让我惊恐不安。他的无声无息使我不知道外面发生了什么，我开始担心他会出事，于是我只能立刻终止自己的惩罚，开门请他回来。当我儿子接近四岁的时候，他知道反抗了。有几次我刚把他抱到门外，他下地之后以难以置信的速度跑回了屋内，并且关上了门。他把我关到了屋外。现在，他已经五岁了，而我对他的惩罚黔驴技穷以后，只能启动最原始的程序，动手揍他了。就在昨天，当他意识到我可能要惩罚他时，他像一个小无赖一样在房间里走来走去，高声说着："爸爸，我等着你来揍我！"

　　我注意到我儿子现在对付我的手段，很像我小时候对付自己的父亲。儿子总是不断地学会如何更有效地去对付父亲，让父亲越来越感到自己无可奈何；让父亲意识到自己的胜利其实是短暂的，而失败才是持久的；儿子瓦解父亲惩罚的过程，其实也在瓦解着父亲的权威。人生就像是战争，即便父子之间也同样如此。当儿子长大成人时，父子之战才有可能结束。不过另一场战争开始了，当上了父亲的儿子将会去品尝作为父亲的不断失败，而且是漫长的失败。

我不知道自己五岁以前是如何与父亲作战的，我的记忆省略了那时候的所有战役。我记得最早的成功例子是装病，那时候我已经上小学了。我意识到父亲和我之间的美妙关系，也就是说父亲是我的亲人，即便我伤天害理，他也不会置我于死地。我最早的装病是从一个愚蠢的想法开始的，现在我已经忘记了究竟是什么原因促使我装病，我所能记得的是自己假装发烧了，而且这样去告诉父亲。父亲听完我对自己疾病的陈述后，第一个反应——几乎是不假思索的反应就是将他的手贴在了我的额头上。那时我才想起来自己犯了一个致命的错误，我竟然忘记了父亲是医生，我心想完蛋了，我不仅逃脱不了前面的惩罚，还将面对新的惩罚。幸运的是我竟然蒙混过关了。当我父亲明察秋毫的手意识到我什么病都没有的时候，他没有去想我是否在欺骗他，而是对我整天不活动表示了极大的不满。他怒气冲冲地训斥我，警告我不能整天在家里坐着或躺着，应该到外面跑一跑，哪怕是晒一晒太阳也好。接下去他明确告诉我，我什么病都没有，我的病是我不爱活动，然后他让我出门去，爱干什么干什么，两个小时以后再回来。我父亲的怒气因为对我身体的关心一下子转移了方向，使他忘记了我刚才的过错和他正在进行的惩罚，突然给予了我一个无罪释放的最终决定。我立刻逃之夭夭，思索着以后不管出现什么危急的情况，我也不能假装发烧了。

于是，我有关疾病的表演深入到了身体内部。在那么一两年的时间里，我经常假装肚子疼，确实起到了作用。由于我小时候对于食物过于挑剔，所以我经常便秘，这在很大程度上为我的肚子疼找到了借口。每当我做错了什么事，我意识到父亲的脸正在沉下来的时候，我的肚子就会疼起来。刚开始的时候我还能体会到自己是在装疼，后来竟然变成了条件反射。只要父亲一生气，我的肚子立刻会疼，连我自己都分不清是真是假。不过这对我来说已经不重要了，重要的是我父亲的反应。那时候我父亲的生气总会一下子转移到我对食物的选择上来，警告我如果继续这样什么都不爱吃的话，我面临的不仅仅是便秘了，就连身体和大脑的成长都会深受其害。又是对我身体的关心使他忘记了应该对我做出的惩罚。尽管他显得更加气愤，可是这类气愤由于性质的改变，我能够十分轻松地去承受。

这似乎是父子之战时永恒的主题，父与子之间存在着的那一层隐秘的和不可分割的关系，那种仿佛是抽刀断水水更流的关系，其实是父子间真正的基础，就像是河流里的河床那样，不会改变。很多年过去了，当我开始写作以后，我父亲对我写下的每一篇故事，都是反复地阅读，这几乎是他一生中最为认真的阅读经历了，当我出版一部新作，给他寄出后，他就会连续半个月天天去医院的传达室等候我的书，而且几乎每天都给我打电话，对我的书迟迟未到显得急躁不安。我父亲这样的情感其实在我小时候就已经充分显露了，从而使我经常可以逃脱他的惩罚。

我装病的伎俩逐渐变本加厉，到后来不再是为了逃脱父亲的惩罚，而是为摆脱扫地或者拖地板这样的家务活而装病了。有一次我弄巧成拙了。当我声称自己肚子疼的时候，我父亲的手摸到了我的右下腹，他问我是不是这个地方，我连连点头，然后父亲又问我是不是胸口先疼，我仍然点头，接下去父亲完全是按照阑尾炎的病状询问我，而我一律点头。其实那时候我自己也弄不清是真疼还是假疼了，只是觉得父亲有力的手压到哪里，哪里就疼。然后，在这一天的晚上，我躺到了医院的手术台上，两个护士将我的手脚绑在了手术台上。当时我心里充满了迷惘，父亲坚定的神态使我觉得自己可能是阑尾炎发作了，可是我又想到自己最开始只是假装疼痛而已，尽管后来父亲的手压上来的时候真的有点疼痛。我的脑子转来转去，不知道如何去应付接下去将要发生的事，我记得自己十分软弱地说了一声：我现在不疼了。我希望他们会放弃已经准备就绪的手术，可是他们谁都没有理睬我。那时候我母亲是手术室的护士长，我记得她将一块布盖在了我的脸上，在我嘴的地方有一个口子，然后发苦的粉末倒进了我的嘴里，没多久我就什么都不知道了。

等到我醒来的时候，我已经睡在家里的床上了，我感到哥哥的头钻进了我的被窝，又立刻缩了出去，连声喊叫着："他放屁啦，臭死啦。"然后我看到父母站在床前，他们因为我哥哥刚才的喊叫而笑了起来。就这样，我的阑尾被割掉了，而且当我还没有从麻醉里醒来时，我就已经放屁了，这意味着手术很成功，我很快就会康复。很多年以后，我曾经询问过父亲，他打开我的肚子后看到的阑尾是不是应该切掉。我父亲告诉我应该切掉，因为我当时的阑尾有点红肿。我心想"有点红肿"是什么意思，尽管父亲承认吃药也能够治好这"有点红肿"，可他坚持认为手术是最为正确的方案。因为对那个时代的外科医生来说，不仅是"有点红肿"的阑尾应该切掉，就是完全健康的阑尾也不应该保留。我的看法和父亲不一样，我认为这是自食其果。

朱永新感悟：

精神分析心理学家弗洛伊德在《图腾与禁忌》一书中曾用"弑父情结"来描述父子关系。他认为，在人类发展早期，父亲拥有绝对的权力，儿子会寻求父亲的保护。而当儿子长大后，一旦拥有了可以和父亲抗衡的力量，就会产生反抗父权的想法。

其实，父子关系的复杂性远远超出了弗洛伊德的理论。余华文章中说：人生就像是战争。"当儿子长大成人时，父子之战才有可能结束。不过另一场战争开始了，当上了父亲的儿子将会去品尝作为父亲的不断失败，而且是漫长的失败。"其实，这是一场关于爱的"战争"，父亲的爱往往是通过特殊的方式表达的。文章中写到父亲在发现孩子装病时的气愤，以及在了解孩子身体状况后的关心，"使他忘记了应该对我做出的惩罚"。

李开复

李开复（1961—　），作家、企业家、创新工场董事长兼首席执行官、信息产业经理人。2018年12月，入选"中国改革开放海归40年40人"榜单。代表作品有《做最好的自己》等。

父亲的爱像月亮 / 李开复

对儿时的我来说，父亲是个严肃而遥远的人。从我出生到十一岁赴美之前，他给我的感觉，总有一点点沉默和神秘。他留给我最深的印象，即是每天待在书房里，或踱着方步，或不停地写作。

虽然来台湾多年，但是父亲一直不变的，是那满口的乡音。因此，我们的家庭有一个奇怪的现象，就是孩子们跟爸爸讲四川话，跟妈妈和兄弟姐妹讲普通话。所以，一直到现在，我依然可以讲出很多四川话。听到川音，还觉得分外熟悉亲切。

在印象中，父亲言语不多，也不爱逗孩子们笑。所以，在我们的感觉中，母亲的爱像太阳，温暖、无私而透明，父亲的爱则像月亮，冷静、理性而朦胧。

　　我曾经一度以为父亲并不爱我。他很少表达他的感受，当我逐渐成年的时候，发现他也有他的"爱的语言"。比如他经常趁出门散步的时候，叫我一起出门上学，这样，我们就可以一起走一小段路，这几乎是我们唯一的独处时间。现在想想，父亲总是把这种爱隐藏在沉默的行动里，以至于太阳的光芒总是使月亮的光辉失色。

　　但是父亲总是说到做到，对孩子们的承诺从未食言。有一次，父亲突发奇想给我出了一道他自认为非常难的数学题，他觉得我肯定答不出来，说如果我做出来，他马上把他的派克金笔送给我。我还清楚地记得那是一道摆火柴的数学题，需要用六根火柴摆出四个同样大的三角形，没想到年幼的我三下五除二，不到两分钟就摆好了。父亲"喜出望外"，立即把派克金笔交到我的手里，要知道，那时候，派克金笔是连大人也少有的贵重物品。

　　在平静的岁月里，父亲对我的影响，是通过读他的书，听别人讲他的为人，解读他的梦想而形成的，然后在岁月的流逝中，被我慢慢地吸收到灵魂里。当然这些多是成人以后的事情，而幼时我唯一一次"偷钱"的经历，让他的话成了我终生的警言。

　　小学四年级，我看到学校外面卖动画图片的摊子生意不错，就突发奇想，为何不去买一些图片，在学校门口摆个摊子赚钱？这个突然冒出来的主意让我兴奋不已。

当天，我把这个主意和伟川说了，立即得到了他的响应。但是，做生意总是需要本钱的，我们小孩子自然是没有。我就从爸爸的抽屉里"借了"几千元日币（日币在台湾不能使用，所以父亲不会注意）。跟着，我和伟川两个小毛头还跑去台湾银行，想把日币换成台币，然后再去进货。没想到，银行看到我们两个是还不及柜台高的小孩，又是换那么小额的日币，就不耐烦地让我们出去。

这样一来，我们的生意做不成了，我就想偷偷把钱放回原处。没有想到，当我回到家里，发现那个抽屉已然上了锁，打不开了。想来想去，我决定把钱偷偷扔进家里两堵高墙的中间，然后对这件事情装聋作哑。

但是纸终究是包不住火的，伟川回去将这个"天机"泄露给了他的父母，这样一来，我们的秘密马上全部暴露了，父亲也自然知道我"偷钱"的整个经过，可想而知，我当时的心情如同世界末日来临，巨大的恐惧淹没了我的心。父亲和母亲不一样，他是严厉冷峻的，我以为这次一定是天雷地火一般的战争。但是，父亲的冷静却让我感到意外，他只是把我叫到他面前说："希望你以后不要自己让自己失望！"然后就走开了。

对我来说，这句话掷地有声，它的力量，让我愧疚到了极点。那种突如其来的自卑和悔恨，让我感觉如此失落。从此之后，我时时刻刻铭记着这句话，这让我内心的城堡里有了一个守望者，从此以后，绝对不会再自己让自己失望。

至于那些日币，父亲后来用一个粘着胶带的长竹竿，把它们一张张地粘了上来。

父亲虽然沉默寡言，但是内心一直藏着对中国的大爱，这是我后来才了解到的，他当年为官一场，却又厌恶官场作风，到台湾之后，一直致力于写作。

父亲最宠爱五姐。他过世以后，五姐非常悲痛，专门写文章追忆他。她说："爸爸来台湾，祖母留在大陆，是他一生最大的遗憾。"从小，爸爸教她的第一首诗是"清明时节雨纷纷"。小时候过年的对联，爸爸就写"时时勤秣马，年年望还乡"。

姐姐还说，父亲一生心系家国，晚年听音乐会，每每听到大陆的老歌，总是抽搐不已，难以抑制心中的悲情。"大陆寻奇"是他唯一感兴趣的电视节目。他一直对我们说，他的母亲死在四川，而他当时并没有守在自己母亲的身边。八十一岁那年，父亲回到了四川老家，这对他是很震撼的一次旅程，回来后父亲的情绪久久不能平复。回到台湾的当天晚上，他取出一枚印章，说是四川金石名家所刻，他说到这枚印上刻的是"少小离家老大回"时，再度失声痛哭。

父亲的学生也写了一篇回忆父亲的文章："我们最钦佩老师的是他的为学与做人。老师虽已八十多高龄，但是仍然好学不倦，用功甚勤。老师的用功着实令我们后辈望尘莫及。据我们所知，老师每年均要利用暑假到美国哈佛、普林斯顿等大学图书馆去搜集资料。平时，老师则利用在东亚所卜课的机会，顺便到国际关系研究中心的图书馆去看资料，平均每星期至少都要去一次。这一两年两岸往来很方便，研究生去大陆搜集资料也渐渐蔚为风气。如果知道有同学要到大陆去，老师总是很客气地委托同学帮他买书回来。"

对于父亲年过知天命还去美国游学，我们最佩服的是他对英文的学习。在五十岁之前，父亲连 26 个字母都认不全，但是到了美国之后，就全力以赴地利用各种机会学习，不但把不认识的词一个个地查词典，每天还利用各种零星时间看英文原版电影，找美国人练习会话。两年下来，父亲不仅能看懂英文专业论文，还可以看懂电影，会话也是相当可以。不过，就是父亲的英文总是带着浓浓的四川味道，曾经被我们兄妹们嬉笑过。但是，仅此一点，可以看出父亲对任何一件事情都十分的自信和坚韧。

父亲的中国情结像一条无声的溪流，注入了我的价值观。不知不觉中，当我的人生需要做一些选择时，这些理念影响了我。而这些都是我成年以后逐渐理解的。在父亲的书房里，父亲一直珍藏着钱穆先生赠送给他的书法，上面的字苍劲而从容：

有容德乃大，无求品自高。

我知道，这是父亲一生的写照。

朱永新感悟：

　　这篇文章原名《回忆我的父亲》。收入本书时，我改为《父亲的爱像月亮》。文章讲述了父爱与母爱的各自特点：母亲的爱像太阳，温暖、无私而透明；父亲的爱则像月亮，冷静、理性而朦胧。但是，父亲总是把他的爱隐藏在沉默的行动里，"以至于太阳的光芒总是使月亮的光辉失色"。文章有两个重要的细节：一是父亲一诺千金，言而有信；二是父亲爱国情深，注重价值观教育。

邓皓

邓皓（1966—　），中国当代作家、散文家，两次获得"全国十佳散文作家"称号。代表作有散文集《菩提树下的禅者》《和你雕刻浪漫时光》《人生是可以透明的》等。

默读父亲 / 邓　皓

大凡读书人都知道，并不是所有的文章都像精美的诗歌和隽永的小散文，宜于饱含激情高声朗读。有一种文章于平淡质朴中却尽显博大和深厚，那种境地只能用心才能体味出来，譬如梁实秋、林语堂、钱钟书等笔下的文章。

这道理就像我的父亲，够不上载书立传，却足可以让我一生去用心默读。

父亲故去已多年，却在我记忆深处一直清晰着。这么多年没父亲可叫了，心目中父亲的位置还留着，是没有人可以取代的。每每回到家，看着墙上挂的父亲的遗像，心里便贪婪似的一声一声孩童般地唤出"爸爸"二字来。那种生命中的原始投靠，让自己全然忘却了男人的伟岸和情感上固守的坚强。父亲埋在了乡下老家的小山上。每次回到故里，第一件事便是到父亲的坟头坐坐，那时心里便有了一种天不荒地亦不老的踏实，便以为是真正的两个男人坐在一起，不说话，思想却极尽开阔和辽远。那种默契，传递了父子之间彼此的一种放心和信赖。

父亲只是一个普通的工人，一辈子生活在乡下小镇上。他以吃苦耐劳、忍辱负重的品格，铺就平平淡淡、与世无争的一生。一如农人耕种的那一方稻田，又如供人饮用的一泓清水，父亲的生命里没有半点的风光和传奇。或许正是这样，朴实、敦厚的父亲做成了我最真实和最可以膜拜的父亲。父亲不是书里的人物，他的一生只为自己的平凡而活，或者为自己担负的责任而活——比如为他深爱的儿女而活。父亲正是凭借了他的简单而实在的人生，在儿女心目中活成了父亲的样子，以致在他生前和身后，他投放在儿女感情上的重量，颇有类同于几分美国人可以不在乎国家总统，却用心拥戴自己的父亲一样的况味。

诉说我的父亲无异于诉说一种平凡，而平凡，可以说是一种道不尽的绵长和琐碎。但如同说不尽春天，却可以细数春天里的微风、白云或草地……

便说父亲二三事吧。

我是父亲最小的儿子。"爹疼满崽"这句话，常常成了父亲爱的天平向我倾斜时搪塞哥哥姐姐们的托词。大概是在我十岁那年吧，我生病躺在了县城的病床上。一个阳光蛮好的冬日，我突发奇想，让父亲给我买冰棍吃。父亲拗不过我，便只好去了。那时候冬天吃冰棍的人极少，大街上已找不见卖冰棍的人。整个县城只有一家冰厂还卖冰棍。冰厂离医院足足有一华里地，父亲找不到单车，只好步行着去。一时半晌，父亲气喘吁吁满头大汗跑回来，一进屋，便忙不迭解开衣襟，从怀里掏出一根融化了一大半的冰棍，塞给我，嘴里却喃喃说道："怎么会化了呢？见人家卖冰棍的都用棉被裹着的呢！"母亲看着这一幕，又好笑又心疼，点着我的额头责怪道："你个小馋鬼，害你爸跑这么远还不算，大冬天把你爸棉袄浸个透湿，作孽啊！"而父亲在一旁看着美美吃着冰棍的我却爽朗地笑了。那一笑，直到今天仍然是我时常回想父亲的契机和定格。

初二那年，我的作文得了全省中学生作文竞赛一等奖。这在小镇上可是开天辟地头一遭的事儿。学校为此专门召开颁奖会，还特地通知父母届时一起荣光荣光。父亲听到这消息，好几天乐得合不拢嘴，时不时嘴里还窜出一拉子小调。等到去学校参加颁奖会的那天，父亲一大早便张罗开了，还特地找出不常穿的一件中山装上衣给穿上。可当父亲已跨出家门临上路时，任性而虚荣的我却大大地扫了父亲的兴。我半是央求半是没好气地说："有妈跟我去就成了，你就别去了。"父亲一听，一张生动而充满喜悦的脸一下子凝固了。那表情就像小孩子欢欢喜喜跟着大人去看电影却被拦在了门外一般张皇而又绝望。迎着爸妈投放给我的疑惑的眼神，我好　阵不说话，只是任性地待在家里不出门。父亲犹疑思忖了片刻，终于看出了我的心思，用极尽坦诚却终究掩饰不住的有些颤抖的声音说："爸这就不去了。我儿子出息了就成，去不去露这个脸无所谓。谁不知你是我儿子呀！"其实，知子莫若父。父亲早就破译出了我心底的秘密：我是嫌看似木讷、敦厚且瘦黑而显苍老的父亲丢我的脸啊！看着父亲颓然地回到屋里，且对我们母子俩好一阵叮咛后关上了门，我这才放心地和妈妈兴高采烈地去了学校。可是，颁奖大会完毕后，却有一个同学告诉我：你和你妈风风光光坐在讲台上接受校领导授奖和全校师生钦羡的眼光时，你爸却躲在学校操场一隅的一棵大树下，自始至终注视这一切呢！顿时，我木然，心里漫上一阵痛楚……这一段令人心恸的情结，父亲与我许多年以后都一直不曾挑明了，但我清楚地记得，那一个黄昏我是独自站在父亲凝望我的那棵树下悄悄流了泪的。

父亲最让我感动的是我十七岁初入大学的那年。我刚入大学的时候，寝室里住了四个同学。每个人都有一只袖珍收音机，听听节目，学学英语，很让人眼馋。我来自乡下小镇，家里穷，能念书已是一种奢侈，自然就别再提享受。后来，与其说是出于对别人的羡慕，还不如说是为了维护自己的自尊，我走了六十里地回到家，眼泪汪汪地跟父母说我要一只收音机。父亲听了，只知一个劲地叹气。母亲则别过头去抹眼泪。我心一软，只有两手空空连夜赶了六十里地回到学校。

过了一段时间，父亲到学校来找我，将我叫到一片树林里，说："孩子，你不要和人家攀比，一个人活的是志气。记住，不喝牛奶的孩子也一样长大。"

不喝牛奶的孩子也一样长大！我正掂量父亲的这句话，父亲从怀里掏出一样东西放在我手上。伸开手来，正是一只我心仪已久的袖珍收音机。事后才知道是父亲进城抽 500 毫升血给换来的。"不喝牛奶的孩子也一样长大"，就是父亲这句话，让我在以后的日子里一次又一次地找到了做人的自尊，也得以让我活出一个男人的伟岸。

父亲没能活到六十岁便猝然病逝了。记得父亲临终的时候，他将枯槁的手伸向了我。我将手放在父亲的手心，他极力想握紧我的手，但已无能为力了。他努力的结果，却是让自己颓然地流下了两行清泪。这是我第一次看见父亲在儿女面前流泪。就在那一刻，还压根儿顾不上对父亲尽孝道的我终于发现：无论儿女多么自信、坚强，天下父母总希望能呵护他们一生的呵！是的，父亲虽然没能扶携和目送着我走更长更远的路，但父亲一生积攒的种种力量已渗透到我生命中来——我的生命只不过是父亲生命的另一种延续。

父亲一直活着。因为，在我的心里，父亲永远是一尊不倒的丰碑，更是我堪以默读一生的精神。

父爱是一本无字的大书，它没有多少华美的章节，有的仅仅是那无法用言语表达的朴实无华和绵延不绝的深情厚意。

父亲是最质朴的，又是最聪明的，他读懂了孩子的私心，成全了孩子自私的愿望，同时却用大树下的深情注视来了却自己的心愿，父爱如斯，夫复何言？

朱永新感悟：

这是一篇催人泪下的文章。作者的父亲是一位普通工人，一辈子生活在乡下的小镇上。父亲吃苦耐劳、忍辱负重的品格，铺就了平平淡淡、与世无争的一生。但是，父亲对儿子的爱，却是轰轰烈烈，情深意长。为了让生病的儿子吃到冰棍，跑很远的路，把棉袄浸了个透湿；为了不给孩子"丢脸"，躲在学校操场一隅看着他领奖的"高光时刻"；为了让孩子学英语，卖血帮助他买了袖珍收音机。但是，他同时告诉儿子不要和人家攀比，"一个人活的是志气。记住，不喝牛奶的孩子也一样长大"。懂得孩子、尊重孩子，又适时抓住机会引导和教育孩子，这正是父亲的教育智慧。

第二编 诗书传家

　　第二编"诗书传家"是家族视角中子女对父亲的纪念，算是一种群像的刻画，突出的是文化根脉在族群与代际之间的传承。选取的作者大多有深厚的家学渊源，如叶至善对父亲的怀念，叶兆言对于父亲的思考等等；或者有意识地把家学传承作为一种教育下一代的一个重要理念。从中我们可以窥见这种族群内部的文化传承也是教育的一种典型现象。

丰子恺

丰子恺(1898—1975),原名丰润,又名仁、仍,号子颛,后改为子恺,中国现代著名的书画家、文学家、散文家、美术教育家和音乐教育家、翻译家,被誉为"现代中国最艺术的艺术家""中国现代漫画鼻祖"。以中西融合的漫画以及散文而闻名于世,后从弘一法师(李叔同)皈依佛门。有《护生画集》《子恺漫画全集》等漫画集,《率真集》《缘缘堂随笔》等散文集畅行于世。

爸爸的扇子 / 丰子恺

从烧野火饭这一天——立夏日——起,爸爸手里就拿了一把折扇。虽然一个月来天气很冷,有几天他还穿棉袍子;但是这把扇子难得离开他的手。我们每天放学回家,看见他总是读着扇子上的字画,在院中徘徊。因为这正是他每天著述工作完毕而开始休息的时候,而他的休息时间娱乐法,最近已由种花种菜改变为读扇与院中散步了。

这曾经使得徐妈奇怪，她有一次对我说："你爸爸每天看那把扇子，看了这多天还看不厌，真耐烦呢！"我笑起来。原来她没有知道，爸爸有一藤篮的折扇，据姆妈说，大约共有一百多把。这是他历年请人书画，积受起来的。每年立夏过后．他就用扇，一两天掉换一把。徐妈不知道这一点，以为他看的老是这一把，所以奇怪起来。我把这情形告诉了她，她更加奇怪了。"咦！一个人有一百多把扇子，好开爿扇子店了！扇子店里也拿不出这许多呢！"

姆妈对于他这点特癖，也常表示不赞成。娘舅家的叶心哥哥入中学时，姆妈向藤篮里拣扇了，对爸爸说："你一个人也用不得这许多扇子。叶心很爱好字画，拣一把没有款识的送他作为入中学的纪念品罢。"但是爸爸不肯，反抗地说："我的扇子都有印子，都有年代，而且每一把可以引起对于一书一画的两个朋友的怀念，怎么好拿去送人？你要送叶心，我自己画一把送他罢，倒比送现成的来得诚意。"以后他就把盛扇子的藤篮藏好。因此我们难得看见爸爸的扇子。最近他虽然天天拿着扇子，我们也只看见他拿看扇子而已，没有机会去细看他扇子上写着的字和描着的花。

今天放学回家后，弟弟从便所出来，笑嘻嘻地告诉我说："爸爸的一件宝贝落在我手里了。你看！"他拿出一把扇子来。我接过来一看，正是这几天爸爸手里常常拿着的一把。料想这一定是爸爸遗忘在便所里的。弟弟说："我们暂时不要还他。等他找的时候，要他讲个故事来交换！"我很赞成。同时我想："爸爸天天捧着扇子在院子里踱来踱去地看，究竟扇子上有些甚么花样？现在让我仔细看它一看。"但见一面写着字，全是草书，一个字也识不得；一面描着画，有山，有树木，山间有一间房子，房子的窗洞里面有一个人，驼着背脊，伸着头颈，好像一只猢狲，看了令人觉得可笑。别的东西也都奇怪：那山好像草柴堆，一条一条的皱纹非常显著。那树木好像玩具，上面的树叶子寥寥数张，可以数得清楚。那房子小得很，只有一个窗洞，窗洞中只容一个人。而且孤零零的，旁边没有邻居，前后左右只是山和树。我不禁代替那猢狲似的人着急：设想到了晚上，暴风雨把这房子吹倒了，豺狼虎豹来吃这人了，喊"地方救命"也没人答应。细看这环境里，全是荒山丛林，没有种米的田，种菜的地，不知这人吃些甚么过活？这总是爸爸的朋友中的某一位画家所描的。不知这位画家为甚么选择这样的光景来描在爸爸的扇子上？难道他自己欢喜住在这样的地方的？不然，难道是爸爸欢喜住在这种地方，特地请他这样描的？我心中诧异得很，就把这感想告诉弟弟。弟弟说："上面有字呢。你看他怎么说说？"我把扇子左角上题善两句诗念出来："闲坐小窗读《周易》，不知春去几多时。"《周易》，我知道的，是中国很古的，又很难读的一部古书。就对弟弟说："啊，原来这人住在这荒山中读古书，读得连日子都忘记，春去了几多时也不晓得呢！"弟弟说："前天我们班里的陈金明在日记簿子上写错了日子，先生骂他'糊涂'。这人连春去了几多时也不晓得，真是糊涂透顶了！"他想了一想，又自言自语地说："扇子上为甚么描这样的画，又题这样的诗？这有甚么好处呢？"

外面有爸爸懊恼的声音："到哪里去了？我明明记得放在便所里的脸盆架上的，怎么寻破了天也不见……"弟弟向我缩缩头颈，伸伸舌头，拿了扇子就走，我也跟他出去。弟弟把扇子藏在背后，对爸爸说："爸爸找扇子么？我能给你寻着，倘你肯讲个故事给我们听。"爸爸知道他的花样，一面拉着他搜索，一面笑着说："你还了我扇子，晚上讲故事给你听。"弟弟背后的扇子就被他搜去，他把扇子展开来反复细看，看见没有损坏，才表示放心。我乘机把关于画的怀疑质问他："为甚么他给你画上一个住在可怕的荒山里，而糊涂得连日子都忘记的人在扇子上？"爸爸笑一笑说："这原是过去时代的大人所欢喜的画，你们当然不会欢喜，也不应该欢喜。"我更奇怪了，接着又问："过去的大人为甚么欢喜这个呢？"爸爸坐在藤椅上了，兴味津津地告诉我这样的话：

"中国古时，人口没有现今这么多，交通没有现今这么便，事务没有现今这么忙，因此人的生活很安闲，种田吃饭，织布穿衣之外，可以从容地游山玩水，有的人终年住在山水间，平安地过着清静的生活。但这是远古时代的情形了。到后来，世间渐渐混乱，事务渐渐烦忙，人的生活已不容那么安闲，但是中国人有一种特别的脾气，就是'好古'。对于无论甚么东西，总以为现在的坏，古代的好。于是生在烦忙时代的人，极口赞美古代的清静生活，一心想回转去做古人才好。这梦想就在他们的画里表现出来。在京里做官的画家，偏偏喜画寒江上钓鱼一类的隐居生活；住在闹市里的画家，偏偏喜画荒山中读古书一类的清闲生活。山水画得越荒越好，人物画得越闲越好。"他指点他的扇子继续说："于是产生了这样的没有邻侣，没有粮食，不怕风雨，不怕虎狼，而忘记了日子的荒山读《易》图。这原是不近人情的，但在他们看来，越不近人情越好。"说到这里他讥讽地笑起来。接着又认真地说："可是现在这种画不能使多数人欢喜了。因为现在这时代，交通这么便，生存竞争这么烈，人生的灾难这么多，人们渐渐知道做过去的梦，无济于事；对于描写过去的闲静生活的画，也就减却了兴味。你们是现代人，在学校里受着现代人的教育，所以你们不会欢喜这种画，也不应该欢喜这种画。不但你们，就是我，对于这种画也不能发生切身的兴味。只是这把扇是三十年前的旧物，我把它当作纪念品看待，当作古董赏玩罢了。"爸爸折叠了扇子，立起身来，用了另一种兴味津津的语调继续说："扇面是中国特有的一种绘画呢！要在弧形的框子里构一幅美观的图，倒是一件很不容易而很有趣味的事呢！其实画扇面不必依照古法，老是画些山水花卉，西洋画风的现代生活的题材，也可巧妙地装进弧形的构图中去。你们不妨试描描看，很有趣味的。"夜饭的碗筷已经摆在桌上。爸爸说过后捧了他的宝贝回进书室去，预先把它藏好了再来吃夜饭。我对于他最后的几句话觉得很有兴味。预备去买一张扇面来试描一下看。

朱永新感悟：

丰子恺的父亲丰镕是清末秀才，37岁那年考中举人，恰逢母丧，丁忧在家，无法进京会考，只得设塾授徒，儿子因此成为他的学生。这篇文章从父亲的扇子讲到了一些教育的细节，也让我们从一个小小的侧面窥见一位艺术大家的成长历程。父亲是爱好艺术的人，一次自己心爱的折扇遗忘在便所，被丰子恺兄弟俩捡到，于是"敲诈"父亲讲故事。父亲也就借此机会讲述了扇面上字画的内容，给兄弟俩上了一堂生动的艺术鉴赏课，并且鼓励孩子自己尝试扇面的创作。儿时的艺术熏陶成就了一代宗师丰子恺。

叶至善

叶至善（1918—2006），曾任开明书店编辑。新中国成立后，历任中国青年出版社编辑，中国少年儿童出版社社长、总编辑兼《中学生》主编，民进第七、八届中央副主席等职。第二至五届全国政协委员，第六、七届全国政协常委、副秘书长。著有《失踪的哥哥》《花萼与三叶》《未必佳集》《梦魇》等。曾获中国福利会颁发的妇幼事业"樟树奖"，中国出版工作者协会颁发的老编辑"伯乐奖"。

陪父亲喝酒 / 叶至善

三十年前，父亲将八十初度，写了首《老境》："居然臻老境，差幸未颓唐。把酒非谋醉，看书不厌忘。睡酣云夜短，步缓任街长。偶发园游兴，小休坐画廊。"

那些年，父亲每天午餐晚餐都喝酒，由我陪着，一喝就是个把钟头。有亲戚朋友来，就拉着一块儿喝。父亲喝张裕白兰地，我喝剑南春或五粮液。客人随意挑，不喝也可以。

"把酒非谋醉"，酒是喝不多的，为的摆龙门阵，闲聊。天上地下，国内海外，可聊的话题多得是：哥德巴赫猜想，猎犬号远航，直到那时的"内部电影"，以及报纸上常见的"形势越来越好，不是小好，而是大好"。当然也有谈论诗文的时候。

有一回，记不起从哪儿开的头，我说毛主席的两首《沁园春》，念起来实在带劲。父亲点头说："不但意境开朗，调子也选得准。仄声韵的调子，跟两首的情调都不相配，用不着考虑。平声韵的像《水调歌头》，五字句多，'又食武昌鱼'，'极目楚天舒'，念起来顺溜，使人感到舒坦。就《沁园春》特别，几乎全用四字句，还排列得整整齐齐，别成一种情调。你背一首试试，就背毛主席的《雪》。"

父亲端起酒杯听我背，听到"顿失滔滔"，急忙呷了一小口，"你听听，"他说，"这一连串四字句，像不像一支受检阅的队伍。'北国风光'，像举着一面大旗在前头开路。'千里冰封，万里雪飘'，紧跟两位护旗的战士。接着的'望长城内外'，可不是一般的五字句，头里的'望'字像位司令员，带领着'长城''大河'，各四个字两句，成双成对大踏步走来，合着进行曲的拍子。你先前念，有没有过这样的感觉？"

"不曾注意，"我说，"我没想到跟别的调子作比较。只觉得这个'望'字还得往下贯：'山舞银蛇，原驰蜡象'，又一对四字句，直到'欲与天公试比高'才能收住。为了勾勒出雪晴之后'红装素裹'的景色，竟调动了这样气派的一支队伍。"

父亲又呷了口酒，我知道为的奖励我。他说:"《沁园春》这样填法，毛主席似乎成了习惯。《雪》的下半阕，举例评说历代名王，用的领字是'惜';秦皇汉武，唐宗宋祖，连同成吉思汗，当然都包括在内。再看他早年的那首《长沙》，上半阕中的领字'看'，下半阕中的领字'恰'，处的位置，起的作用，不也一个样吗?当然，没有开阔的意境，硬学是成不了器的。'功夫在诗外'，意境来自对生活的体验，丝毫勉强不得。"

我也呷了口酒，问:"从前，譬如说宋代的那些大家，有没有这样填法的呢?"

"只好说不知道，"父亲说，"我念的太少，记性又不好。俞先生父亲的那本词选，在你的桌上吧。有空翻翻看。"

父亲指的是《唐五代两宋词选释》，我第二天就翻了，《沁园春》总共才十来首。只刘克庄的一首，后半阕有些近似。"怅燕然未勒，南归草草;长安不见，北望迢迢。老去胸中，有些垒块，歌罢犹须著酒浇。"只能说形式上近似，这后三句意思够明白了，也够完整了，用不着前头那个"怅"字来领。而且念完了那四句成双成对的四字句，还是多休止个半拍再往后念为好。不信，可以试试。

近几年在电视屏幕上，常看到关于重庆谈判的文献纪录片和历史故事片，几乎都有《沁园春·雪》公开发表的一段情节。毛主席八月底到重庆，并非下雪的季节。查了人民文学版的

《毛泽东诗词选》的注，才知道这首词作于 1936 年 2 月，正准备从陕北过黄河进入山西。这就对了，词中写的，不就是长城黄河，眼前的景色么？不就是当时乘胜开拓的气概么？好像提前九年半，预先为柳亚老"索句渝州"做好了准备。

重庆谈判谈了四十三天，柳亚老"索句"，已经十月初了。毛主席以《雪》相赠绝非偶然，可以肯定，他喜欢自己的这首旧作，更因为这首《沁园春》所表达的感情，又一阵一阵，在胸中翻腾。柳亚老收到了哪肯秘而不宣呢？想来毛主席方回到延安，重庆就传抄开了，最早公开发表的是 11 月 14 日，重庆《新民报晚刊》。

真个是陪父亲喝酒的好谈资，可惜到明年 2 月 16 日，父亲去世已满十五年了。我是个彻底的神灭论者，决不会在父亲的遗像前供上一杯白兰地；可是写到这里，竟抑不住眼泪。

二○○二年十二月二十一日

朱永新感悟：

叶至善先生是叶圣陶的长子，也是与叶圣陶长期生活在一起的亲人。他幼年时在父亲的关注下学步识字，少年时在父亲的辅导下学做人作文，青年时和父亲一起编辑书刊，新中国成立后和父亲一起活跃在文化界和出版界。父子两人都担任过我们中国民主促进会的领导人。叶至善先生还亲自赠送过《父亲的希望》和《父亲长长的一生》两本关于父亲的著作给我。这篇文章只是从一个小小的侧面，反映了父亲在日常生活中教他学习的场景。叶至善没有上过大学，家里的餐桌就是他的大学课堂，他每天在餐桌上学习的诗文，学习的智慧，学习的情怀，也许不亚于任何一所大学给学生的东西。国外学者专门研究过不同家庭背景的餐桌文化，也许叶圣陶的"餐桌诗教"，就是很好的案例。

吴小如

吴小如（1922—2014），原名吴同宝，曾用笔名少若，诗人吴玉如先生的长子。著名历史学家、书法家、北京大学教授、中国中古史研究中心教授、中央文史研究馆馆员。著有《京剧老生流派综说》《古文精读举隅》《今昔文存》《读书拊掌录》和《当代学者自选文库·吴小如卷》等，译有《巴尔扎克传》。

听父亲讲唐诗 / 吴小如

先父玉如公于 1982 年 8 月 8 日在津病逝，一晃已十周年。父亲一生称得起"桃李满天下"，但真正给自己的孩子一字一句讲授古书的机会并不多。记得我十岁左右，父亲早起上班，我早晨上小学，每天同在盥洗间内一面洗漱，一面由父亲口授唐诗绝句一首，集腋成裘，久而成诵。至今有不少诗还能背得出来，都是六十年前随口读熟的。

解放后我们弟兄各自成家，同老人不在一起生活，得亲炙的机会就更少了。五十年代，有一次父亲来西郊北大宿舍小住，有闲便随意抽一册唐诗选本来读。恰值有学生问我，王维诗"寒山转苍翠"，为什么天冷了草木凋落，山色反而更绿了？我一时回答不出，便向老人请教。父亲说："木落千山天远大，正由于百卉俱凋，而山上常绿乔木很多，因此显得更加苍翠。如在夏天，到处都是绿色，山的苍翠反不突出。故着一'转'字。"我茅塞顿开，觉得很受启发。

　　我在二十岁前后对杜诗很入迷，翻检说杜诗的专著也不算少。这次父亲住在西郊，经常翻读浦江清先生在五十年代注释的《杜甫诗选》，随看随时向我提问。《茅屋为秋风所破歌》中"下者飘转沉塘坳"的"沉"应作"深"解而不作动词用，就是这时父亲讲给我听的。父亲还讲了《羌村》第一首："邻人满墙头，感叹亦嘘唏。"感叹，是针对杜甫的归来而言；嘘唏，则是许多邻人家中都有未归之人，因而触景生情，悲伤抽泣。又讲《前出塞》《后出塞》两组五古，诗中抒情主人公身份各不相同。《前出塞》是以一名普通士兵口吻来写的，《后出塞》则是以一个上层军官的口吻来写的。细玩之果然如此。父亲还讲："《堂成》结尾二句：'旁人错比扬雄宅，懒情无心作《解嘲》。'意思是旁人把杜甫比做西汉的扬雄，认为他是个有学问的诗人。因此他的草堂也好比扬雄的住宅（如《陋室铭》所说的'西蜀子云亭'）。而杜甫却感到这个比喻并不恰当。不过自己很懒，根本不想对此有所辩解。扬雄为了答复别人对他的嘲讽，作了一篇《解嘲》；而杜甫却连《解嘲》也懒得作，一任旁人爱怎么说就怎么说吧。"这些精辟的见解，大都是书本上所没有的，对我来说，真是莫大的收获。

　　从1957年舍弟受到不公正的待遇之后，先父见到我便很少谈学问了。"文革"后期，先父对"评法批儒"和"批孔"运动十分反感，每对我愤慨地说："他们有什么资格批判孔子？孔子是批不倒的！"我便宽解他说："您不必生气，既然深信孔子批不倒，那迟早还会为孔子恢复名誉的，您何必担心呢！"时至今日，孔子的形象已被搬上电视屏幕，父亲泉下有知，也可以安息了。今作此小文，聊为纪念。

时1992年7月，在北京

朱永新感悟：

　　这篇文章是吴小如先生在其父亲去世十周年时写的回忆文章。作者的类似回忆文章还有《听父亲讲〈孟子〉》《听父亲讲宋词》《听父亲讲杜诗》等。文章中的一个细节很值得玩味。吴小如先生介绍说，虽然父亲平时给孩子"一字一句讲授古书的机会并不多"，但是抓住生活中的每个机会、每个场景为他们讲解诗文，却是经常的事情。十岁左右的时候，每天早晨与父亲同在盥洗间洗漱，父亲都会口授唐诗绝句一首，"集腋成裘，久而成诵"。这些童年不经意间的学习，让吴小如先生打下了深厚的国学"童子功"，六十年前随口熟读的唐诗宋词，至今还能背得出来。

杨振宁

杨振宁（1922— ），物理学家，二十世纪最有成就的科学家之一。清华大学高等研究院名誉院长、教授，中国科学院院士。在粒子物理学、统计力学和凝聚态物理等领域作出了里程碑式的贡献。1957年获诺贝尔物理学奖。2022年被评为"感动中国2021年度人物"。

父亲和我 / 杨振宁

1922年我在安徽合肥出生的时候，父亲是安庆一所中学的教员。安庆当时也叫怀宁。父亲给我取名"振宁"，其中的"振"字是杨家的辈名，"宁"字就是怀宁的意思。我满周岁的时候父亲考取了安徽留美公费生，出国前我们一家三口在合肥老宅院子的一角照了一张相片。

父亲穿着长袍马褂，站得笔挺。我想，以前他恐怕还从来没有穿过西服。两年以后他自美国寄给母亲的一张照片是在芝加哥大学，年轻时意气风发的神态，在这张相片中清楚地显示出来。

　　父亲 1923 年秋入斯坦福大学，1924 年得学士学位后转入芝加哥大学读研究院。1928 年夏，父亲得了芝加哥大学的博士学位后乘船回国，母亲和我到上海去接他。我这次看见他，事实上等于看见了一个完全陌生的人。几天以后我们三人和一位自合肥来的佣人王姐乘船去厦门，因为父亲将就任为厦门大学数学系教授。

　　厦门那一年的生活我记得是很幸福的，也是我自父亲那里学到很多东西的一年。那一年以前，在合肥，母亲曾教我认识了大约三千个汉字，我又曾在私塾里学过《龙文鞭影》，可是没有机会接触新式教育。在厦门，父亲用大球、小球讲解太阳、地球与月球的运行情形；教了我英文字母；当然也教了我一些算术和鸡兔同笼一类的问题。不过他并没有忽略中国文化知识，也教我读了不少首唐诗，恐怕有三四十首；教我中国历史朝代的顺序、干支顺序、八卦等等。

　　父亲的围棋下得很好。那一年他教我下围棋。记得开始时他让我十六子，多年以后渐渐退为九子，可是我始终没有从父亲那里得到"真传"。一直到 1962 年在日内瓦我们重聚时下围棋，他还是要让我七子。在厦大任教了一年以后，父亲改任北平清华大学教授。我们一家三口于 1929 年秋搬入清华园西院 19 号，那是西院东北角上的一所四合院。西院于三十年代向南方扩建后，我们家的门牌改为 11 号。我们在清华园里一共住了八年，从 1929 年到抗战开始那一年。清华园的八年在我回忆中是非常美丽、非常幸福的。那时中国社会十分动荡，内忧外患，困难很多。但我们生活在清华园的围墙里头，不大与外界接触。我在这样一个被保护起来的环境里度过了童年。在我的记忆里头，清华园是很漂亮的。几乎每一棵树我们都曾经爬过，每一棵草我们都曾经研究过。这是我在 1985 年出版的一本小书《读书教学四十年》中写的我童年的情况。里面所提到的"在园里到处游玩"，主要是指今天的近春园附近。

父亲常常和我自家门口东行，沿着小路去古月堂或去科学馆。这条小路特别幽静，穿过树丛以后，有一大段路，左边是农田与荷塘，右边是小土山。路上很少遇见行人，春夏秋冬的景色虽不同，幽静的气氛却一样。童年的我当时未能体会到，在小径上父亲和我一起走路的时刻是我们单独相处最亲近的时刻。

我九岁、十岁的时候，父亲已经知道我学数学的能力很强。到了十一岁入初中的时候，我在这方面的能力更充分显示出来。回想起来，他当时如果教我解析几何和微积分，我一定学得很快，可是他没有这样做。在我初中一、二年级之间的暑假，父亲请雷海宗教授介绍一位历史系的学生教我《孟子》。雷先生介绍他的得意学生丁则良来。丁先生学识丰富，不只教我《孟子》，还给我讲了许多上古历史知识，是我在学校的教科书上从来没有学到的。下一年暑假，他又教我另一半的《孟子》，所以在中学的年代，我可以背诵《孟子》全文。父亲书架上有许多英文和德文的数学书籍，我常常翻看。

1937 年抗战开始，我们一家先搬回合肥老家，后来在日军进入南京以后，我们经汉口、香港、海防、河内，于 1938 年 3 月到达昆明。我在昆明昆华中学读了半年高中二年级，没有念高三，于 1938 年秋以"同等学力"的资格考入了西南联合大学。1938 年到 1939 年这一年，父亲介绍我接触了近代数学的精神。他借了 G. H. Hardy 的 *Pure Mathematics* 与 E. T. Bell 的 *Men of Mathematics* 给我看。他和我讨论 set theory、不同的无限大等观念。这些都给了我不可磨灭的印象。四十年以后在一本书中我这样写道：我的物理学界同事们大多对数学采取功利主义的态度。也许因为受我父亲的影响，我较为欣赏数学。我欣赏数学家的价值观，我赞美数学的优美和力量：它有战术上的机巧与灵活，又有战略上的雄才远虑。而且，奇迹的奇迹，它的一些美妙概念竟是支配物理世界的基本结构。

父亲虽然给我介绍了数学的精神，却不赞成我念数学。他认为数学不够实用。

1938 年我报名考大学时很喜欢化学，就报了化学系。后来为准备入学考试，自修了高等物理，发现物理更合我的口味，这样我就进了西南联大物理系。

抗战八年是艰苦困难的日子，也是我一生学习新知识最快的一段日子。我还记得 1945 年 8 月 28 日那天我离家即将飞往印度转去美国留学的细节：清早父亲只身陪我自昆明西北角乘黄包车到东南郊拓东路等候去巫家坝飞机场的公共汽车。离家的时候，四个弟妹都依依不舍，母亲却很镇定，记得她没有流泪。到了拓东路父亲讲了些勉励的话，两人都很镇定。话别后我坐进很拥挤的公共汽车，起先还能从车窗往外看见父亲向我招手，几分钟后他即被拥挤的人群挤到远处去了。车中同去美国的同学很多，谈起话来，我的注意力即转移到飞行路线与气候变化等问题上去。等了一个多钟头，车始终没有发动。突然我旁边的一位美国人向我做手势，要我向窗外看：骤然间发现父亲原来还在那里等！他瘦削的身材，穿着长袍，额前头发已显斑白。看见他满面焦虑的样子，我忍了一早晨的热泪，一时迸发，不能自已。

　　1928 年到 1945 年这十七年时间，是父亲和我常在一起的年代，是我童年到成人的阶段。古人说父母对子女有"养育"之恩。现在不讲这些了，但其哲理我认为是有永存的价值。1946 年初我注册为芝加哥大学研究生。选择芝加哥大学倒不是因为它是父亲的母校，而是因为我仰慕已久的费米教授去了芝大。当时芝加哥大学物理、化学、数学系都是第一流的。我在校共三年半，头两年半是研究生，得博士学位后留校一年任教员，1949 年夏转去普林斯顿高等学术研究所。父亲对我在芝大读书成绩极好，当然十分高兴。更高兴的是我将去有名的普林斯顿高等学术研究所，可是他当时最关心的不是这些，而是我的结婚问题。1949 年秋吴大猷先生告诉我胡适先生要我去看他。胡先生我小时候在北平曾见过一两次，不知道隔了这么多年他为什么在纽约会想起我来。见了胡先生面，他十分客气，说了一些称赞我的学业的话，然后说他在出国前曾看见我父亲，父亲托他关照我找女朋友的事。我今天还记得胡先生极风趣地接下去说："你们这一辈比我们能干多了，哪里用得着我来帮忙！"

1950 年 8 月 26 日，杜致礼和我在普林斯顿结婚。我们相识倒不是由胡先生或父亲的其他朋友所介绍，而是因为她是 1944 年到 1945 年我在昆明联大附中教书时中五班上的学生。当时我们并不熟识。后来在普林斯顿唯一的中国餐馆中偶遇，我恐怕是前生的姻缘吧。二十世纪五十年代胡先生常来普林斯顿大学葛斯德图书馆，曾多次来我家做客。第一次来时他说："果然不出我所料，你自己找到了这样漂亮能干的太太。"父亲对我 1947 年来美国后发表的第一篇文章与翌年我的博士论文特别发生兴趣。1957 年 1 月吴健雄的实验证实了宇称不守恒的理论以后，我打电话到上海给父亲，告诉他此消息，父亲当然十分兴奋。那时他身体极不好，得此消息对他精神安慰极大。1957 年我和杜致礼及我们当时唯一的孩子光诺（那时六岁）去日内瓦。我写信请父亲也去日内瓦和我们见面。他得到统战部的允许，以带病之身，经北京、莫斯科、布拉格，一路住医院，于 7 月初飞抵日内瓦，到达以后又立刻住入医院。医生检查数日，认为他可以出院，但每日要自己检查血糖与注射胰岛素。我们那年夏天租了一公寓，每天清早光诺总是非常有兴趣地看着祖父用酒精灯检查血糖。我醒了以后他会跑来说："It is not good today, it is brown."（今天不好，棕色。）或"It is very good today, it is blue."（今天很好，蓝色。）。过了几星期，父亲身体逐渐恢复健康，能和小孙子去公园散步。他们非常高兴，在公园一边的树丛中找到了一个"secret path"（秘密通道）。每次看他们一老一少准备出门：父亲对着镜子梳头发，光诺雀跃地开门，我感到无限的满足。

父亲给致礼和我介绍了新中国的许多新事物。他对毛主席万分敬佩，尤其喜欢他的诗句。

1960年夏及1962年夏，父亲又和母亲两度与我们在日内瓦团聚。致礼、光宇（我们的老二）和二弟振平也都参加了。父亲三次来日内瓦，尤其后两次，都带有使命感，觉得他应当劝我回国。这当然是统战部或明或暗的建议，不过一方面也是父亲自己灵魂深处的愿望。可是他又十分矛盾：一方面他有此愿望，另一方面他又觉得我应该留在美国，力求在学术上更上一层楼。和父亲、母亲在日内瓦三次见面，对我影响极大。那些年代我在美国对中国的实际情形很少知道。三次见面使我体会到了父亲和母亲对新中国的看法。记得1962年，我们住在Routede Florissant，有一个晚上，父亲说新中国使中国人真正站起来了，从前不会做一根针，今天可以制造汽车和飞机

（那时还没有制成原子弹，父亲也不知道中国已在研制原子弹）。从前常常有水灾旱灾，动辄死去几百万人，今天完全没有了。从前文盲遍野，今天至少城市里面所有小孩都能上学。从前……今天……正说得高兴，母亲打断了他的话说："你不要专讲这些。我摸黑起来去买豆腐，排队站了三个钟头，还只能买到两块不整齐的，有什么好？"

父亲很生气，说她专门扯他的后腿，给儿子错误的印象，气得走进卧室，"砰"的一声关上了门。我知道他们二位的话都有道理，而且二者并不矛盾：国家的诞生好比婴儿的诞生，会有更多的困难，会有更大的痛苦。

1971 年夏天，我回到了阔别二十六年的祖国。那天乘法航自缅甸东飞，进入云南上空时，驾驶员说："我们已进入中国领空！"当时我的激动的心情是无法描述的。

傍晚时分，到达上海。母亲和弟妹们在机场接我。我们一同去华山医院看望父亲。父亲住院已有半年。上一次我们见面是 1964 年底在香港，那时他六十八岁，还很健康。六年半中间，受了一些隔离审查的苦，老了、瘦了许多，已不能自己站立行走。见到我他当然十分激动。1972 年夏天，我第二度回国探亲访问。父亲仍然住在医院，身体更衰弱了。次年 5 月 12 日清晨，父亲长辞人世，享年七十七岁。

六岁以前我生活在老家安徽合肥，在一个大家庭里。每年旧历新年正厅门口都要换上新的春联。上联是"忠厚传家"，下联是"诗书继世"。父亲一生确实贯彻了"忠"与"厚"两个字。另外他喜欢他的名字杨克纯中的"纯"字，也极喜欢朋友间的"信"与"义"。父亲去世以后，我的小学同班同学，挚友熊秉明写信来安慰我，说父亲虽已过去，我的身体时感觉循环着他的血液。是的，我的身体里循环着的是父亲的血液，是中华文化的血液。

我于1964年春天入美国籍，差不多二十年以后我在论文集中这样写道：从1945年至1964年，我在美国已经生活了十九年，包括了我成年的大部分时光。然而，决定申请入美国籍并不容易。对一个在中国传统文化里成长的人，做这样的决定尤其不容易。一方面，传统的中国文化根本就没有长期离开中国、移居他国的观念。迁居别国曾一度被认为是彻底的背叛。另一方面，中国有过辉煌灿烂的文化。她近一百多年来所蒙受的屈辱和剥削在每一个中国人的心灵中都留下了极深的烙印。任何一个中国人都难以忘却这一百多年的历史。我父亲在1973年故去之前一直在北京和上海当数学教授。他曾在芝加哥大学获得博士学位。他游历甚广。但我知道，直到临终前，对于我的放弃故国，他在心底里的一角始终没有宽恕过我。

1997年7月1日清晨零时，我有幸在香港会议展览中心参加了香港回归盛典。看着中华人民共和国国旗在"起来，不愿做奴隶的人们"的音乐声中冉冉上升，想到父亲如果能目睹这历史性的，象征中华民族复兴的仪式，一定比我还要激动。他出生于 1896 年——一百零一年前，《马关条约》，庚子赔款的年代，在残破贫穷，被列强欺侮，实际上已被瓜分了祖国。他们那一辈的中国知识分子，目睹洋人在租界中的专横，忍受了二十一条款，五卅惨案，九一八事变，南京大屠杀等说不完的外人欺凌，出国后尝了种族歧视的滋味，他们是多么盼望有一天能看到站起来的富强的祖国，能看到"大英帝国"落旗退兵，能看到中国国旗骄傲地向世界宣称：这是中国的土地。这一天，1997 年 7 月 1 日，正是他们一生梦寐以求的一天。

父亲对这一天的终会到来始终是乐观的。可是直到 1973 年去世的时候，他却完全没有想到他的儿子会躬逢这一天的历史性的盛典。否则他恐怕会改吟陆放翁的名句吧：国耻尽雪欢庆日，家祭毋忘告乃翁。

朱永新感悟：

杨振宁先生的这篇文章，讲述了父亲在自己成长的关键时期产生的影响。小学的时候，父亲用大球、小球为他讲解太阳、地球与月球的运行情形，教英文，教鸡兔同笼等算术，教唐诗宋词，教中国历史，教围棋；中学的年代，父亲请专家为他讲《孟子》，讲中国文化，以至于能够熟背《孟子》；大学的时候，父亲又送他近代数学的书籍，和他讨论数学问题，把他带到了神奇的数学王国。成年以后，父亲又孜孜不倦地让他不要忘记故土。杨振宁先生的家国情怀和科学精神，与父亲的教育是分不开的。

周海婴

周海婴（1929—2011），鲁迅和许广平的独子。1960年起在国家广电总局工作，后任上海鲁迅文化发展中心理事长，中国鲁迅研究会名誉会长，北京鲁迅纪念馆、绍兴鲁迅纪念馆、厦门鲁迅纪念馆名誉馆长，北京鲁迅中学、绍兴鲁迅中学名誉校长等。代表作品有《鲁迅与我七十年》《鲁迅家庭大相簿》等。

记忆中的父亲 / 周海婴

父亲鲁迅先生离开我们已经整整七十年了。

1936年10月19日清晨，七岁的我从沉睡中醒来，觉得天色不早，阳光比往常上学的时候亮多了。我十分诧异：保姆许妈为什么忘了叫我起床？我连忙穿好衣服，这时楼梯上响起了轻轻的脚步声，许妈来到三楼，只见她眼圈发红，却强抑着泪水对我说："爸爸没了，侬现在勿要下楼去。"我没有时间思索、不顾许妈的劝阻，急忙奔向父亲的房间。父亲仍如过去清晨入睡一般躺在床上，那么平静，那么安详，好像经过彻夜的写作以后，正在作一次深长的休憩。母亲流着泪，赶过来拉住我的手，紧紧地贴住我，像是生怕再失去什么。我只觉得悲哀从心头涌起，挨着母亲无言地流泪。父亲的床边还有一些亲友，也在静静地等待，似乎在等待父亲的醒来。时钟一秒一秒地前进，时光一点一点地流逝，却带不走整个房间里面的愁苦和悲痛……

七十年过去，这个场面在我的脑海里还是很清晰，仿佛可以触摸。在我幼年的记忆中，父亲的写作习惯是晚睡迟起。早晨不常用早点，也没有在床上喝牛奶、饮茶的习惯，仅仅抽几支烟而已。我早晨起床下楼，蹑手蹑脚地踏进父亲的房间，他床前总是放着一张小茶几，上面有烟嘴、烟缸和香烟。我取出一支香烟插入短烟嘴里，然后大功告成般地离开，似乎尽到了极大的孝心。每次许妈都急忙地催促我离开，怕我吵醒"大先生"。偶尔，遇到父亲已经醒了，他只眯起眼睛看着我，也不表示什么。就这样，我怀着完成一件了不起的大事一样的满足心情上幼稚园去。

曾有许多人问过我，在对我的教育问题上，父亲是否像三味书屋里的寿老先生那样严厉，比如让我在家吃"偏饭"，搞各种形式的单独授课；比如亲自每天检查督促作业、询问考试成绩，还另请家庭教师，辅导我练书法、学音乐；或者在写作、待客之余，给我讲唐诗宋词、童话典故之类，以启迪我的智慧……总之，凡是当今父母能想得到的种种教子之方，都想在我这里得到印证，我的答复却每每使对方失望。因为父亲对我的教育，就如母亲在《鲁迅先生与海婴》里讲到的那样："顺其自然，极力不多给他打击，甚或不愿多拂逆他的喜爱，除非在极不能容忍、极不合理的某一程度之内。"

听母亲说，父亲原先不大喜欢看电影。在北京期间不要说了，到了广州，也看的不多。有一次虽然去了，据说还没有终场，便起身离去。到上海以后，还是在叔叔和其他亲友的劝说下，看电影才成了他唯一的一种娱乐活动。

我幼年很幸运，凡有适合儿童的电影，父亲总是让我跟他同去观看，或者也可以说是由他专门陪着我去看。有时候也让母亲领着我和几个堂姊去看《米老鼠》一类的卡通片。由看电影进而观马戏。有一次，在饭桌上听说已经预购了有狮、虎、大象表演的马戏票，时间就在当晚，我简直心花怒放，兴奋不已。因为，那是闻名世界、驰誉全球的海京伯马戏团的演出。按常规，我以为这回准有我的份儿，就迟迟不肯上楼，一直熬到很晚，竖起耳朵等待父母的召唤。谁料当时父亲考虑到这些节目大多为猛兽表演，且在深夜临睡之际，怕我受到惊吓，因此，决定把我留在家里，他们则从后门悄悄走了。当我发现这一情况后，异常懊丧，先是号啕大哭，后是呜咽悲泣，一直哭到矇矇地睡去。事后父亲知道我很难过，和善而又耐心地告诉我他的上述考虑，并且答应另找机会，特地白天陪我去观看一次。因而他在1933年10月20日的日记中，就有这样一条记载："午后同广平携海婴观海京伯兽苑。”虽然我们参观时没有什么表演，只看了一些马术和小丑表演的滑稽节目，不过我已算如愿以偿，以后也就不再成天噘嘴嘟囔不休了。

我幼时的玩具可谓不少，而我却是个玩具破坏者，凡是能拆卸的都拆卸过。目的有两个：其一是看看内部结构，满足好奇心；其二是认为自己有把握装配复原。那年代会动的铁壳玩具，都是边角相勾固定的，薄薄的马口铁片经不起反复弯折，纷纷断开，再也复原不了。极薄的齿轮，齿牙破蚀，即使以今天的技能，也不易整修。所以，在我一楼的玩具柜中，除了实心木制拆卸不了的，没有几件能够完整活动的，但父母从来不阻止我这样做。

叔叔在他供职的商务印书馆参加编辑了《儿童文库》和《少年文库》。这两套丛书每套几十册，他一齐购来赠给我。母亲把内容较深的《少年文库》收起来，让我看浅的。我耐心反复翻阅了多遍，不久翻腻了，就向母亲索取《少年文库》，她让我长大些再看，而我坚持要看这套书。争论的声音被父亲听到了，他便让母亲收回成命，从柜子里把书取出来，放在一楼内间我的专用柜里任凭取阅。这两套丛书，包含文史、童话、常识、卫生、科普等等，相当于现在的《十万个为什么》，却偏重于文科。父亲也不问我选阅了哪些，更不指定我要看哪几篇、背诵哪几段，完全“放任自流”。

在我上学以后，有一次父亲因为我赖着不肯去学校，卷起报纸假意要打我屁股。但是，待他了解了原因，便让母亲到学校向教师请假，并向同学解释：确实不是赖学，是因气喘病发作需在家休息，你们在街上也看到的，他还去过医院呢。这才解了小同学堵在我家门口，大唱"周海婴，赖学精，看见先生难为情"的尴尬局面。我虽然也偶尔挨打挨骂，其实父亲只是虚张声势，吓唬一下而已，他在给我祖母的信中也说："打起来，声音虽然响，却不痛的。"又说："有时是肯听话的，也讲道理的，所以，近一年来，不但不挨打，也不大挨骂了。"这是1936年1月，父亲去世的前半年。

父亲在世时，我还是个调皮爱玩的懵懂孩童。父亲的生活起居、写作待客，我虽然日日看到听到，父亲与朋友之间的谈话，我每每在场，他们也并不回避我。我对他们交谈的内容偶尔发生兴趣，其实他们究竟说的什么，我也不甚了然。对于孩子的未来，父亲自然是希望"后来居上"的，但他也写下了为很多人熟知的遗嘱："孩子长大，倘无才能，可寻点小事情过活，万不可去做空头文学家或美术家。"父亲的意思很清楚，宁可自己的孩子做一个能自食其力的劳动者，也不要做那种徒有虚名，华而不实之徒。如今我已年近八旬，一生只是脚踏实地地工作，为社会尽一份绵薄之力，就此而言，自觉也并没有辜负父亲的期望。

朱永新感悟：

鲁迅先生在1919年曾经写过一篇振聋发聩的文章《我们现在如何做父亲》。文章批评了父道尊严的旧传统，倡导民主平等的父子关系。周海婴先生笔下的鲁迅，也正是这样一位崇尚自由、顺其自然、尊重儿童个性的父亲。他陪儿子看电影、看马戏团表演，买玩具任儿子装卸，买图书给儿子阅读，却不指定要看哪几篇、背诵哪几段，完全"放任自流"。

他要求孩子掌握一技之长，做一个能自食其力的劳动者，"万不可去做空头文学家或美术家"。"无情未必真豪杰，怜子如何不丈夫"，鲁迅对儿子的教育方法，可谓真正的智慧爱。

梁文蔷

梁文蔷（1933—　），梁实秋幼女，曾任华盛顿大学医学院心脏科技师，台湾师范大学营养学讲师，美国西雅图社区学院营养学教授。闲暇之余喜好绘画，曾多次在国外参加画展，擅长写作，时有著述问世。

父亲梁实秋——回忆我的家教 / 梁文蔷

我自出生到二十六岁离家赴美读书，几乎全部时间与妈妈住在一起。在抗战期间有六年时光，爸爸一人在后方重庆，妈妈和我们姐兄妹三人在北平。如果以年代算，我受妈妈影响的时间较长。从另一个角度看，抗战军兴爸爸离家时，我只有五岁多，一直到十二岁才再与爸爸在四川团聚。这六年的光阴正是我性格的形成、习惯之建立与价值观念的初步定型时期。我可以说，在我的这段生命里，爸爸与我没什么重大关联。所以我更觉得在我幼年时，妈妈影响我最深。但是从我十六岁到台湾之后到我二十六岁赴美，我自觉受爸爸影响较深。我爸妈给我的家教并不止于我离家赴美之时。因我们通讯频繁，他们对我的影响一直持续着。从表面上看他们对我之教诲止于他们去世之时。但从我丧母十四年、丧父半年的经验中，我感觉爸妈对我的影响依然存在，而且他们过去的言行、文字对我有了新的启示和意义。所以，我的感觉是，他们虽已"离席"，仍活在我心中。他们对我的家教仍在进行，还通过我，已传给了我的下一代。

在我幼时记忆中，那时的爸爸是一位穿长袍的很高大的一个男人，他好像整天在书房里，那是我们不常去的地方。妈妈是一位已"发福"的和善的女人，每天忙出忙进，走路好快，我总追不上。我不记得我被打过。只有一次，爸爸对我施了"体罚"，被罚时的惊吓是如此之深，至今仍记得。至于我的"罪行"是后来别人告诉我的。缘于冬天一大清早，我不肯穿裤子就要到院子里去玩儿。爸爸火起，把我抓起来，猛扔在一大堆棉被上。然后再抓起来，再扔。把我扔得头昏眼花。棉被是软软的，一点儿不痛。但爸爸的盛怒和暴力给我太深的印象。后来，听哥姐说，他们小时都有"罚跪"的经验。我生也晚，阿弥陀佛，爸妈的家法后来有所改善，我得以免受罚跪之苦。

爸爸梁实秋对我之家教，总括说来，似乎采用的是道家方法——"无为而治"。爸爸不喜欢训话，和妈妈一样，主要是身教。但是不同的一点是爸爸善于辞令，家居过日子，也常常妙语如珠。看到社会上不顺眼之事，必用极文雅之词句破口大骂。

他的口头禅是"无耻"。如果仍不能解忿，则骂"无耻之尤者"。所以，在我小小的心灵中，谁是无耻、谁是"无耻之尤者"，一本清账！这也是一种家教，是非常有效的方法，教我辨是非，明礼义，知廉耻。如有"无耻"之徒上门，则为之取绰号为"李义廉"。爸爸对人品高尚的人则特别敬重，经常为我重复地讲义人逸事。既好听有趣，又生崇敬仰慕之忱。爸爸评人水准极高，所以，可作我行为楷模之人，为数极少。从正面看，我的道德水准应该很高，是好事。从反面看，道德水准太高了，连自己都做不到，不免自惭形秽，产生自卑。

我小时，爸爸给我讲过一则小故事，是古希腊犬儒学派哲学家第欧根尼（Diogenes）的轶事。那是无关紧要的，贵在故事本身。爸爸说："从前有一个人，白天在街上打着灯笼走。别人问他在做什么，他说：'我在找人。'"我年纪太小，不能充分了解。及长，阅人日多，才知其深奥的道理。

爸妈对待仆人特别宽厚。以中国旧社会主仆关系来衡量，可称仁至义尽。最重要的一点是他们对仆人有礼貌。尤其以迁居台湾之后，对待"下女"更加宽大且具爱心。"下女"一词是台湾特有，我家虽也入境随俗，学会说"下女"，但在"下女"面前从不用这么贬人的称呼。所以，在我家服务的小姐们与我们都有良好关系，多半服务到出嫁才离去。妈妈就热心地为她们买嫁妆。出嫁的女仆很早就会代寻一位女友来顶替她的位子。过几年后，出嫁生孩子的女仆还会回来看妈妈。这种主仆关系不是家家都有的。妈妈能做到这一点靠两个字："仁"和"忍"。

我的家教中最弱的一环，大概算是我接受的性教育。我小时间的有关性的问题，都没得到回答。后来渐渐悟出这是不能提的事。因此，到了十二三岁仍糊里糊涂，不懂人事。等到我上大学，有一天回家，看到客厅茶几上放着一本有关生理卫生的杂志。这种杂志是从来不进我家门的，哪儿来的呢？我好奇地拿起来翻阅。一看，恍然大悟，里面有男女生殖器官的基本知识。我当然看了，也不作声。过了几天，家中又出现了一本，是第二期。当然，我心中明白，这是有计划的预谋。读毕，意犹未尽，因我上大学时已不知从何处渐渐得到了普通常识。心中疑惑非几本生理卫生所能解除。这样神秘的杂志出现了几次之后，又神秘地消失。于是我的性教育也就圆满结束了。这种教法虽不够理想，但是爸妈居然想到了，尽力而为了，已是不易。我自身的经历使我觉悟性教育的重要。在我为人母时，应做得更好些。

家教包括爸妈的一言一行，也包括他们不说不做的，实在是一个写不完的题目。妈妈常说："一个小孩像一张白纸，父母往上写什么就是什么。"

可见妈妈对家教之重视。如今，我自己做了母亲，而且已尽了母亲之责，感到事情并不如妈妈说的那么简单。第一，白纸有道林纸、白报纸、宣纸、手纸等，种类繁多。往上写字的人也不止父母二人，大家都往上写，有人在纸上涂鸦，做父母的想擦也擦不掉，于是写写擦擦，擦擦写写，手忙脚乱。二十多年一晃即过，白纸变成墨宝，还是变成废纸，实难预料。有人说，孩子是父母的一面镜子。我说孩子是整个家庭与社会的一面镜子。

朱永新感悟：

　　本文原名《我的家教》，收录本书后改为《父亲梁实秋——回忆我的家教》，选文有删改。女儿认为，父亲梁实秋对自己的教育，用的是道家方法——"无为而治"。她说：爸爸不喜欢训话，和妈妈一样，主要是身教。"无言之教"成为梁实秋家庭教育的最大特点。父母在家里的对话，虽然不是说给孩子听的，但是要知道孩子对于这些话却是刻骨铭心的。一句评论时事的话语，可能就会形成孩子的价值观。作者正是听到父母关于无耻、"无耻之尤者"的对话，小小的心灵就能够"辨是非，明礼义，知廉耻"。女儿的性教育，也是"有计划的预谋"，虽然那个时代的父母很少直接和孩子讲性和生殖器官，但是巧妙地把生理卫生杂志放在女儿能够看到的地方，满足孩子对性的神秘和好奇心，让孩子掌握了基本的性知识。教育，经常发生在这样的有心与无意之间。

齐良末

齐良末（1938— ），字纪牛，号耋根。著名画家，中国画研究会会员，北京书画研究会会员，北京残疾人协会顾问，海南中岛集团艺术顾问。自幼随父学画，攻山水、人物、花卉，追求齐派风格。

永留清白在人间 / 齐良末

我的父亲白石老人，生活了近一个世纪，饱经战乱和南北往返的飘流生活，五十多以后才在北京定居。

1937 年，"七七"卢沟桥事变后，父亲眼见日寇铁蹄踏破我中华长城，同胞遭受凌辱，陷入血腥屠杀的空前浩劫。忧愤之下，决心避世。毅然辞去了艺术学院和京华美术学校两处教授职务，深居简出，不与外界来往。

一些日本军政头目不断来强请赴宴、照相、强送礼物，父亲便在大门上贴出"白石老人心病发作，停止见客"的告白。心病乃心忧祖国存亡之病，是语意双关的。父亲一生铮铮硬骨，不卑躬屈膝，他贴的告白，正是他具有中华民族血性和高尚民族气节的具体表现。

就在这样一个多灾多难的年月，我降生在这个家庭里。父亲特为我留诗一首，以为后来警戒，诗曰：

锦绷珍重小儿曹，富贵何如隐逸高，
养犬勿伤钱树子，年深防倒莫争摇。

父亲老来得子，喜悦之情是难以形容的。他在日记中写道："二十六日寅时，钟表乃三点二十一分也，生一子名良末，字纪牛，号耋根。字以纪牛者，牛、丑也，记丁丑年怀胎也。号以耋根者，八十曰耋，吾年八十尚有此根苗也。"

由于物价连年上涨，父亲和全国人民一样，心情沉重，他写了很多诗发泄心中的愤懑。国破家何在，父亲深深忧虑着祖国的前途和命运。

1944年（农历甲申年）1月，我的生母去世了。当时我年仅五岁，从此只有依依父亲膝下，开始了失去母爱的童年生活。

1944年6月，北平艺专送来配给门头沟煤的通知书，父亲深知这是日伪在收买人心，当即去信拒绝。在北平沦陷时期，生活资料非常紧张，父亲并不为名利所动，表现出了他清白的品格和热爱祖国的高尚民族气节。1945年8月15日，日寇终于无条件投降了，父亲非常兴奋，和好友一起饮酒，吟诗，表示庆祝。也就是这一年，父亲带着四子良迟和我及他的学生王雪涛、护士夏文珠乘飞机去南京办画展。虽然他的作品极受欢迎卖了不少钱，但当时的钞票如同废纸一样不值钱，父亲只好摇头叹息。

解放后，新时代给他的艺术创造赋予了新的生命力，他在九十多岁高龄时创作了著名的《祖国万岁图》。这是一幅彩色万年青的画面，作品上方篆书了"祖国万岁"四个大字，这四个字正是父亲热爱祖国的心声。

父亲对不义的战争深恶痛绝。他曾叫我养了许多鸽子，我的四哥良迟也给我一对白鸽。父亲认真观察鸽子的各种神态和动作，他亲自数清了鸽子的尾羽是十二根。在1952年亚洲及太平洋区域和平大会召开期间，父亲用了整整三天时间，在丈二匹整宣纸上着意绘制了《百花与和平鸽》的巨幅，赢得了中外和平人士的赞赏。

1954年3月，东北博物馆举办了父亲的画展，父亲去信致谢说："白石老年，身逢盛世，国内外人士对余画之喜爱，应感谢毛主席与共产党对此道之倡导与关怀。"这是父亲发自肺腑之声音，也是活了近一个世纪的老人从各个时期对比中得到的真实感受。这年8月，湖南人民选举他为全国人民代表大会代表，他感到无上光荣，经常参与一些活动。这样，他一出门，家中就留下了我孤独一个孩子。每逢这样时候，父亲就给我两块钱，叫我买点东西吃。父亲常常抚摸着我说："可怜哪！没得娘的孩子。"

有一次，周总理来看望我父亲，向他说："一些应酬画，没有条件就不要画了，想画时，作为消遣画画，不要为了生活再去勉强作画，要多注意休息。"不久，周总理通过美协每月补助父亲一些生活费。其实，解放后敬爱的周总理曾多次看望过父亲。在父亲得到国际和平奖金时，周总理亲临表示祝贺。父亲过生日时，周总理也于百忙中亲自赶来和他畅谈，向他祝贺。周总理对我父亲的感情是多么深厚啊！今年是父亲一百二十周年诞辰，倘使周总理还健在，他一定会出席的。

父亲教育儿女是多式多样的，夏季晚饭后乘凉时，常给我们讲故事，每当这个时候，我就高兴地蹲在他身旁为他抓痒，哥哥为他打扇，静静听他讲述早年经历的往事。有一次父亲给我们讲了螃蟹的故事："早年有一个朋友叫仲孚先生，他有了我好多画，还想要，但又不好明讲，就给我送了一篓活螃蟹，还写了条子讲，喝酒时吃螃蟹，还不如看我画的螃蟹更能多吃点酒。"停了一下，父亲继续说："这样我就只好给他画喽，在画上我写了一句话，仲孚先生无余画蟹，画此与之，胜于赠酒一坛。"父亲说："还有人用活虾来换我画的虾，我画的虾看来吃得了。"父亲还和我们讲了同乡马璧先生向他学画的往事，父亲说："马璧学画肯用苦功，敢下笔，我蛮看重他。"

又一天，父亲在乘凉时和我们讲起了早年蔡锷将军请他去教课的事。他说："那时教课还得了，一句话讲不好，学生闹起事来，一下把你轰出去。我这样大年纪，哪肯去担这样风险，我辞了。可是后来徐悲鸿先生也来请我教课，我当然也不理会。徐先生真是有耐性的人呐，我两次没答应他，第三次他还是客客气气地来请，我平生爱脸面，不好再推辞，只好教教看。那次我也很担心。可是学生蛮听话。讲完课，徐悲鸿先生陪我出来，我边走边感谢他管学生出了力。徐先生连连说，哪里，哪里，应当是我感谢老先生，是老先生的课讲得好。这以后，徐悲鸿和我很要好，我们的友谊终生不渝。"乘凉中，父亲和我们讲故事，这是我一生中最难忘怀的往事。父亲老年身上爱发痒，总喜欢让人替他挠几下，我当时是小孩子，他中午在躺椅上睡觉，我就在边上蹲着为他抓痒，轻轻挠上几下后，父亲就能发出轻微的鼾声。

我八岁时，父亲就为我留了作画范本并在上面题了字。父亲还为我书写了"余年还望汝光前"的字幅，勉励我要努力绘画。我十岁时，父亲把着手教我画《钟馗捉鬼图》，并指出钟馗的手臂应如藕之有节，并当即为我画出手臂图样。

1957年9月16日，慈爱的父亲病逝于北京，我们无限悲痛。当时我已十九岁，正在中学读书。

"文化大革命"中，江青攻击父亲说："是谁把齐白石抬得这样高？"其实，矛头是对着我们敬爱的周总理。后来父亲的家被抄了。父亲购置目住的房子被人占住了，找原住的两间西房也住进了外人。我意识到坟地恐怕也不会安全，便去扫墓，果然父母墓前的石碑全被挖倒了，每块碑上还刷了三个大黑字。在那种情况下，没有任何能力的我，只能偷偷地在墓前给父母叩几个头，挥泪而返，我的心头罩上了沉重的乌云。后来我再次去坟上，一看石碑也不知去向了。我伤心地从墓边捧了一把碎土带回家中，这把土留给了我辛酸的思亲之情与创伤的回忆。

正义终究要战胜邪恶，冰河终于解冰了，"四人帮"倒台了，父亲的名誉恢复了。这不仅是我们子孙的愿望，也是一切热爱艺术、热爱真理的人们的共同愿望。

我是父亲最小的儿子，父亲生前对满子的偏爱，舐犊深情，使我终生难忘。只是当年幼小无知，不懂得孝顺，现虽祈望承颜侍奉，已再不可能了。寸草春晖，补报无期，这将是我终生无限伤痛的憾事。

父亲把清白留在人间，把举世瞩目的艺术瑰宝留给了天下的人们，他那刚正耿直的做人品格，永远留在了我的心里。

朱永新感悟：

作者是齐白石先生的小儿子，八十岁时老来得子，自然格外宠爱。文章中讲述了父亲家庭教育的一些细节，如儿子出生后特为他留诗一首，"锦绷珍重小儿曹，富贵何如隐逸高"，希望他不要追求富贵荣华的生活。儿子八岁时亲自为他留了作画范本并书写"余年还望汝光前"的字幅，勉励他努力绘画。夏季晚饭后乘凉时，常给孩子讲述自己早年经历的往事，通过这些故事让孩子了解是非善恶。

陈忠实

陈忠实（1942—2016），中国当代著名作家。历任陕西省作家协会副主席、主席，2001年起任中国作家协会副主席。代表作品有短篇小说《接班以后》，中篇小说《蓝袍先生》《四妹子》，长篇小说《白鹿原》等，另出版有《陈忠实自选集》。长篇小说《白鹿原》获第四届茅盾文学奖。

家之脉／陈忠实

　　女儿和女婿在墙壁上贴着几张识字图画，不满三岁的小外孙按图索文，给我表演：白菜、茄子、汽车、火车、解放军、农民……

　　1950年春节过后的一天晚上，在那盏祖传的清油灯下，父亲把一支毛笔和一沓黄色仿纸交到我手里：你明日早起去上学。我拔掉竹筒笔帽儿，是一撮黑里透黄的动物毛做成的笔头。父亲又说：你跟你哥合用一只砚台。

我的三个孩子的上学日，是我们家的庆典日。在我看来，孩子走进学校的第一步，认识的第一个字，用铅笔写成的汉字第一画，才是孩子生命中光明的开启。他们从这一刻开始告别黑暗，走向智慧人类的途程。

我们家木楼上有一只破旧的大木箱，乱扔着一堆书。我看着那些发黄的纸页和一行行栗子大的字问父亲，是你读过的书吗？父亲说是他读过的，随之加重语气解释说，那是你爷爷用毛笔抄写的。我大为惊讶，原以为是石印的，毛笔字怎么会写到和我的课本上的字一样规矩呢？父亲说，你爷爷是先生，当先生先得写好字，字是人的门脸。在我之前已谢世的爷爷会写一手好字，我最初的崇拜产生了。

父亲的毛笔字显然比不得爷爷，然而父亲会写字。大年三十的后晌，村人夹着一卷红纸走进院来，父亲磨墨、裁纸，为乡亲写好一副副新春对联，摊在明厅里的地上晾干。我瞅着那些大字不识一个的村人围观父亲舞笔弄墨的情景，隐隐看到了一种难以言说的自豪。

多年以后，我从城市躲回祖居的老屋，在准备和写作《白鹿原》的六年时间里，每到春节的前一天后晌，为村人继续写迎春对联。每当造房上大梁或办婚丧大事，村人就来找我写对联。这当儿我就想起父亲写春联的情景，也想到爷爷手抄给父亲的那一厚册课本。

我的儿女都读过大学，学历比我高了，更比我的父亲和爷爷高了（他们都没有任何文凭，我仅只有高中毕业）。然而儿女唯一不及父辈和爷辈的便是写字，他们一律提不起毛笔来。村人们再不会夹着红纸走进我家屋院了。

礼拜五晚上一场大雪，足足下了一尺厚。第二天上课心里都在发慌，怎么回家去背馍呢？五十余里路程步行，我十三岁。最后一节课上完，我走出教室门时就愣住了，父亲披一身一头的雪迎着我走过来，肩头扛着一口袋馍馍，笑吟吟地说：我给你把干粮送来了，这个星期你不要回家了，你走不动，雪太厚了……

二女儿因为误读俄语，补习只好赶到高陵县一所开设俄语班的中学去。每到周日下午，我用自行车带着女儿走七八里土路赶到汽车站，一同乘公共汽车到西安东郊的纺织城，再换乘通高陵县的公共汽车，看着女儿坐好位子随车而去，我再原路返回蒋村——正在写作《白》书的祖屋。我没有劳累的感觉，反而感觉到了时代的进步和生活的幸福，比我父亲冒雪步行五十里为我送干粮方便得多了。

我不止一次劝告女儿和女婿，别太着急了，孩子三岁还不到，你教他认什么字嘛！他现在就应该吃饭、玩耍，甚至捣蛋，才符合天性。女儿和女婿便说现在人对孩子智商如何如何开发，及至胎儿。我便把我赌上去：你爸爸八岁才上学识字，现在不光写小说当作家，写毛笔字偶尔还赚点润笔费哩！

父亲是一位地道的农民，比村子里的农民多了会写字会打算盘的本事，在下雨天不能下地劳作的空闲里，躺在祖屋的炕上读古典小说和秦腔戏本。他注重孩子念书学文化，他卖粮卖树卖柴，供我和哥哥读中学，至今依然在家乡传为佳话。

我供三个孩子上学的过程虽然也颇不轻松，然而比父亲当年的艰难却相去甚远。从私塾先生爷爷到我的孙儿这五代人中，父亲是最艰难的。他已经没有了私塾先生爷爷的地位和经济，而且作为一个农民也失去了对土地和牲畜的创造权利，而且心强气盛地要拼死供两个儿子读书。他的耐劳他的勤俭他的耿直和左邻右舍的村人并无多大差别，他的文化意识才是我们家里最可称道的东西，却绝非书香门第之类。

这才是我们家几代人传承不断的脉。

朱永新感悟：

陈忠实先生的这篇文章，通过父亲对自己的教育和自己对孩子的教育之间的比较，生动地讲述了三代人的教育传承。他的父亲虽然是一位地道的农民，但是能读会写，还有打算盘的本事，"在下雨天不能下地劳作的空闲里，躺在祖屋的炕上读古典小说和秦腔戏本"，在那个时代的村子里，父亲自然算是知识分子了。所以，他注重孩子念书学文化，卖粮卖树卖柴，"心强气盛地要拼死供两个儿子读书"。文章中最感人的细节，是父亲冒着大雪步行五十余里路到学校为他送了一口袋馍馍干粮。而作者劝告女儿和女婿的一句话，对于治愈现代年轻父母的焦虑，也是很有价值的："别太着急了，孩子三岁还不到，你教他认什么字嘛！他现在就应该吃饭、玩耍，甚至捣蛋，才符合天性。"

叶兆言

叶兆言（1957 — ），中国当代著名作家，现任江苏省作家协会副主席。代表作品有中篇小说集《艳歌》《夜泊秦淮》等，长篇小说《一九三七年的爱情》《花影》《花煞》《没有玻璃的花房》等，散文集《旧影秦淮》《杂花生树》《乡关何处》等，另有《叶兆言文集》七卷、《叶兆言作品自选集》等。《追月楼》获1987—1988年全国优秀中篇小说奖、首届江苏文学艺术奖，多部作品获丁玲文学奖、庄重文文学奖、施耐庵文学奖等奖项。

父亲的话题 / 叶兆言

曾写过一篇文章纪念父亲，隐隐地觉得还有话想说，于是将写过的旧文章翻出来看，话好像都说了，又觉得还没说透，下面就是当时写的那篇《父亲的希望》：

　　常有人问我，你写作受了家庭什么样的影响。刚开始，我对这样的问题，一概以毫无影响作答。我想这也是实情，自小父亲给我灌输的思想，就是长大了别写东西。三百六十行，干什么都行，就是别当作家。父亲是个作家，他这么说，很可能让人产生误会，是干一行厌一行。

　　事实却是父亲最热爱写作。他一生中，除了写作，可以形容和描述的事情并不多。记忆中，父亲写作时的背影像一幅画，永远也不能抹去。我所能记住的，是他的耐性，是他写作时的不知疲倦。作为儿子，我不在乎父亲写作方面达到了什么水准，出了多少书，不会去想他得过什么文学奖，有过什么文学方面的头衔，进过什么名人录，还有谁谁谁曾对父亲有过什么样的好评价，这些评价是包装父亲的绝好材料，因为这谁谁谁都是大名鼎鼎的人物。我觉得这些并不重要，父亲生前把功名看得非常淡，我若写文章为父亲脸上贴金，很显然吃力不讨好。

　　恢复高考以后，我费了九牛二虎之力才考上大学，因为录取的是文科，父亲甚至都懒得向我祝贺。事过境迁，重新回忆二十多年前的情景，我仍然忘不了父亲当时的恐惧。父亲说，为什么非要选择文科呢。很长一段时间内，我都相信父亲所以不愿意子承父业，要让儿子远避文学事业，是由于他个人的不幸，由于1957年被打成右派，由于"文革"的挨整。一朝被蛇咬，十年怕草绳。后来我终于明白，除了这些恐惧，父亲顽固地相信，一个人若选择了文科，选择了文学，特别是选择了写作，很可能或者说更容易一事无成。

百无一用是书生，这句老话可以做多种解释。父亲热爱写作，一生都在伏案书写。父亲不自信，尤其是在写作方面，受他的影响，我也很不自信。这种不自信或许只是清醒，建立在写作是种高风险行业的基础之上，高风险不仅意味着政治上容易出错，经济上可能受窘，更大的可能是会成为一名空头的文学家。空头文学家不仅浪费自己的生命，还会浪费别人的宝贵时光。当我读到一些很坏很无聊的文章时，就想起父亲如果还在，一定会非常愤怒地加以指责。父亲生前，我们常为阅读到的文字没完没了地议论，父亲总是一针见血，非常明确地表明什么好，什么不好。他觉得一个人要么别写，要写就一定要写好，写出来就应该像个东西。

我写这篇小文章，想谈谈父亲对我的希望，行文至此，我突然意识到，父亲对我的不希望，远比希望更重要，更有用处。天下的父亲对子女都会有许多良好的希望，然而希望难免虚无缥缈，难免好高骛远，难免太浪漫。不希望却是非常具体，非常简单和直截了当。坦白地说，希望通常要落空，影响我做人的标准，并不是父亲的良好希望，而是父亲深深的担忧，父亲不希望我成为空头文学家，不希望我为当作家而硬着头皮当作家。我所要努力的方向，只是不要让父亲的不希望变成事实。

2001 年 10 月 2 日，中秋佳节一字不差地将写过的文章抄下来，当然不仅仅是偷懒。去医院参加例行体检，遇到很多单位的熟人，这些熟人曾经也是父亲的朋友。他们看到我，纷纷向我祝贺，理由是前天的本地晚报，头版上登了一条消息，说我女儿的一篇作文，入选了《中学语文读本》。这并没有什么了不得，但是标题比较隆重，又配了照片，熟人见了忍不住要议论。我忽然想起自己文章刚发表时的情景，一方面，父亲好像很不当回事，一方面，又暗暗得意，他当时的心情正好与我现在完全一样。

女儿今年才十八岁，已经出了两本书。她说起自己的心情，说没什么特别激动的，她说我爸爸出的书更多，不就是写了一些东西。这次有作文入选教材，她甚至都犹豫是否要告诉我，怕我又要对她说大道理。这种姿态和我当时刚发表作品时一样，不是因为成熟，不是故作谦虚。我不止一次告诉那些对文学世家这话题有兴趣的人，说作家后代的文学梦想和其他人可能略有些不同。或许耳闻目睹的缘故，作家后代享受文学成功的乐趣，要比别人小得多，因为我们都生活在父辈的阴影下，说一点不沾沾自喜不是事实，说一下子就忘乎所以更不是事实。父辈像一座山似的挡在面前，作为小辈或许取得了一些成绩，但是真没有太多的理由骄傲。

父亲过世转眼已十年了，我现在住五楼，闲时喜欢看楼下的樟树，那是刚搬进来时种的，也不过三年功夫，郁郁葱葱很像回事。古人说"树犹如此，人何以堪"，从树想到人，不由黯然泪下。十年是一个不短的数字，过去的十年，正是我写作最旺盛的时候，也是所谓个人最出成绩的日子。父亲喜欢书，书架上有一层专门用来放自家人的书。父亲过世时，我正式出版的书只有二三本，当时出书很困难，但是父亲已很得意，现在一层都放不下了，如果他还健在，真不知会如何高兴。

言传身教看来真是很厉害。我发现自己现在与当年的父亲相比，在唠叨方面，有过之无不及。我无数次地提醒女儿，说我们并不想沾光，可是不知不觉就可能沾了光，因此保持一份清醒非常必要。父亲生前是一家杂志社的主编，我发表小说的时候，大家都会想，这家伙近水楼台，开后门太方便。"外举不避仇，内举不避亲"，说是这么说，真正操作起来，其实有很多难度。我如今要说父亲对我在文学方面的要求，要比对别人更严，相信的人有，怀疑的人也会有，因为人们通常更愿意从"人之常情"去思考问题。父子关系毕竟是一种特殊的关系，我没必要做那种"此地无银三百两"的解释，想说的只是，别人怎么说并不重要，重要的是自己真把事情做好。事实胜于雄辩，我曾经很努力想用实战成绩来证明自己，而这种证明才是对父亲教育的一种最好报答。

我想起自己最初发表的两篇小说，那是二十多年前的事，两篇小说写于同一天，上午完成一篇，写完了给父亲看，父亲说还有点意思，就是卷面太肮脏，即使巴尔扎克也不过如此，我为你重誊一遍吧。结果父亲帮我一笔一画地抄，我却在下午风风火火又写了一篇小说，当时真没想到写小说这么容易，小说在同一个月里分别由两家刊物发表了。记得父亲改了几个字，父子还为是不是病句争了一场，我自然是错，然而不服气，狂得莫名其妙。我似乎有过一段才华横溢的日子，可惜在接下来的五年之内，连一篇小说也发表不了。很长一段时间，父亲根本不看儿子的小说，他知道我还在写，写什么也懒得问。一个人真要想当作家，别人帮不了忙。我的小说终于有机会发表，终于有一点影响，父亲那一阵特别忙，别人对他说你儿子的小说写得不错，他便对我说，喂，把那什么小说给我看看。看了也就看了，喜欢或不喜欢，满意或不满意，反正是儿子的东西，儿子大了，有些事已经管不了。

回想父亲对我写作的帮助，热情鼓励少，泼冷水打击多。可怜天下父母心，热情鼓励是希望子女有出息，泼冷水打击是怕子女走错路。他更多的还是不闻不问，父亲生前常说，学医可以传代，学画也可以传代，唯有这写作传不了代。他告诉我，作家不走自己的路，一辈子都不会有出息。他还告诉我，作家的后代不成为作家是正常的，成为作家反而不正常。我想我能有今天，不要说自己想不到，长眠于地下的父亲也不会想到。唯一可以肯定的，是他一定会发自真心的高兴。文学是父亲喜欢的事业，薪火相传，虽然属于意外，毕竟不是一件坏事。

自从父亲过世，每年清明，7 月 15 日，除夕夜，我都要烧些纸钱。父亲生前，对所有的迷信活动都不相信，我受他的影响，也未必深信不疑，但是，还是要忍不住这么做。很多事是不能忘记的，如果没有父亲，就不会有我的今天。还是那句话，我能成为作家，既是无心插柳，又是事出有因。

朱永新感悟：

从叶圣陶到叶兆言的女儿，一门四代作家，堪称传奇。有意思的是，许多作家往往并不愿意自己的孩子成为作家，因为他们深知所需的天赋与背后的艰辛。正如叶至诚先生对儿子说的那样，"学医可以传代，学画也可以传代，唯有这写作传不了代"。文章中提到的"希望"与"不希望"，对我们特别具有启发价值。叶兆言说，"父亲对我的不希望，远比希望更重要，更有用处"。为什么呢，因为所有的父亲对子女都会有许多良好的希望，但"希望"往往难免虚无缥缈、不可及，"不希望"却非常具体、简单明了、直截了当。父亲不希望他成为空头文学家，不希望他为当作家而硬着头皮当作家，那样的话，"不仅浪费自己的生命，还会浪费别人的宝贵时光"。所以，叶兆言表示他所要努力的方向，只是不要让父亲的不希望变成事实。也许，明确对孩子提出一些"不希望"，对于孩子一生的成长更重要。

第三编

岁月的印记

　　第三编"岁月的印记"是文化记忆中的父亲,"父亲"不仅是一个具体的形象,也升华为某种符号和精神的图腾。与其说在怀念父亲,追寻父亲,不如说是体味或是追寻某一个难以重现的文化场域,借由这种方式重塑个体与世界的关系。

牛
汉

牛汉（1922—2013），本名史承汉，后改名牛汉，曾用笔名谷风，蒙古族。中国现代著名诗人、文学家和作家，"七月"派代表诗人之一。1940年开始发表文学作品，主要写诗，近二十年来同时写散文。曾任《新文学史料》主编、《中国》执行副主编，中国作家协会名誉委员、中国诗歌学会副会长。他创作的《悼念一棵枫树》《华南虎》《半棵树》等诗广为传诵，曾出版《牛汉诗文集》五卷。

心灵的呼吸／牛　汉

　　音乐，在我的童年生活里，是沉重而苍凉的存在。它也是一个世界，我朦朦胧胧地感觉到了，并不理解，更没有真正清醒地走进它的领域。直到现在，对于音乐的理论，甚至普通常识，可以说我都不懂。但是童年时，我听到了许多真诚而朴实的响器的演奏和歌声，强烈地感染了我，它像土地、阳光、露珠、微风那样地真实。我觉得人世间的确有一些美好的声音使你无法忘却，它渗透了你的生命，它沉重如种子落在你的心上，永远留在那里，生了根。童年时，我觉得音乐都是沉重的，没有使我感到过有轻的音乐。既然能够影响最难以感化的心灵，它当然是很强大的力量。

我曾经在一篇文章中说，如果我一直留在家乡，我或许能成为一个民间自得其乐的画匠与吹鼓手，也许还是一个快乐的捏泥手艺人。父亲说过我是一个可以加工的粗坯子。

父亲有两船笙，一船是黄铜的，从我能记事时起，它就摆在父亲的桌上，我觉得它很好看，竖立的竹管如张开的翅羽，知道它能发出奇异的声音，就更对它生出崇敬的感情。我十岁以后，父亲置买了一船白铜的，他特别珍爱这白铜的。但我还是喜欢那黄的，我觉得白的发冷，有如寺庙里菩萨的面孔。我母亲请人给这两船笙做了布套，把它们整个包藏起来，增加了一层神秘色彩。除去父亲，谁也不能动它们。父亲屋里的墙上，挂着一管竹箫，我只听他吹过一次。村里的老人都说父亲箫吹得很好。他年轻时常吹，但后来不吹了。只有一次，一个秋天的黄昏，我已近十岁光景，父亲独自到房顶上，背靠着烟囱，手拄着箫，箫像是他生命的支点。我以为他要吹，等了又等，他还是不吹。我坐在房顶的一个角落，离我父亲好远，我的心灵感到一片空茫，隐隐地感觉出父亲是孤独而哀伤的。第一次感到不理解他。天渐渐地暗黑下来，父亲的面孔已经模糊不清。父亲似乎专等着天暗黑下来。我相信父亲要吹箫，我没有听到箫声，我期待着。不是听见，是感觉到了有一种很轻飘的、跟夜雾融成一气的声音，幽幽地，静穆地，一缕一丝地降落到我的心上。吹的什么曲调，我不知道，是从来未听过的声音。那箫声仿佛是从父亲深奥的体腔内部流泄出来的，像黑暗中的小溪流，你不用心去感觉，就什么也听不到。父亲什么时候不吹了，我不知道，我们谁也看不见谁，互相没有说一句话。箫不吹了，但那个由声音显示的情境还在，人和箫声都不愿意分离。以后我再没听见父亲吹箫了。从童年起，我觉得箫声是很神秘很沉重的，箫是接通心灵与遥远世界的通道，就像微细的血管与心脏相通那样相依为命的关系。抗日战争以后，父亲和我流落到了比家乡还要苍凉寂寞的陇南山区，父亲又有了一管箫，但我还是没听他吹过。他一定吹过，只是不晓得他在什么时候什么地方吹，真难以遇到。回想起来，我当年在陇山山沟里学着写诗，就是想找一管接通遥远世界的箫，或与箫相似的让心灵能呼吸的气管。

　　箫，只属于我父亲个人，他只为自己吹，不要听众。笙和管子，父亲经常吹，不是独自吹，是跟村里"自乐班"的人一块吹，总是在黄昏以后吹。深秋农闲以后，他们几乎天天在五道庙前的广场上闹闹哄哄地吹奏。全村人都能听到。在这个意义上说，"自乐班"真正是全村的自乐班，演奏的声音，如当空月亮，照遍了每个角落。父亲用白铜的笙吹，得到他的允许，我怀抱着黄铜的笙坐在一边学着吹，没有谁专门教过我。父亲在家里偶然对我说过几句：指头按眼，不能按得太死，声音都憋死了，音调要像呼吸那么自然才好，呼吸是随曲调的命脉而呼吸。他讲的大意是这样，因比喻特殊，我一生未忘记。我从父亲吹笙前的严肃的准备动作和神情，开始向他学习，他瘦削的双手端着笙座，当嘴唇跟笙的嘴一旦接触，笙跟他的生命就在冥冥之中形成了一个活生生的整体：没有笙，就没有父亲；没有父亲，也就没有笙。只有这时，我才从各种响器的作用和它们的配合中悟通了一些道理。它们构成了一片如自然界那么自然的情境。"自乐班"的人大都是从口外回来的，年纪都不小了，他们受够了苦，需要解闷，当他们在一起合奏的时候，似乎忘掉了一切。所有的曲调都是很苍凉的，在苍茫之中，他们的心像雁群一般飞越过寒冷的冬天，飞越过苦难的人生。

　　父亲记得很多古老的乐谱，他有一本书写奇怪的竖写的曲谱，我看不懂，全是什么"工尺……"父亲常常一整天在琢磨它，指头轻轻地在炕桌上敲着。"自乐班"的其他人都不懂曲谱。但父亲说，他的曲谱，大都是记录了几代人流传下来的曲子，有一些是很古的北曲。解放以后，听说父亲整理出一部分，甘肃人民广播电台请他演奏过不少次。这是我听三弟说的，父亲可从来没有向我谈过这事。

"先得摸透每个笙管的个性"，父亲对我说，他让我一个音一个音地认识笙。黄昏时，我坐在屋顶上学着吹，如果父亲正好在家，他总认真地听我吹，很少指点，最多说一句"用心好好琢磨"。笙对我是一个很大的诱惑。吹奏时感到很振奋，整个的生命都感触到了美妙的节奏。可以说，我对节奏的理解，就是从吹笙开始的。心灵的吐诉需要节奏，节奏能把内心的各种情感调动起来，凝聚成实实在在的音响世界，任何一个音节都不是可有可无的，都不是孤立的。

童年时半夜醒来，听到沉郁的驼铃声在空旷的夜里一声声地响着，我觉得那是一种生命的音乐，一种长途跋涉的沉缓而坚毅的节奏。拉骆驼的老汉和一匹匹骆驼需要这苍凉而庄重的声音伴随着。村里"自乐班"演奏的声音与天空的月亮、凝重的夜雾融在一起的浑沌的氛围，成为乐曲的一部分。父亲在城里一个中学教课，为了跟"自乐班"一块演奏，天天回村，第二天一早赶到城里去上课，从没有间断过。父亲这种执迷的气质我很难全部学到。

为了寻求曲谱，父亲带着笙、管、笛等和他在朔县农业学校时期的老同学马致远去五台山一趟。五台山离我家乡百十里地，马致远是五台山人，跟庙里管事的僧侣认识，他俩在台怀镇住了十天半月。马致远对佛学和佛乐有很深的造诣，各种响器都能吹奏。父亲说他有一个出家人的性子。（抗日战争后，马致远留在家乡参加了革命，建国初期任民政部的教育司司长，我去看望过他。）他们跟僧侣们一块儿通宵达旦地吹奏着。返回家里时，父亲抄回一厚本曲谱，庙里那个管事的送给他一个宣德铜香炉，很名贵。还带回一大块沉甸甸的檀香木。

从此以后，父亲不论研读曲谱，或者独自吹奏乐器，事前总要把檀香切成一条条，在宣德香炉里熏起来，那烟在昏暗的屋子里呈乳白色。父亲全身心地沉湎其中。记得父亲由五台山回家不久，把两船笙拆卸开来，把一个个竹管擦洗得一尘不染，管簧都重新点过。整修过的笙吹起来声音特别地爽利。我吹笙时，父亲一再告诫："把手洗净。"我是用祖母收集的麻雀粪把手上的脏污搓洗干净的。（一般的肥皂洗不动厚厚的积垢，谁要不信，请试试，就知道我说的不假。）父亲跟我一块吹，总要检查我的手和脸是否干净，仿佛不只是吹笙，是带我去一处远远的精神境界，比走亲戚还要郑重几分。父亲和我端端地坐在炕上，面对面地吹，中间隔着一张炕桌。我当时觉得这一切的细节确有必要，它表现了一种虔诚的气氛和心境。父亲没有让我吹过管子，说我人还小，容易伤了心肺。笙主要起和声作用，是柔性子，它的圆浑的声音天然地跟檀香的烟雾相投台，而管子的声音是峻拔的，像忽上忽下飞翔在笙声的云雾中鸣唱的鸟。我隐约记得练过《得胜还朝》，是一个悲壮的曲子，曲谱早已忘了，只在心灵里感到了沉沉的深深的旋律。父亲说："这种曲子，两个人吹奏不出气势来。"父亲夸奖我吹奏得流畅，说我的指感不笨不木。我父亲本来是有肺病的，可能是祖父传染给他的，祖父三十六岁从呼和浩特病回来，吐血死了。祖父也吹笙管。父亲说："吹笙得法，对心肺是个锻炼。"又说："吹笙可磨炼人的脾气。"我的性子像母亲，发躁，笙声像流水能把我的粗砺性子磨洗得光洁起来。父亲吹管子时，脸憋得通红，胸间的气似乎聚集起来朝上冲，拼命朝高高的顶峰飞越。管子是用硬木镂空制作的，握在手里很沉重，还镶着一圈圈的白铜。我父亲的嘴异常灵活地吹奏着，声音的高低强弱很难控制，每个音节，稍一不慎，松懈一下，就可能从高入云霄的顶峰摔了下来，把乐曲摔得粉身碎骨。但是非常令人奇怪的是，笙和管两种气质不同的声音竟然能奏得那么和谐，达到亲密无间的地步。到现在我还有一种看法，吹奏时，曲谱固然重要，但吹奏者的心境与情绪以及周围的环境，都是不可分的。黄昏后，村里的"自乐班"在五道庙前热热闹闹地演奏时，那情景，那气氛，表面上很混乱，尘土飞扬，还免不了有孩子们的哭闹声，可是一旦演奏起来，杂乱的一切都融和了，即使吹奏技术很粗俗，也一点儿感觉不出来。

如果我有一点对音乐的素养的话，那也是很原始的，主要就是从这些充满了热汗味和烟尘气的场合感受来的。我没有听见我父亲唱民歌，他性格很内向，歌儿都在心里唱。跟父亲同龄的庄稼人或者走口外回来的牧人，都经常在田野上小巷里吼唱。在这一点上我不像父亲，我比父亲外露，常常与村里的大人们一起吼唱。这些民间歌手们唱的曲子，有的有故事情节，夹着对话，有的没有词，只凭着声音宣泄几代人内心的苦闷与悲伤。我的姊妹都能唱，我们一家人就可以演唱各种的秧歌。现在这些童年时唱的民歌谣曲还能记得十个八个曲调。

由于我在童年少年时期，形成对乡土音乐的迷恋，特别受父亲的音乐气质的熏陶，使我这一辈子也无法背离了深入骨髓的乡土气。

离开家乡以后，我跟音乐就没有童年时的那种全身心的接触了。作为一个世界，音乐真正地离我很遥远了。也可以说，我一生并没有进入这一个世界，只在童年那一段梦一般的时间，曾经感受到了从这个世界飘流出来的一些云朵和飞鸟似的音韵。我的父亲，我认为他是深深地走进去了。但仅仅这一点童年时得到的音乐"素养"，影响了我的一生，也影响了我的诗的气质。故乡古老的音乐和谣曲养育过我稚小的心灵，这是千真万确的。我即使不去想它，它也不怪怨我，这也就是所有故乡的性格吧！

朱永新感悟：

音乐是流动的诗行。父亲对音乐的如痴如醉，对音乐近乎宗教信仰般的敬畏，父亲手把手教儿子吹笙，对作者的影响是终生的，故乡古老的音乐和谣曲养育了作者稚小的心灵，也影响了他的诗的气质。他感慨地说，"我觉得人世间的确有一些美好的声音使你无法忘却，它渗透了你的生命，它沉重如种子落在你的心上，永远留在那里，生了根。"把最美好的东西给最美丽的童年，音乐、图书等就是最美好的东西。

忆明珠

忆明珠（1927—2017），原名赵俊瑞，中国著名诗人和散文家，曾任江苏省作家协会常务理事。著有诗集《春风啊，带去我的问候吧》《沉吟集》《天落水》《忆明珠诗选》，散文集《荷上珠小集》《小天地庐漫笔》《落日楼头独语》等，并有杂文集《小天地庐杂俎》。

待月山房幼读琐忆 / 忆明珠

年过六十，案头洋装书渐渐少，线装书日见增高。这不等于说我在埋头读古书。只是觉得，人，既然老了，索性就"老当益老"吧，而表现老的最佳方式，我以为莫如案头堆古书。人向古书堆边一坐，古色古香中，会益显其"老气横秋"的。所以，古书对于我，依然聊作点缀而已。倒是在少年时，曾读过一阵子——只是一阵子，三五年，且主要在寒暑假期里。而所读的，浅薄得很。不过《古文观止》《唐诗三百首》等几种最普通的选本。过去的老私塾先生们，便是靠着它们"教几个小小蒙童"混饭吃的。但，很难否认这三两本启蒙读物对我的影响。现在我极少写诗，偶写几首，总觉字里行间好像散发着一股陈年的中草药味儿。这味道哪里来的？追根溯源，能跟我少时沉浸其中的那些古典作品，诗、词、歌、赋无关吗？这究竟是好事还是坏事，利多抑或害多，我至今还未深思过，大概也难以弄得清的。

幼时的我，正式接触古典文学，并非在学堂里，是在我家的南书房。

一架胭脂色的荼蘼花，覆压在门楼一侧的花墙上。门楼瓦缝间生着一簇簇百合状的瓦松；院门陈旧剥落，已不堪重新油漆，大概尚能凑合着用，便继续凑合着用了。要就特意保留它以给这小院增添点淳朴的古风，那时通点文墨的人，审美往往如此任性。否则，我寻不出别的理由，父亲为什么一直不将这两扇破门板换掉，过年时还给它贴上一副新对联："水能性澹为吾友，竹解心虚是我师。"院内满栽着花木，鹅卵石铺筑成"丁"字形的甬路，路侧条石上，陈列着爸爸尽心经营的盆栽。金枣、金橘、栀子、丹桂、梅等等，这在北方偏僻乡间都极为罕见。院内南北两进瓦房，南边那进是仓库，长年扃锁；北边那进一拉溜五间，有厅、有卧室。厅上悬着块匾额，蓝底金字，书着"待月山房"，这里就是我家称作南书房的地方。我喜欢它的这个名字。小时候，母亲常跟我们兄弟姐妹讲些传奇故事，如《白蛇传》《会真记》，母亲还背得张生写给莺莺的那首诗："待月西厢下，迎风户半开；隔墙花影动，疑是玉人来。"那时我并不理会其中的奥妙，却也觉得这首小诗很美丽。然而待月山房，花影满墙，但有幽静，并无浪漫。这里是父亲的书斋，他在这里休憩、读闲书、接待客人，偶尔自己动手装裱点字画、碑帖，父亲喜欢干点这种细巧活儿，干得很出色。他还爱养花养鸟，这里又是他的"花鸟世界"。同时，对儿时的我们兄弟姐妹，待月山房又是个小小的乐园。在这里，我们采花、摘果，寻觅躲在玉簪花深处的蟋蟀，放养邻家孩子送给我们的蝈蝈。逢上好运气，兴许会看见飞落在花枝上的俊鸟，跟檐下笼中父亲喂养的画眉、百灵和红胸脯的"胭脂瓣儿"（鸟名），互相扇翅问好，用它们鸟国语言，的里呱啦地说个不休。

十一岁那年，我和哥哥到外地一处完小就读。暑假回到家里，父亲事先已将待月山房收拾得窗明几净。吩咐说："你们读高小了，在前清时代，差不多顶个'秀才'吧。假期里要读点古文，有古文打底子，白话文才能做得好。"

从此，父亲每天向我们讲授一个时辰的古文。待月山房又多了我和哥哥的两个座位，我们各占一处朝南的窗口，各坐一把斜靠背簸口式圆木把手交椅，"矮窗白纸出书声"，毫不含糊地当起父亲的小学生来。

父亲讲授古文一般不提问，不发挥，大略讲解词义后，便叫我们朗读，直至背熟。这方法并不科学。现在回想起来我觉得有意思的是父亲对于文章的选择。他用的教本是《古文观止》，可能还有《古文释义》。论，基本不选；记事文选得也少；父亲喜欢晋、宋两代人的文章，晋文如王羲之的《兰亭序》、陶渊明的《归去来辞》《五柳先生传》等见于以上选本的悉数教读，我由此推论父亲选择的侧重点在抒情散文。记得他教我们的第一篇古文是李密情哀词切的《陈情表》，"陈情"，有着主体的确定性。"陈"，陈述、表白，而在《陈情表》里，作者着意于以情动人，所以更多的是抒发，遂成为一篇典型的抒情散文。这样，我也就明白，为什么父亲在周、秦散文中宁简于《左传》《国策》，而决不忽略屈原、宋玉。对文思浩荡、议论风生的唐代散文大家韩愈，排斥了他著名的《原道》《原毁》诸作，只取了《祭十二郎文》《送孟东野序》等几篇。柳宗元文也只取了《捕蛇者说》及几篇游记。宋人中父亲推崇欧阳修可能更甚于推崇苏轼。欧阳修是一个深于情者。《泷冈阡表》《祭石曼卿文》，都是血泪浸过的文字；而《醉翁亭记》，抒情、写景、说理融合无间，情之所在即景之所在，理之所在，景与理皆化人情绪境界，呈现为一种生命的葱茏状态，在有宋一代文章中，堪称高标特出。单这一点，父亲的崇欧，便不是不可理解的。父亲从未向我们阐明过他的文学主张，他无意潜心学问，也不强作解人。他的看重抒情作品，我以为是天性使然，父亲心地软，儿女情长，这影响着他对文章的取舍。过去有些人相信文章对命运具有暗示性，父亲是个有神论者，但在训导儿辈习文的事情上，他比郑板桥高明得多。郑板桥家书嘱其弟"为文须想春江之妙境，掯古人之美词，令人悦心娱目，自尔利科名、厚福泽。"又说："论文，公道也；训子弟，私情也。岂有子弟而不愿其富贵寿考者乎？故韩非、商鞅、晁错之文，非不刻削，吾不愿子弟学之也。褚河南、欧阳率更之书，非不孤峭，吾不愿子弟学之也。郊寒岛瘦，长吉鬼语，诗非不妙，吾不愿子弟学之也。私也，非公也。"我们家中藏有《郑板桥集》，父亲又好读名人家书，他不会不注意到郑板桥的这段话，也会深表赞同。但他仍将一些衰飒凄厉，惨怛伤感的文章推荐给我们，特别祭吊一类全选给我们读了，这当然不仅是为了让我们熟悉文体。可以设想，父亲必被这些文章所抒发的人生之大悲苦深深地感染了，故而宁愿后来者也能够领略这悲苦，这可能学会仁慈和谅解。他不惜让我们在小小年纪便坠入古人所抒发的那种生离死别的沉痛里去！"少年不识愁滋味"，我们便是因习读了这类古文而习读了人生之"愁"，从而在我们幼小的心灵中，不知不觉地充实了、发展了对人、对人的命运的恻隐和同情。到我成为一个青年的时候，大约在 1948 年，有一次填写干部登记表，其中有个栏目："你曾信奉过什么主义？"我贸然填写道："人道主义！"那时我根本不曾读过一本论述人道主义的专著，不过，依照自己的想法，人能不讲人道吗？只有人道才是人应当信奉的主义，这主义天经地义！等到建国以后，文艺界批起了人道主义，我才暗自惊慌起来，深悔当时无知，不该在登记表上胡乱填写。

父亲的教读要求是背熟，这很好办，我们在学校背得过那许多白话文，古文更容易记忆。每当我们背熟父亲教的文章后，便自行选读自己喜爱的文章。不识的字，不懂的词可以翻《康熙字典》《辞源》，一般无须叨扰父亲。有些骈文如《北山移文》《滕王阁序》，等父亲教时，我们已经背得烂熟。这样父亲索性放手任我们自学了。

自学，就是自由选择。我们完全为自己的爱好所驱使，哥哥渐渐不多读古文，而专攻国画和英语；我也把学习兴趣转向了古典诗词，特别喜欢唐诗，当时几乎背过了整本的《唐诗三百首》。

这时候，我已进入了初中了。

不知为什么，父亲从不教我们读古典诗词，他自己却是不废吟哦的。父亲吟诗很好所，拖起腔来，有板有眼，有疾徐轻重，用鲁迅的说法叫作"有节调"，完全不同于冬烘先生们念经似的瞎哼哼。儿女们都喜欢摹仿父亲的腔调吟诗，渐渐地也能像父亲那样变化着腔调以适应不同的诗情。比如"故国三千里，深宫二十年"，一起调便须激越；"清明时节雨纷纷""春城无处不飞花"，音调始终平和，从容悠远。而某些乐府歌行，或跌宕起伏，或低回宛转，总之要吟出它那特有的一唱三叹之音。所以我们小时吟咏古诗，带有参与音乐活动的性质，好像在自度曲、自唱歌似的。

现在说到《唐诗三百首》。这是我年轻时读过的一个最好的选本，现在仍这样认为。蘅塘退士是位具有独特艺术见解的选家，很有些与众不同之处。比如，像白居易积极倡导的"但歌生民病，为使吾君知"的那类作品，选者态度冷漠，甚至完全撇开《新乐府》而选取了两首叙事名篇《长恨歌》和《琵琶行》。连杜甫的《三吏》《三别》也未予特别的青睐，但对它的另一些表现离乱之情哀世之思的作品，如《兵车行》《丽人行》《哀江头》《丹青引》《观公孙大娘舞剑行器》却又大量撷拾。蘅塘退士并非在乱点鸳鸯谱，按照他的标准，没有选错，他要求美。《长恨歌》《琵琶行》在诗史上语言之优美几成绝响，光彩流丽，字字珠玑，千百年来脍炙人口，传诵至今。前述杜甫诸篇具有很高的艺术境界，《舞剑器行》中对于舞姿的描写："霍如羿射九日落，矫如群帝骖龙翔。来如雷霆收震怒，罢如江海凝清光。"若移诗人自己的这些诗句赞美诗人自己的创造，我以为庶几仿佛，并不为过。诗应讲求美，表现美，无美无诗，美至上。这是蘅塘退士令读者从《唐诗三百首》中，可以把握到的他对于诗歌的一个总体要求。也应看到，蘅塘退士所要求的美，大体上仍以温柔敦厚为旨归，具有通俗性和世俗性。因而他坚决地排斥了著名的"诗鬼"李贺，《唐诗三百首》中李贺中无一入选。蘅塘退士不喜听"鬼语"。"鬼语"虽时现石火电光，却嫌太硬太苦涩。太硬，难以温柔；太涩，无从敦厚。大凡温柔敦厚者，多少要带点松软甜嫩，所以它具有通俗性。孤僻狂狷，怪力乱神，也会是美的，却非选者欣赏的一路。"诗鬼"被摈于退士，似有点过分，这无可斡旋，无可调解。因为诗人有个性，选家也有个性。此选家之个性，排斥了彼诗人之个性，就是不选他的，有什么办法呢？然而蘅塘退士却大大抬举了另一位非常神经质的诗人李商隐，《唐诗三百首》中的作者，若以他们入选作品篇什多少论高低，李白、杜甫、王维、孟浩然以下，要数李商隐的诗入选最多了。可知蘅塘退士是以有唐一代几位在数的大诗人之一来看待李商隐的。在李诗中又突出了《无题》诸作，七言律者几皆选入，包括《锦瑟》《春雨》——这两首原是有题之《无题》，或《无题》之有题，反正都一样。我佩服选家的这种胆识，在唐代诗人中，李商隐最懂得美，并刻意追求美，以美为诗的终极。《无题》证明了他的这种倾向。《无题》的美，美得凄婉，冷俏，别具一种美质——哀而艳。

以上这些，当然是我后来的认识。年轻时读《唐诗三百首》，只是读，纯欣赏的，别的想得很少。到十三四岁，在我接触古典文学的同时，我已陆续读了当代诗人郭沫若、闻一多、朱湘、徐志摩、戴望舒、何其芳等一些诗人的作品。杜甫论诗云："不薄今人爱古人。"对古人是"爱"，对今人仅仅"不薄"，这还是"薄"了。我当时的态度倒是"不薄古人爱今人"的。对古典文学，特别是诗词，我固然很爱甚至迷恋，但我更爱的却是当代诗人的新诗，任管它在艺术上远不及古典诗词的富有魅力，却与年轻的我息息相通。这因为作者、读者共处于一个同时代的大生态环境里，相通的、相近的东西总是更多的缘故。所以，对古典诗词，我仅仅为欣赏而读；对新诗，才抱有参考借鉴的目的。我压根不曾想学写旧诗，但从读了些新诗以后，却偷偷地写起新诗。我特别喜欢戴望舒的诗。记得在我的一首习作中有这样的句子：

我爱我恋人的住家，
华美如一座银塔。
中夜的月光落在窗前，
照见她哀怨地不眠。

我感觉得出自己的诗一出手便给蒙上了一层戴望舒的色彩。然而现在看来，并不仅仅是戴望舒，在我这首少作的意境深处，更闪动着唐诗的魂魄，或许就是李商隐。李商隐的忧伤，像酒，过早地醉了我年轻的心。《无题》有云：

晓镜但愁云鬓改，
夜吟应觉月光寒。

又云：

重帏深下莫愁堂，
卧后清宵细细长。

我沉醉在李商隐的酒中而不自觉。当时只以为是单纯的欣赏，岂知一往情深的欣赏比有意摹拟，更易受其影响的。

十九岁那年，我离乡远游，从此告别了故家，告别了待月山房。常常牵惹游子记忆的，少不了在待月山房习读的那段时光。王维诗云："君自故乡来，应知故乡事。来日绮窗前，寒梅着花未？"是呀！待月山房小院里父亲的那株梅花几度花开花落了？那是株被唤做绿萼的梅花——多美丽的名字。我还常常想到院门旁墙头上那架嫣红的荼䕷花。小院西墙上还有一架花是白的，我们叫它八宝，其实是荼䕷的另一品种，这两架荼䕷老本盘屈，枝条纷披，花时红白相映，招引得蜂蝶满园。以后听故乡人告诉：现在的主人嫌两架花碍眼占地方，都给砍掉了。更可惜的，以后又有人告诉我，院中的两棵海棠树也被伐倒了。这两棵海棠，很值得我补写一笔。一大一小，小些的那棵，树干已有大蓝花碗口粗。另一棵大的，一抱抱不拢，父亲也不知道它高龄几何，少说也有百年以上。当暮春三月之际，村庄上的人，老远都会望见高高托起的满树的繁花，像蓝天下忽生出了一片红云。它不但是我家，也是村上的一处景观。而今花木凋零如此，远处异乡的我听到这些消息，能不为之凄然吗？而后更不幸的是母亲辞世了，父亲辞世了，幼时一道随父亲习读的哥哥又横遭车祸，死于非命。记得民间有首情歌中说过："人活百岁也是死，树长千年也是烧！"真是这么回事吗？无可驳难。

然而这首民歌说得太透，看得太破，令人不忍卒听，不忍再想。早年我还打算专程回乡拜访待月山房，现在彻底打消了这个念头，太扫兴了！

然而待月山房最后馈赠我的却至为优厚。是一部《楚辞集注》，即毛泽东送田中的那种版本。我家所藏系明刻，父亲比较珍爱，另行收藏，久而久之，全然忘记，经我无意发现，他才想起有这部书。自学这部书太困难，很多古字、僻字，还要读古音，尤其读《天问》，莫名其妙，像读天书。这都降低不了我的兴趣。屈原的作品过去我只读了少数几篇，现在面对着他全部的辞赋，恍若走进了一个宝库。《九歌》的菲芳悱恻，字里行间如有兰气相吹；而《离骚》的壮丽辉煌，《招魂》的光怪陆离，只应梦中彩笔才能成此巨制。我完全为之惊眩而震荡了。在这之前，我还努力读了一些外国作品，多少了解点西方的艺术思潮、流派等等，任管皮毛得很，仍不无益处，知道在这世界上还有另外种种五花八门的文学在。这也构成我能够接受一些新诗人如闻一多、戴望舒以至李金髪等人作品的认识基础。而由于时局的急剧变化，社会大动荡的浪潮已呼啸而来，使我的思想陷入混乱和迷蒙，不知道历史会奔向何处，当时我无力作出理智的选择而又必须立即作出选择。在这种情势下，《招魂》较之《离骚》对我更具有吸引力了。在一首题为《大风》的习作中，我写道：

黄昏以后的大风呀，

你号啕自辽遥的深谷，

你听否哀时的诗人歌声正苦？

……

千山的鬼火色明如蓝灯。

黄昏以后的大风呀，

请会我们于深茂的林中。

那里有年青的寡妇陪你并哭，

有赤的犀、白的熊不休地颠扑！

　　大风，似乎是一个遮天盖地号啕而来的巨灵，这意象的出现，说明我已感应着某种外来的艺术倾向，然而这诗的整个境界，我现在认为还是从《招魂》变化来的。如果我那时不曾读过《招魂》中"蝮蛇蓁蓁，封狐千里些""赤蚁若象，玄蜂若壶些"等等幻想式的描写，我的诗里大概也难以出现"蓝灯""赤犀""白熊"这种怪诞的造境。写到这里，已完全表明我的文学生命一开始便植根于中国古老的文化传统里了。或许这不是坏事，或许这更不是好事。

一九八八年九月十二日夜南京

朱永新感悟：

　　"水能性澹为吾友，竹解心虚是我师。"这是作者儿时南书房（待月山房）门前的对联，也是他父亲对孩子的殷切期望。作者就是在这样的书香浓郁的家庭中成长起来的。小时候，母亲常给他们兄弟姐妹讲《白蛇传》《会真记》等传奇故事，父亲则给他们讲一个小时的《古文观止》和名人家书。父亲的教法也很特别，不提问、不发挥，大略讲解词义后，便叫他们大声朗读，直至背熟。在完成功课之后，父亲就让他们根据自己的爱好自由选择学习内容，结果作者的哥哥专攻国画和英语，而自己则研读古典诗词，几乎背过了整本的《唐诗三百首》。的确如作者所说，他的文学生命从一开始便植根于中国古老的文化传统里了。

王蒙

王蒙（1934—　），中国当代著名作家，曾任国家文化部部长，中国作家协会名誉主席。代表作有《人生即燃烧》《青春万岁》《这边风景》《活动变人形》等，长篇小说《这边风景》获第九届茅盾文学奖，2019年9月被授予"人民艺术家"国家荣誉称号。

父 亲／王 蒙

我父亲王锦第，字少峰，北京大学哲学系毕业。他在北大上学时的同室舍友有文学家何其芳与李长之。我的名字是何其芳起的，他当时喜读小仲马的《茶花女》，《茶花女》的男主人公亚芒也被译作"阿蒙"，何先生的命名是"王阿蒙"，父亲认为阿猫、阿狗是南方人给孩子起名的习惯，去"阿"存"蒙"，乃有现名。李长之则给我姐姐命名曰"洒"，出自达·芬奇的名画《蒙娜丽莎（洒）》。

北大毕业后，父亲到日本东京帝国大学读教育系，三年后毕业。回国后，他最高做到市立高级商业学校校长。时间不长，但是他很"高级"了一段，那时候的"职高"校长，比现在的强老鼻子啦。我们租了后海附近的大翔凤（实原名大墙缝）一套两进院落的房子，安装了卫生设备，曾邀请中德学会的同事、友人、德国汉学家傅吾康来住。父亲有一个管家，姓程，办事麻利清晰。那时还有专用的包月人力车和厨子。父亲与傅吾康联合在北海公园购买了一条瓜皮游艇，我们去北海划船不是到游艇出租处而是到船坞取自家的船，有几分神气。

这是仅有的一小段"黄金"时代，童年的我也知道了去北海公园，吃小窝头、小芸豆卷、豌豆黄。傅吾康叔叔曾经让我坐在他的肩膀上去北海公园，我有记忆。我也有旧日的什刹海的记忆，为了消夏，商家在水上搭起了棚子，卖莲子粥、肉末儿烧饼、油酥饼、荷叶粥。四面都是荷花、荷叶的气味。什刹海的夏季摊档，给我留下美好印象的是每晚的点灯，那时的发电大概没有后来那么方便，摊主都是用煤气灯。天色黄昏，工人站在梯子上给大玻璃罩的汽灯打气，一经点燃，亮得耀眼。

父亲大高个儿，国字脸，阔下巴，风度翩翩。他说话南腔北调，可能是想说点显阅历、显学问的官话，至少是不想说家乡土话，又没有说成普通话。他喜欢交谈，但谈话思路散漫，常常不知所云。他热爱新文化，崇拜欧美，喜欢与外国人结交。他惠我甚多的，一个是反复教育我们不得驼背，只要一发现孩子们略有含胸状，他立即痛心疾首地大发宏论，一直牵扯到民族的命运与祖国的未来。一个是提倡洗澡，他提倡每天至少洗一次，最好是洗两次澡。直到我成年以后，他最喜欢做的一件事就是邀我们，包括我的孩子们，他的第三代，到公共浴池洗浴。第三则是他对于体育的敬神式的虔诚崇拜，只要一说我游泳了、爬山了、跑步了，他就快乐得浑身颤动。他的这些提倡虽然常常因脱离我们的现实条件而受到嘲笑抨击，但仍然产生了影响，使我等始终认定挺胸、洗澡、体育不但是有益卫生的好事，而且是中国人接受了现代文明的一项标志。

父亲对我们进行了吃餐馆ABC的熏陶。尤其是西餐。他教我们怎样点菜，怎样用刀叉，怎样喝汤，怎样放置餐具表示已经吃毕或是尚未吃好。他常常讲吃中餐一定要多聚几个人，点菜容易搭配，反而省钱。而对西餐吃得正规的人，他佩服得五体投地，并对吃饭不认真的、没有样儿的，如蹲着吃、歪着身子吃、趴着吃、看着报纸吃的，疾恶如仇。

父亲强调社交的必要性，主张大方有礼，深恶痛绝家乡话叫作"怵（chǔ）窝子"的窝窝囊囊的表现。说起家乡的女孩子在公开场合躲躲藏藏的样子，什么都是"俺不"，父亲的神态简直是痛不欲生。

母亲一生极少在餐馆吃饭，偶然吃一次也是不停地哀叹："花多少钱呀！多贵呀……"而父亲，哪怕吃完这顿饭立即弹尽粮绝，他也能愉快地请人吃饭，当然如果是别人请他，他更会兴高采烈、眉飞色舞。我曾经讽刺父亲说："餐馆里的一顿饭，似乎能够改变您的世界观，能使您从悲观主义者变成乐观主义者。"父亲对此并无异议，并且引用天知道的名人语录，说："这是物质的微笑啊！"

童年随父用餐给我留下过不美好的印象。父亲和一位女士，带着我在西单的一家餐馆用餐，饭后在街上散步。对我来说，天时已晚，我感到的是不安，我几次说想回家，父亲不理睬。父亲对此女士说："瞧，我们俩带着一个小孩散步，多么像一家三口啊。"女士拉长了声音说："胡扯！"后来他又说了一些话，女士又说了胡扯，胡扯还是胡扯。我什么都不懂，但是我有一种本能的反感。而且我想，父亲并不关心我的要求。

第二天我向母亲"汇报"了这次吃饭的情况。反响可想而知，究竟随此事发生了什么，我已记不起了。但是从小母亲就告诉我，父亲是不顾家的，是靠不上的。我的爱讲家乡话和强调自己是沧州南皮人的动机中，有对父亲"崇洋媚外"的反抗，也许还有"弑父情结"在里头。

数十年后，在父亲已经离世十余年后，我有一个机会在江南的一座城市见到父亲当年的那个（女）朋友，如今的老教授。这也是一种缘分吧。我想见见她，她发表过文学评论，有见解。我实在看不出她当年的风采来。而母亲此前也说过，她漂亮。时间是能破坏一切漂亮的。有一说，傅吾康与先父，都曾对此女性有好感。我读过她给傅的信，信里提到父亲，用语多有不敬，有什么办法呢？人是分三六九等的，晦气的人不会得到太多的尊敬。我完全理解，只能轻叹和一笑。长大以后，我与她谈得很愉快，我还帮她出了一本小书。

没多久，父亲就不再被续聘当校长了，我事后想来，他不是一个会处理实务的人。他宁愿清谈、大话。这叫作大而无当，树立高而又高的标杆，与其说像理想主义者，不如说更易于被视为神经病。他确是神经质和情绪化的，做事不计后果。他知道他喜欢什么、提倡什么、主张什么，但是他绝对不考虑条件和能力，他瞧不起一切小事情，例如金钱。他不适合当校长，也不适合当组长或者科长，不适合当家长，却是一个最爱孩子的父亲。对这后一点，母亲也并不否认。年近六十岁的时候，他说过一句话，他人生的黄金时代还没有开始。这话反而使我对他有些蔑视。他最重视风度和礼貌，他绝对会不停地使用礼貌用语，"谢谢"与"对不起"、"你好"与"再见"、"请原谅"和"请稍候"，但是他不会及时地还清借你的钱。他最重视马克思与黑格尔、费尔巴哈与罗素，但是他不知道应该给自己购买一件什么样的衬衫。如果谈境界，他的境界高耸入云；如果谈实务，他的实务永远一塌糊涂。

立竿见影，校长不当，大翔凤的房子退掉了，从此房子搬一次差一次，直到贫民窟。父亲连夜翻译德语哲学著作，在《中德学志》上发表他疙里疙瘩的译文，挣一点稿酬养家糊口。他的德语基本上是自学的。英德日俄等语言，他都能对付一气，但都不精。

父亲热心于做一些大事，发表治国救民的高论，研究学问，引进和享受西洋文明，启蒙愚众，至少是教育下一代，但都不成功。同时，他更加不擅长做任何小事、具体事。谈起他的校长经历，父亲爱说一句话："我是起了个五更，赶了个晚集呀！"天乎？命乎？性格使然乎？

近年来，北京与上海的一些教授专家，从历史资料中，发现了先父王锦第，并对他在中德文化交流中的工作，有所肯定，大大高于我原来对于他的包含着丑化的感受。复旦大学郜元宝教授编辑的《王锦第文集》将在沪出版，令人百感交集，一言难尽。

朱永新感悟：

王蒙先生在文章中认为父亲不擅长做小事，教育上也乏善可陈。其实，王蒙先生受父亲的影响还是很大的。父亲的理想主义情怀，开放的胸襟；父亲的儒雅风度，对社交礼仪的重视，教孩子如何做到文明用餐；父亲对体育的"敬神式的虔诚崇拜"，对运动与健康的高度关注，鼓励孩子们爬山、游泳，几乎每一条都能在王蒙先生的身上看见父亲的影子。王蒙先生也是一个理想主义者，他对于运动和健康的重视也毫不逊色于父亲，八十多岁的老人经常跑步超过10000步，在北戴河疗养期间仍然天天坚持游泳。甚至王蒙的语言天赋，也可能与父亲对言语规范的要求，以及榜样力量有关。

席慕蓉

席慕蓉(1943—　)，蒙古族，全名穆伦·席连勃，中国当代画家、诗人、散文家。曾获比利时皇家金牌奖、布鲁塞尔市政府金牌奖、1968年欧洲美协两项铜牌奖、1988年台湾中兴文艺奖章新诗奖等。出版有诗集、画册、散文集及选本等六十余种，代表作有诗歌《七里香》《无怨的青春》《一棵开花的树》等。

父亲教我的歌 / 席慕蓉

从前，常听外婆说，五岁以前的我，是个标准的蒙古娃娃。虽然生长在中国南方，从来也没见过家乡，却会说很流利的蒙古话，还会唱好几首蒙古歌，只可惜一入小学之后，就什么都忘得干干净净的了。

隐约感觉到外婆语气里的惋惜与责备，可是，我能有什么办法呢？

对一个太早入学，智力体力都不如人的孩子来说，小学一二年级可真不好念哪！刚进去的那些日子里，真可以说是步步惊魂，几乎是把所有的力气，把整个的童年，都花在追赶别人步伐，博取别人认同的功夫上了。

要班上同学愿意接受你并且和你做朋友，并不是一件容易的事，偏偏还要跟着父母四处迁徙。那几年间，从南京、上海、广州再辗转到了香港，每次都要重新开始，我一次又一次地更换着语言，等到连那些说广东话的同学也终于接纳了我的时候，已经是小学五六年级了。我国语标准、广东话标准，甚至连他们开玩笑时抛过来的俏皮话，我也能准确地接招还击。只是，在这样长时间的努力之后，我的蒙古话就只剩下一些问候寒暄的单句，而我的蒙古歌则是早已离我远去，走得连一点影子也找不回来了。

那以后外婆偶尔提起，我虽然也觉得有点可惜和惭愧，但是年轻的我，却不十分在意，也丝毫不觉得疼痛。

那强烈的疼痛来得很晚，很突然。

1989 年夏末，初次见到了我的内蒙古原乡。这之后，一到暑假，我就像候鸟般地往北方飞去。有天晚上，和朋友们在鄂尔多斯高原上聚会，大家互相敬酒，在敬酒之前都会唱一首歌，每一首都不相同，都很好听。当地的朋友自豪地说：鄂尔多斯是"歌的海洋"，他一个人就可以连唱上七天七夜也不会重复。

那高亢明亮的歌声，和杯中的酒一样醉人，喝了几杯之后，我也活泼了起来，不肯只做个听众，于是举起杯子，向着众人，我也要来学着敬酒了。

可是，酒在杯中，而歌呢？歌在哪里？

在台湾，我当然也有好朋友，我们当然也一起喝过酒，一起尽兴地唱过歌。从儿歌、民谣一直唱到流行的歌曲，可以选择的曲子也真不算少，但是，在这一刻，好像都不能代表我的心，不能代表我心中渴望发出的声音。

此刻的我，站在原乡的土地上，喝着原乡的酒，面对着原乡的人，我忽然非常渴望也能够发出原乡的声音。

不会说蒙古话还可以找朋友翻译，无论如何也能把想表达的意思说出七八分来。但是，歌呢？用原乡的语言和曲调唱出来的声音，是从生命最深处直接迸发出来的婉转呼唤，是任何事物都无法替代也无法转换的啊！

在那个时候，我才感觉到了一种强烈的疼痛与欠缺，好像在心里最深的地方纠缠着撕扯着的什么忽然都浮现了出来，空虚而又无奈。

因此，从鄂尔多斯回来之后，我就下定决心，非要学会一首蒙古歌不可。真的，即使只能学会一首都好。

但是，事情好像不能尽如人意。我是有几位很会唱歌的朋友，我也有了几首曲谱，有了一些歌词，还有人帮我用英文字母把蒙文的发音逐字逐句地拼了出来。但是，好像都没什么效果。看图识字的当时，也许可以唱上一两段，只要稍微搁置下来，过后就一句也唱不完全了。

1993 年夏天，和住在德国的父亲一起参加了比利时鲁汶大学举办的蒙古学学术会议。在回程的火车上，父亲为朋友们轻声唱了一首蒙古民谣，那曲调非常亲切。回到波昂，我就央求父亲教我。

父亲先给我解释歌词大意，那是个羞怯的青年对一位美丽女子的爱慕，他只敢远远观望：何等洁白清秀的脸庞！何等精致细嫩的手腕！何等殷红柔润的双唇！何等深沉明理的智慧！这生来就优雅高贵的少女，想必是一般平民的子弟只能在梦里深深爱慕着的人儿罢。

然后父亲开始一句一句地教我唱：

采热奈痕查干那！
查日布奈痕拿日英那！
……

在起初，我虽然有点手忙脚乱，又要记曲调又要记歌词，还不时要用字母或者注音符号来拼音。不过，学习的过程倒是出奇的顺利，在莱茵河畔父亲的公寓里，在那年夏天，我只用了一个晚上的时间，就学会了一首好听的蒙古歌。

回到台湾之后，好几次，在宴席上，我举起杯来，向着或是从北方前来做客的蒙古族客人，或是在南方和我一起成长的汉人朋友，高高兴兴地唱出这首歌。令我自豪的是，好像从来也没有唱错过一个字，唱走过一个音。

1994年春天，和姊妹们约好了在夏威夷共聚一次，有天晚上，我忍不住给她们三个唱了这首歌。

是在妹妹的公寓里，南国春日的夜晚慵懒而又温暖，窗外送来淡淡的花香。她们斜倚在沙发上，微笑注视着我，仿佛有些什么记忆随着这首歌又回到了眼前。

我刚唱完，妹妹就说：这个曲调很熟，好像听谁唱过。

然后，姐姐就说：

"是姥姥！姥姥很爱唱这首歌。我记得那时候她都是在早上，一边梳着头发一边轻轻地唱着这首歌的。"

原来，答案在这里！

姐姐的记忆，填补了我生命初期的那段空白。

我想，在我的幼年，在那些充满了阳光的清晨。当外婆对着镜子梳头的时候，当她轻轻哼唱着的时候，依偎在她身边的我，一定也曾经跟着她一句一句唱过的罢？不然的话，今天的我怎么可能学得这么容易这么快？

我忽然安静了下来，原来，答案藏在这里！转身慢慢走向窗前，窗外花香馥郁，大地无边静寂，我只觉得自己好像刚刚走过一条迢遥的长路，心中不知道是悲是喜。

一切终于都有了解答。原来，此刻在长路的这一端跟着父亲学会的这首歌，我在生命初初启程的时候曾经唱过。

朱永新感悟：

几年前，在南开大学参加叶嘉莹先生的一个活动时，见到了席慕蓉老师，还得到她赠送的亲笔签名的诗集。这篇文章不长，讲述了席慕蓉自己跟父亲学蒙古歌曲的故事。从小在内蒙古生活过的她，回到在生命之初启程的故土，为无法用蒙古语交流和唱歌而尴尬，于是向老父亲学习。没有想到，学习得如此顺畅，如此标准。其实，这不是从零开始的学习，这是唤醒童年的记忆。这篇散文告诉我们：儿童时期的学习是刻骨铭心而影响深远的。

肖复兴

　　肖复兴（1947—　　），中国当代著名作家，曾任《小说选刊》副总编、《人民文学》杂志社副主编。代表作品《海河边的一间小屋》《音乐笔记》《忆秦娥》曾分别获得优秀报告文学奖、冰心散文奖、老舍散文奖等多种奖项，并获得首届"全国中小学生喜爱的作家"称号。

小酒馆的酒味 / 肖复兴

　　老北京城的大街小巷以前曾经有过许多小酒馆。门脸不大，价钱便宜，粗桌子硬板凳，粗瓷碟盛菜，小酒壶温酒，既便当又热闹。当然，比不上萃华楼、同和居、全聚德排场，却也别有一番风味。来这里的大多是下里巴人，诸如搬运工、三轮工人、小学教师。他们收了工，卖完一天的力气，夏天先要到这儿落落汗，冬天先要到这儿暖暖身，而不是先着急慌忙地回家。这些人在小酒馆里常碰面，便成了酒友。即便是初来乍到，萍水相逢的人，三杯酒下肚，自也熟识起来，那里确有着独特的生活。那里是一个小世界。

那时，我父亲是个税务局的小职员，每天骑着一辆如侯宝林的相声里说的除了铃不响哪儿都响的破自行车，从西四牌楼下班回到前门，常带上我光顾家门前的一家这样的小酒馆。那时，我还没有上学，酒对我是辣的，菜对我是香的，关键是小酒馆里的谈话，对我是极有吸引力的，味道便不同寻常。

父亲和那些拉板车的工人收入相差无几，只不过比他们略懂诗书，常如孔乙己一样舍不得脱下本已寒酸的旧长衫，酒不要多，菜也可不要多，但要精致。那时，我不懂得父亲为什么常要光顾这家小酒馆，那里的菜再精致，也不抵家里。

后来，我渐渐明白了，那些酒友们很欢迎父亲的到来，他们常如蒜瓣簇拥一起，听父亲讲讲天南地北的事情。父亲熟稔一整套《施公案》《东周列国志》，便在这里有了英雄用武之地。常常是先时事政治，上到马列主义、下至鸡毛蒜皮"现实主义"之后，父亲就要把小酒盅一端，眯缝起眼睛，咂两口二锅头的滋味，将话题神不知鬼不觉地划向古代去了。大家也渐渐入迷，个个都披戴起昔日的铠甲，要么羽扇纶巾，要么刀枪剑戟。

那是父亲最得意的时候。讲到裉节儿的时候，他常要再端起小酒盅，也不会忘记夹一些小菜、捏两粒花生豆塞进我的嘴里。

父亲以后曾不止一次对我说长大最好是去当老师。我猜想他年轻时一定做过这种梦，小酒馆里常能让他残梦如真，给他以税务局里难以施展才能的机会。

那时，我听得似懂非懂，我爱得更多的是小酒馆那种氛围的感染。如果失去了弥漫的醺醺酒味和那一双双充满血丝的眼睛迸发的酽酽眼神，父亲的故事可能变成另一种味道。那时，我发现生活之外还有另一个世界，那便是融合着酒味的故事。它常让我望着父亲和这些酒友的目光，望着小酒馆胡思乱想。想的时候，我觉得那个世界特别美、特别丰富多彩。

如果说，我第一次踩住了那个世界的尾巴，而它的头在我心里悄悄萌动，就是在这样的小酒馆里。它的头或许就是所谓的艺术萌芽吧？

如今，这样的小酒馆几乎在北京城绝迹，被越发豪华的酒店或酒吧所替代，艺术自然也被花花绿绿的实惠与实用所淹没。艺术的本质从来是质朴的，人头马终难调成二锅头的村酒薄味。

一九九四年春节

朱永新感悟：

这是一篇场面感很强的散文。小酒馆，就是作者儿童时期的第二个学校。父亲在这里和酒友天南地北、海阔天空地聊天，为他们讲《施公案》《东周列国志》，从时事政治、马列主义到鸡毛蒜皮的“现实主义”，这些带着酒味的故事，都是学校里学不到的知识，也是肖复兴的文学艺术最早的启蒙教育。

张曼菱

张曼菱（1948—　），独立制片人、导演，作家。著有散文集《曼菱闲话》，长篇小说《涛声入梦》《瞬息风华》，中篇小说《云》《星》《北国之春》等。《有一个美丽的地方》《唱着来唱着去》分别获 1983 年、1984 年《当代》文学奖，中篇小说《花儿为什么这样红》获 1984 年天津鲁迅文艺奖。

布衣父亲 / 张曼菱

父亲已身罹重症。我陪着他在黄昏的校园里散步。

地有秋叶。他随口吟道："早秋惊落叶，飘季似客心。翻飞未肯下，犹言惜故林。"

我自幼就从父亲这里听妙语好词，至今半世纪，父亲已经八十二，可是仍是听不完道不尽，总有我不知和未闻的佳作佳话。

赏此落叶，父女俩一路讨论起中国文化中的"客"字与"客文化"。 这当是中国流通者的记载。

为了求学，寻官，寻友，寻山河之妙，文化人到京城和文化胜地处流连为客。为了仕途，为了宦海沉浮，亦为了保土卫国，为了正义献身，人们又到边地和蛮荒中为客。而被多情女子所责备的"商人重利轻离别"，亦是为了商品的流动登上客旅。

我和父亲亦半生为客。

因为家贫，他骑马走出山乡后，考取所有可考的大学而无钱去上，只能上师范与银行学校。父亲在两校都是高才生。他作为毕业生代表讲话时，被作为金融家的校长缪云台看重，随之到富滇银行做了职员。父亲并不受宠若惊，相反，全班人中他是唯一不入国民党的。至解放前夕，父亲爱国恋乡，不愿随缪去美，从兹留下。

然而在一个不懂金融市场的时代里，父亲的直言和才能都受到了挫折。

在我系红领巾的时候，父亲就去了遥远的地方，到边地去办了银行学校，培养了无数的人。父亲回来探亲的时候，穿的鞋垫还是当地的女学生手绣的。

二十年后，我作为"老知青"考上大学的时候，父亲才从边地回来了。而我，又开始了新的"客居"京城的生涯，这是一种在古今都是令文人可羡的"客"。

又是二十年后，我回到家乡，大侄则在这一年考到上海去念书。于是，我家的"客运"就不断延续着。小的侄也是要"出去"的命。我们一代代为"客",一代比一代的客运强。

父亲说,就怕一代不如一代。我看,这在我家不会。

因为父亲的屈没,并不是一种单纯的淹没,而是一种潜沉。父亲将那青云之志,经纶之才,全心地传承给了我们。后代破土而出,有着年深月累的濡养,而非是"张狂柳絮因风舞"。

从我起,到我的小侄们,没进小学前,学的就是"天干地支""二十四节气"以及中国朝代纪年表等等。更不用说唐诗宋词晋文章了。我六岁自读《聊斋》。《红楼梦》即是我的"家学",敢与"红学"研究生为对手。

寒门自有天伦乐。从小,我们三姐弟就比赛"查字典"。父亲出字,我们标出"四角号码"。书架上那一本《王云五大辞典》,带来无穷乐趣。我只知,父亲说的,发明者已到了台湾,这个人太聪明了!现在想,他的构想已经接近于电脑程序。

父亲给孩子的奖品是一块山楂糕,我是大的,自然常常吃糕。而弟弟将"牧童遥指杏花村"背成了"红头骡子戴钢盔",则成了我家永久的笑料,直传至小侄。

自上小学,老师们几无发现我有错别字。及上大学,我也敢与人打赌问典,而几不失误。直至今年文章中"在晋董狐笔,在齐太史简",竟被我键盘之误为"太子简",而为上海《咬文嚼字》杂志逮着。父亲即翻开书,指出原句,说:"为什么不打个电话来问?"

我那位"红学"研究生的男友发现,我这个女生较特别。

等他陪我父亲逛了景山后，他说，你父亲比你强多了，比我们有的老师还强，你父亲是"杂家"。

那年，父亲走进故宫。宫中摆设，奇鸟异兽，他都能头头道来，何处何人何事历过，也都清楚，仿佛这里是他常来之地。去苏杭时也同样。这都是父亲的胸中丘壑，袖里乾坤。

自进京城后，我不断有幸与名师与大儒结识。尊敬的长辈们总会问我："你父亲是谁？"我明白他们的意思，我的父亲也应当是他们一流中的人物。我的回答总是："我父亲是无名布衣。"回家来一说，父亲说，对，就是无名布衣。父亲亦很高兴，因为在他女儿身上，闪现出为人们器重的文化血缘。

在大学，我们班女生在一起吃饭，有人提出为某个为官的父亲干一杯。我也站了起来。我说，我要为我们在座的所有不为官的无名的父亲干一杯。愿他们因为有我们而有名。

我感到我出自寒士家世，也非常好，非常适合于我自强的天性。父亲常对我说：富贵富贵，富不如贵。富贵虽然相连。其实，富者并不一定高贵。这使得我一生中的追求定了方向。我追求的是清贵，是"生当作人杰"。

父亲希望塑造的是英气逼人的辛弃疾，是才压群雄的李清照，总之是搏击掀发的一类风云中人，而非是对镜理妆的红裙金钗。

因此，我才八岁，当我母亲要我扫地时，我会说出："大丈夫处世，当扫除天下，安事一屋乎？"令父亲的朋友们笑掬。

中学时代,我写过"愿将织素手,万里裁锦绣"这样的诗句。凡教过我的语文老师，对我都另眼相看。父亲因此将我的气质奠定。

什么叫"光宗耀祖"？父亲对我们的教育就是利国安邦。当我在外求学和求业的时候，父亲从来不曾打扰我和拖累于我什么。他并不要求我为"邻里称道"，他要求的是"一唱雄鸡天下白"。

自幼背的就是："屈平词赋悬日月，楚王台谢空山丘。"

父亲一生酷爱书法，有着出众的清骨。如果他稍有势力或虚名，必会被封为一"大家"的，但他从不为此而争于世。

就在父亲已知其病症时，写了一幅韩退之的《龙说》给我。他说，作家就应该如龙吐气成云，云又显示出龙的灵。我发现我闯世界的运作方式，正是"龙"的方式，即："其所凭依，乃其所自为也"。

不知是父亲随时为我的行为方式找到历史的依据，还是我的行为潜在地被他规范过？假如不是有他"有所不为而后有所为"这样的告诫，以我这样的热情过盛，不知要搅和出多少事情。而"饱以五车书，行以万里路"，则从童年就指引我。我想象我当是昂首"黄河之水天上来"的李白与徐霞客。父亲告诉我，凡大文学家，都必须如此过来。

父亲的学习是不含任何功利的，甚至也不像我们要"考大学"，要"写文章"。他学而不倦，不断有新的。我是站在他的肩膀上走路的，一直走到今天，我还是不断地要向他咨询，甚至有时候我可以将一个意象告诉他，请他提供我合适的典或词。

人们说我的文章"有英气"，有文化渊宿，这都是从父亲身上"剥削"而来。他是离我最近的文化泉源。

父亲为布衣为寒士，是"骨子里的文化人"，比现在的许多正版的有头脸的文化人，更"是"。

那年，我与弟弟在滇西南的傣寨插队三年后，对知青的"招工"总算开始了。城里的家长与乡下的知青们都十分兴奋。那时候，知青的信特别多也特别重要。因为都是告知招工的消息，有的家长已找到了门路，委托了什么什么人，要孩子去找。

我也收到了父亲的厚厚的一封信。知青们都说，好啊，这下你爹准给你们找了很多门路了。

我知道不会，也许是父亲的叮嘱，也许是告诉我们应该如何对待这些事情。

然而我也错了。

我亲爱的老爹从那滇东南写来这么一封厚厚的信，只字没提"招工"的事，通篇写的是"黄历"。

原来这一年，经历"文革"后的国家首次出了一本"黄历"。父亲开篇是欣喜若狂，说是这就对了，黄历是指导农时的，在中国农村人们世代靠黄历种地，都不出什么大错。祖先的智慧，怎么是"四旧"呢？

然后，父亲开始举例说明黄历的科学性，从天文到地理，从中到外，说明了闰年闰月的重要性，说明了地球与黄历的关系，并画有图表。

最后，父亲指出，新出的这本黄历上有几个明显的错误，他要求立即纠正，因为会影响农时。

信末，父亲说，这就是他写给出黄历的那个单位的长信，问我意见如何？父亲并说，如果我们这里买不到这本黄历，他将寄一本给我作参照。

走出知青茅屋，我只有仰天长叹。老天给我这样一位宝贝父亲，叫我如何向知青们解释？

我只有说，我父亲说，他现在还没有找到门路，正在找。

说真的，我对我的父母亲从来也没有抱过这类希望。弟妹也是。我们家规就是：自靠自。

但这封信的力量是在另一个地方显示的。

那是在大家调动回城后，我一个人守着孤独的知青院落。在一个绝望的关头，压力袭来，我曾想背起书包，越境算了。那时的知青出路就是去当"缅共"，铤而走险。

然而，在收拾东西时，我又看见了这封父亲的信，黄历的信。父亲对祖国大地的执著深情，这种永世牵连的血脉，难道要从我这儿割断？

父亲在文化上是与我最近的，他这封信没有写给我的弟妹甚至母亲。

父亲将我当作了他的传人的。

那时候还没有听到过"龙的传人"的话。

那时候我也还不知道，诸如陈寅恪先生这样的与中国大地永在一起的大人大典。

只有我的父亲在指引我。

我怎么能与这一切，与父亲，与黄历，成为陌路人？我怎能在一夜间背叛这一切？

不！我是为此而生的。我必须如父亲一样，哪怕流放边地，亦要心存社稷。

父亲就这样把我造成了一个"不爱国就要难受"的中国人。

这是父亲为父亲的最大成功。这一成功，胜过我的成绩考上北大或者文章名扬四海等等。

我的父亲是中国人的父亲。这是生我的父亲，亦是我精神血缘的父亲。

我常嘲笑道，父亲有一要职，即自任"民间书报检察官"。

就在我们家人都回到城里团聚后，国家开始复兴。父亲的这一自任官职便更是繁忙。记得有一年首次在国际上展出《红楼梦》的几幅绣锦。父亲拿着放大镜对着细小的画图整日研究。他告诉我们有若干严重错失，"十二钗"的人物数目不对，各人物相应的服饰与手中细物，如扇子、笔等，也有问题。他说这不行，有关中华文化瑰宝。

父亲写了纠正的信去寄。母亲让他出门顺路带几根葱来，他却说："你那事重要还是我这事重要？"

寄出的信无回音，父亲整天企盼，话都少了。我们都不敢再问。终于有一天他舒畅了。他掌起报纸指给我们看，在那中缝里有几行小字，是对父亲意见的认可与向读者认错的。

父亲满意了。

父亲是文化的捍卫者。他为此而生，却并不以此"谋生"。比起许多"以文化为饭碗"却在毁坏文化的人，父亲是真人真文化。

父亲在他的家乡，在他的同龄人中，在他的书法家集体里，在他选上的老年大学中，都是佼佼者，常常表演剑术，朗诵自己作的诗，参加书法展览。在他的每一幅书法作品上，落款都是"古滇宁州进德"。由于父亲这样的认故里，我曾随他回到老家去，拜望过父亲的中学老师，在父亲上过的中学里做过讲座。我永远是一个布衣——张进德的女儿。

在父亲一生中，他与文化相伴，超过了与亲人们的相伴。当然，父亲还有很多人在与他相伴，那年到海南，父亲提出要去苏东坡旧址，看那村庄茅舍。惜乎道路不好未成行。在文化的旅途中，秋叶也能与父亲相伴。

去年还乡，我开始了寻访"西南联大"的艰巨工程。这件事受到北大恩师们的赞同和各界称道。但我明白，走了五十年，我仍踏在父亲的足迹上。

"西南联大"，这四字是父亲自幼告诉我的。潘光旦、闻一多、刘文典等人如何讲课，如何风范，是父亲自幼对我讲述过的。

我的父母亲俱曾是西南联大的学生的学生，以后又是联大的校外生与追随者。这景仰早就种进了我的灵魂。

我有布衣的父亲，我有布衣的本色。

中华民族的文化命脉，正是靠着这世代的无名布衣传承于山河大地，子子孙孙，因此而植根于民间的。

在生命最后的深思时刻，父亲又再度为他一生的悲痛所冲击。他临走的三天前，在宣纸上最后用毛笔写了韩愈的《马说》："世先有伯乐而后有千里马。"这句话，父亲是举着写好的条幅，含泪念给我听的。

他并不以为，儿女的成功能弥补他一生未酬的壮志。我考上北大时，父亲告诉我，他常在深夜为自己愤愤而醒。有时他说："你们的成就不是我的。"

十几年前，一场风暴袭击我的人生。父亲曾寄信给我说："你是一个站着的人。"我常常在心底里，把这句话赠给我的布衣的父亲。他独立的人格，是留给儿女的最高财富。

那些天，面对病重的父亲，我想将明年出的一本书写一个献词："献给我一生磨难的父亲——我是从他的肩膀上开始走步的。"可是父亲说，让我献给"恩师"。父亲引季羡林老的话说：在世界各国文化中，只有中国是将"恩"与"师"放在一起的。而编辑小桃又说，这本书当是献给全国人民的，这就是父亲常说的"天下"了。

此文写作时，父亲尚在，不需我陪，要我去写作。此文定稿，父亲走了。

此生为人，我的高峰，将不是金堂玉马，亦不是名噪一时，而是得到父亲所拥有的那份"无位有品，无名有尊"的布衣文化之传承。

2000 年 12 月 6 日于昆明

2002 年 4 月 23 日再定稿

朱永新感悟：

作者的父亲是"无位有品，无名有尊"的布衣，是一位有着青云之志、经纶之才、独立人格的知识分子。儿童时期，西南联大毕业的父母就给他们讲"天干地支""二十四节气"以及中国朝代纪年表，说唐诗宋词晋文章，读《聊斋》《红楼梦》等。三姐弟还比赛"查字典"，一本《王云五大辞典》，给他们带来无穷乐趣。但是，父亲对他们影响更大的是人格的独立与爱国的精神。在女儿遭遇人生挫折的时候，父亲对她说："你是一个站着的人。"在女儿一闪念想铤而走险去缅甸的时候，她想起了父亲的教诲，想起自己是一个"不爱国就要难受"的中国人。正如作者所说，她的父亲是中国人的父亲。这是生她的父亲，亦是她精神血缘的父亲。

刘墉

刘墉（1949—　），原名刘镛，号梦然，国际知名画家、作家、教育家、演讲家，现居美国。曾任美国丹维尔美术馆驻馆艺术家、纽约圣若望大学驻校艺术家、厦门大学客座教授、圣文森学院副教授。他的处世散文和温馨励志散文书籍经常成为华人世界的畅销书，被称为"沟通青少年心灵的专业作家"，代表作《萤窗小语》《超越自己》《我不是教你诈》等陪伴了一代人的成长。

父亲的画面 / 刘　墉

人生的旅途上，父亲只陪我度过最初的九年，但在我幼小的记忆中，却留下非常深刻的画面，清晰到即使在三十二年后的今天，父亲的音容仍仿佛在眼前。我甚至觉得父亲成为我童年的代名词，从他逝去，我就失去了天真的童年。

最早最早，甚至可能是两三岁的记忆中，父亲是我的溜滑梯，每天下班才进门，就伸直双腿，让我一遍又一遍地爬上膝头，再顺着他的腿溜到地下。母亲常怨父亲宠坏了我，没有一条西装裤不被磨得起毛。

父亲的怀抱也是可爱的游乐场，尤其是寒冷的冬天，他常把我藏在皮袄宽大的两襟之间，我记得很清楚，那里面有着银白色的长毛，很软，也很暖，尤其是他抱着我来回走动的时候，使我有一种居高临下的优越感。我一生中真正有"独子"的感觉，就是在那个时候。

父亲宠我，甚至有些溺爱。他总专程到衡阳路为我买纯丝的汗衫，说这样才不致伤到我幼嫩的肌肤。在我四五岁的时候，突然不再生产这种纯丝内衣。当父亲看着我初次穿上棉质的汗衫时，流露出一片心疼的目光，直问我扎不扎？当时我明明觉得非常舒服，却因为他的眼神，故意装作有些不对劲的样子。

母亲一直到今天，还常说我小时候会装，她只要轻轻打我一下，我就抽搐个不停，且装作上不来气的样子，害得父亲跟她大吵。

确实，小时候父亲跟我是一伙，这当中甚至连母亲都没有置身之处。我们父子常出去逛街，带回一包又一包的玩具，且在离家半条街外下三轮车，免得母亲说浪费。

傍晚时，父亲更常把我抱上脚踏车前面架着的小藤椅，载我穿过昏黄的暮色和竹林，到萤桥附近的河边钓鱼，我们把电石灯挂在开满姜花的水滨，隔些时在附近用网子一捞，就能捕得不少小虾，再用这些小虾当饵。

我最爱看那月光下，鱼儿挣扎出水的画面，闪闪如同白银打成的鱼儿，扭转着、拍打着，激起一片水花，银粟般飞射。

我也爱夜晚的鱼铃，在淡淡姜花的香气中，随着沁凉的晚风，轻轻叩响。那是风吹过长长的钓丝，加上粼粼水波振动所发出的吟唱：似乎很近，又像是从遥远的水面传来。尤其当我躲在父亲怀里将睡未睡之际，那幽幽的鱼铃，是催眠的歌声。

当然父亲也是我枕边故事的述说者，只是我从来不曾听过完整的故事。一方面因为我总是很快地入梦，一方面由于他的故事都是从随手看过的武侠小说里摘出的片段。也正因此，在我的童年记忆中，"踏雪无痕"和"浪里白条"，比白雪公主的印象更深刻。

真正的白雪公主，是从父亲买的《儿童乐园》里读到的，那时候还不易买到这种香港出版的图画书，但父亲总会千方百计地弄到。尤其是当我获得小学一年级演讲比赛冠军时，他高兴地从海外买回一大箱立体书，每页翻开都有许多小人和小动物站起来。虽然这些书随着我十三岁时的一场火灾烧了，我却始终记得其中的画面。甚至那涂色的方法，也影响了我学生时期的绘画作品。

父亲不擅画，但是很会写字，他常说些"指实掌虚""眼观鼻、鼻观心"这类的话，还买了成叠的描红簿子，把着我的小手，一笔一笔地描。直到他逝世之后，有好长一段时间，每当我练毛笔字，都觉得有个父亲的人影，站在我的身后……

父亲爱票戏，常拿着胡琴，坐在廊下自拉自唱，他最先教我一段《苏三起解》，后来被母亲说"什么男不男、女不女的，怎么教孩子尖声尖气学苏三？"于是改教了大花脸，那词我还记得清楚：

"老虽老，我的须发老，上阵全凭马和刀……"

父亲有我已经是四十多岁，但是一直到他五十一岁过世，头上连一根白发都没有。他的照片至今仍挂在母亲的床头。八十二岁的老母，常仰着脸，盯着他的照片说："怎么愈看愈不对劲儿！那么年轻，不像丈夫，倒像儿子了！"然后她便总是转过身来对我说："要不是你爸爸早死，只怕你也成不了气候，不知被宠成了什么样子！"

是的，在我记忆中，不曾听过父亲的半句叱责，也从未见过他不悦的表情。尤其记得有一次蚊子叮他，父亲明明发现了，却一直等到蚊子吸足了血，才打。

母亲说："看到了还不打？哪儿有这样的人？"

"等它吸饱了，飞不动了，才打得到。"父亲笑着说："打到了，它才不会再去叮我儿子！"三十二年了，直到今天，每当我被蚊子叮到，总会想到我那慈祥的父亲，听到"啪"的一声，也清清晰晰地看见他左臂上被打死的蚊子和殷红的血迹……

朱永新感悟：

　　父亲，在刘墉那里是童年的代名词。九岁丧父的他，回忆自己的童年，是满满的温馨、骄傲和幸福。父亲的大腿是他的溜滑梯，父亲的怀抱是他的游乐场。白天父亲带他去河边钓鱼捕虾，晚上父亲为他讲故事催眠。父亲给他买各种各样的书籍，手把手教他学书法、唱京剧。父亲和蔼可亲，从未有过半句叱责，也从未见过他不悦的表情。这样的父亲，堪称模范。

张
建
星

张建星（1958—　），中国当代作家。曾任《人民日报》副社长，现任中国报业协会理事长。著有纪实文学《魔鬼世界》，长篇报告文学《万众突围》，中篇小说《愤怒的森林》，散文集《书祭》等作品。《书祭》获中国十佳纪实散文集奖，中篇报告文学《酸雨——我们质量的悲剧》获《中国作家》优秀作品奖，1994年获中国新闻界最高奖——范长江新闻奖。

书　祭——童年故事之二 / 张建星

一

我以为我会流泪，竟没有一滴泪水。

我以为我会大笑，竟没有一丝笑意。

一年内，我的两本书先后问世。一本是三联书店出版的纪实文集《魔鬼市场》，一本是天津人民出版社出版的长篇报告文学《万众突围》。

出版社送的样书就冷冷地堆在那里，懒于送人，包括那些相知很深的朋友，连预先准备的热情也冷却了。心里另有一种滋味，难以激动，也不平静。

难道这就是我淌着少年泪的梦想？

难道这就是我漾着青春爱的渴望？

漫漫人生路，收获和寻找，究竟哪个过程更动人心魄呢？

二

就这样，到了细雨霏霏的清明，重又来到父亲的墓地。

我将两本书放在父亲的骨灰盒前，点燃。然后长跪不起，但是仍没有泪。我看见父亲照片上的目光，依旧十年前那样平静，对于无泪的儿子没有怨言，也没有责备。于是我便懂了，有一种平淡其实是很浓郁的。

只有我知道，父亲曾是很苦的父亲，而我又是很苦的孩子。

就是这寻寻常常的书梦也是极苦涩凄凉的。于是我便记下这些，寄于父亲充满爱和期望的亡灵。

三

小学四年级，我曾苦苦地寻找一本成语词典。那时家里四壁空空，昏黄的灯下，是为生计日夜操劳的父母。家里用不着也不会花钱买一本词典。当父亲知道儿子渴望有一本小词典的时候，书店已不能买到。因为那时词典也归于封资修一类了。

终于在同学家里看到一本成语词典，绿皮儿，黄纸儿。我顿时萌生了一个狂想，要抄下这本词典。我几乎花去了几天时间乞求，最后用了二十张珍爱的烟标作为交换，借抄词典一夜。

那时家里为了省些电钱，规定每晚八点关灯睡觉，但是那一夜妈妈破例了。我拿出家里唯一一个红塑料皮日记本，在那个漆皮脱落的小方凳上整整抄了一夜。

转天，词典如约索回。望着一夜抄写的七十多条成语，我心里真难受。那时我当然不明白，一个贫穷的家庭遭遇一个贫穷的时代，这双份的贫穷无论如何不是一个孩子能承受的。最可怕的贫穷绝不是一个家庭的贫穷。

精神的饥渴，历史的荒漠，却常常让后来的回忆变得丰富，耐人咀嚼。原来，不能泯灭的是人类的感觉，和这感觉中最早诞生的羞耻心。

那个抄词典的塑料皮笔记本，已经十分的陈旧残破了。但我一直摆在我的案前，像祭奠一个苍白的时代一样祭奠着那段十分荒谬的记忆。

四

父爱是凝重的。

父亲是个普通工人。眼里永远有哀愁，身上永远有补丁。为了省下点车钱，父亲每天要来去步行三个多小时上下班，直到病倒不起。

舍不得坐车，但却尽最大努力满足儿子读书的欲望，每星期天，父亲都要领着我到天津北站那个二十几平米的小书店买书。

记得父亲给我买的第一本书是《毛主席的宣传员关成富》。这毕竟是我的第一本"字书"，我爱不释手，用牛皮纸仔细地包上书皮。这之后，父亲又给我买回了《不屈的马路工》《河北民兵斗争故事》《扎根鞋》……

我终于成了穷孩子中的富翁，短短时间竟有了三十多本属于自己的书。包皮，编号，整理，每天总要翻检一遍。那时我爱这些书，更爱父亲。乏味的生活有了色彩，有了故事。很长一段时间我忘记了贫穷，忘记了艰难的日子。

渐渐我已不能满足。空空荡荡的书店，几乎是出一个英雄出一本书，转来转去，总觉得书店比我还穷。唯有父亲依旧不肯坐车，依旧想办法省些钱给儿子买书。

而时代依旧是那般苍白，那般贫乏。

连一个少年的精神渴求都难以满足的时代，现在想来竟是难以置信的荒唐。

我们曾经那样冠冕堂皇地扼杀过，包括父爱。

五

那是一个黄昏。

同院的小妹偷偷地将她父亲藏在床下的《水浒》借给我。小妹显出超乎寻常的紧张，告诉我："有毒的！快看！"战战兢兢，半生不熟，"地下党"般地读完这本"有毒"的《水浒》，我简直无法相信世界上还有这样让人着迷的书。

于是，我真的上了毒瘾，开始想尽办法传书、借书。我有了两个年长的书友，一个是中学数学老师，一个是砖厂工人。我将从同学那里用烟标、弹球换来的旧书和他们传换。这种传换周转极快，有时一周几次。

记得我借到了一本《牛虻》。借书的同学告诉我这是专写"流氓"的，明天一定要还。于是，家人睡去的时候，我一目十行地偷读，没想到，读至高潮，我竟泣不成声。

母亲先被惊醒了。

"你中毒了！"母亲吃惊地盯着我，那时母亲相信电台里的一切宣传。父母全是极本分的人，他们最担心儿子学坏。就是从夜读《牛虻》开始，父母对我读书有所警惕，有所限制了。

终于出事了。

那是我从同学家里偷借出一本溥仪的《我的前半生》,看后,我迅速以此为筹码,传换了几本苏联小说。不料,转天夜里三点多钟,急促的敲门声将全家惊起。借书的同学哭着索要《我的前半生》。他是背着父亲将书借的。这位同学自然挨了责打,深夜上门索书,他的父亲就在身后等着。

整整跑了半夜,我才将《我的前半生》追回,我也因此挨了父亲的打。很重。

那是十分惊恐的一夜。

六

我是因书挨打之后,再一次深深地体会到那种默默无言的父爱的。

作为普通工人的父亲究竟是如何搞到一张借书证的,而且是一张"内部借书证",这里想了多少办法,费了多少周折,我不知道。但是我不会忘记那个细雨霏霏的下午,父亲兴冲冲领着我到河北区红光中学图书室,为我借了两本竖排的《鲁迅选集》。

至今我仍记着父亲的笑。那是父亲脸上很难见到的幸福的笑。那是看到我的笑之后,父亲才笑的。

那条长长的借书路,我已记不得和父亲走了多少回。走着去走着回,从不坐车,很累,也很幸福。

尽管可借的书十分有限，尽管每次借书全要父亲陪着，但我毕竟有了一个书证，而这书证并不是一个普通工人的孩子应该得到的。

借书证我用了两年。那是我最快乐的两年，我想那也是父亲最快乐的两年吧。

七

父亲病倒了。

那是一个阳光灿烂的上午。我去北站铁路医院看望住院的父亲。经过北站书店的时候，我又忍不住钻了进去。

我一眼就看到空空荡荡的书架上有一本让我产生金碧辉煌感觉的精装书：费·梅林的《马克思传》！硬壳封面，乳白的底色，黑色的书脊，衬着烫金的书名。这是我第一次看到这么漂亮的书，一时间我只是怔怔地捧着书。书店老板笑呵呵地对我说："让你爸爸给你买一本吧！"

定价两块三，这个价钱是我当时的家境无论如何也不能接受的，何况父亲又病重住院。我慢慢地将书退了回去，谢了老板，头也不回地跑出了书店！

我的眼里一定有泪，或者一定有隐藏不住的苦楚。

否则，躺在病床的父亲是不会追问我的。我那时极不懂事，我终于忍不住讲了那本书，讲了我所见过的辉煌，讲了我的渴望。

沉默了一会儿，父亲无声地笑了，然后从枕下翻出两张医院的菜票，让我退掉一块五毛钱，并告诉我家中箱子里还有一个存折，那上面的几十元钱早已在年前取出贴补家中急用了，只剩下"一块钱"，作为保留存折的"底儿"，作为以后日子好了还能再存些钱的希望。

父亲躺在病床上说："你快取了那一块钱，凑上买了，会卖完的！"

我退了父亲一块五毛钱饭票，一口气跑回家，取出那一块"底儿"钱，当天下午便买了那本《马克思传》！回到家我不停地翻看，一遍又一遍，不读一个字，只是一页页翻着，静听翻动书页的响声。我完全沉浸在一种难以言喻的幸福之中，全忘了病重住院的父亲已无菜金买菜吃了！

现在那本精装的《马克思传》仍然摆在我宽大的书柜里，尽管原有的那种气派、辉煌早被后来者比得黯然失色了，但每当看到它，我的心头总是掠过一丝苦涩，我总想到躺在病床上的父亲那慈祥的笑。

父亲去世的时候，我曾想让这本书陪送父亲的亡灵，几经犹豫我还是留下了。

我想这本书应该是父亲留给我的纪念。纪念着一种艰难，一种爱！

八

那个苍白的时代过去了，它剥夺了我们这一代人许多，但却留给了我那样难以忘怀的父爱。我因此而拥有一份永远不会褪色的感情，而那深深的父爱，又让我始终怀抱着一个似乎很久远的书梦。

正是因为有了这样沉甸甸的书梦压在心头，才使我难以为其他的书再度激动！

不只是为了那片难以偿还的父爱之情，同时也为我的民族的目光不再贴上封条而祈祷，于是便有《书祭》。

朱永新感悟：

这是一篇感人肺腑的散文。建星是我中央党校的同学，那个时候，他是黑龙江省副省长。没有想到，他有如此心酸而又幸福的童年。说心酸，是因为家境贫寒，连买一本《成语词典》的钱也没有，只好借来抄写。病重的父亲把仅有的医院的菜票退掉换钱给他去买书。说幸福，是因为在那个图书资源非常贫乏的年代，父亲居然通过各种途径帮助他借阅或者购买了不少好书，让他成了"穷孩子中的富翁"，如他所言"乏味的生活有了色彩，有了故事。很长一段时间我忘记了贫穷，忘记了艰难的日子"。让孩子爱上阅读，满足孩子的阅读需求，是家庭教育重要的原则之一。

潘向黎

潘向黎（1966—　），女，中国当代作家，第十三届全国人大代表，民进十四届中央委员、民进上海市委副主委，上海市作家协会副主席。著有《无梦相随》《十年杯》《轻触微温》《白水青菜》《穿心莲》《茶可道》《看诗不分明》《红尘白羽》《纯真年代》等多部作品。曾先后获得庄重文文学奖、鲁迅文学奖、冰心散文奖首奖和"朱自清散文奖"等。

跟着父亲读古诗 / 潘向黎

前几天和毕飞宇通电话，聊我们都喜欢的李商隐。我突发奇想，说，哪天我们来一次对谈吧？他自谦说如果要和我对谈李商隐，他得好好做功课。我也没顾上和他对着谦虚，而是悲叹自己外国文学实在读得太少了，是个大缺欠。他马上说：这不能怪你，是你从小的环境里中国古典文学这一面太强大了。

毕飞宇也许是想安慰我，但他说的也是实情。

二十世纪七十年代初，我还是学龄前稚童，父亲便让我开始背诵古诗。这句话现在听上去平淡无奇——如今谁家孩子不从"鹅鹅鹅"开始背个几十首古诗，好像幼儿园都不好意思毕业了，但是相信我，这在二十世纪七十年代，约等于今天有人让孩子放弃学校教育、在家念私塾那样，是逆时代潮流的另类。我是带了一点违禁的提心吊胆，开始读我父亲手书在粗糙文稿纸背面的诗词的。父亲给我开小灶了，我当然非常开心，但是那种喜悦的质感并不光滑，而带着隐隐不安的刺。

我背的第一首诗是"白日依山尽"，然后是"窗前明月光"和"慈母手中线"。

然后，应该是"城阙辅三秦，风烟望五津……"，王勃的《送杜少府之任蜀州》。在我当时的心目中，这首诗有的地方好理解，有的地方完全不明白，杜少府，肯定是姓杜名少府了（呵呵），但什么是城阙？什么叫三秦？"宦游人"是什么？换油人？古代的人，拿什么换油？我有时候看到人家拿家里的废铜烂铁和鸡毛换糖给孩子吃，可是母亲没有这些"家底"，从来都是用钱买的……哎呀，我想到哪儿去了！继续背，"海内存自己，天涯若比邻"，当时我还没有见过海，"海"字让我想到的是父亲所在的上海，既然一年只能在寒暑假见到父亲两次，上海一定非常非常远，那是"海内"还是"天涯"？

"少小离家老大回""黄河远上白云间""朝辞白帝彩云间""两个黄鹂鸣翠柳"……有首诗印象深刻："我家洗砚池头树，

个个花开淡墨痕。不要人夸颜色好，只留清气满乾坤。"当时我已经上学了，明明老师告诉我们，要说：一杯水，一朵花，一棵树，这个人却说花是一个一个的，不过这样说，好像一朵朵花都成了一个个人，很好玩呢。

当时完全不会在意作者的名字，现在回想起来，贺知章、李白、杜甫、王昌龄、孟浩然……还有我后来膜拜的王维都很早出现了，但没有我后来很喜欢的李商隐、杜牧。

李后主、苏东坡、辛弃疾，后来父亲和我经常谈论的这几位，都是很晚才出现的。我背诵的第一阕词，对一个小女孩来说，是非常生硬突兀的——岳飞的《满江红》："怒发冲冠，凭栏处，潇潇雨歇……"后来我不止一次想过，如果我有女儿，即使不让她背李清照、柳永，至少也会选晏殊、周邦彦吧？现在的我对当年的父亲笑着说：爸爸，你也太"男女平等"了。更离谱的是，当时这阕词因为生字多，我背得很辛苦（比如"凭"字我用铅笔在旁边写上"平"字，"靖"旁边写上"静"，才啃了下来），然后等放暑假，父亲回来了，居然没有抽查到这阕词，让我暗暗失望。那时候，因为常年不在一起生活，我有些敬畏父亲，竟不敢自己提出来卖弄一下，背给他听。

按现在的养育标准看，我从襁褓中开始父母就被迫分居两地，整个童年父亲都不在身边，心理阴影面积该有多大啊。幸亏父亲不在的时候，有他亲手录的古诗词陪着我。

大概是1977年或者1978年吧，父亲不知是到南京还是北京出差，给我带了一套唐诗书法书签，就是一张张书法的黑白照片，其实很简陋，但是我爱不释手，天天拿着看，翻来覆去地看，其中有一张我背熟了的"杨花落尽子规啼，闻道龙标过五溪。我寄愁心与明月，随风直到夜郎西"。我就胡思乱想：五溪，是一条溪的名字吧（又只能"呵呵"了），大概像离母亲工作的华亭中学不远的木兰溪，是清澈见底的淡蓝色的吧？夜郎是什么地方？好奇怪的名字。这张书签上的字体是行书，我觉得和李白的诗很配。还有一张是我没有背过的杜牧的《江南春》："千里莺啼绿映红，水村山郭酒旗风。南朝四百八十寺，多少楼台烟雨中。"记得是用一种"奇怪"的字体写的（后来知道是隶书），这首诗我很喜欢，但是不太明白这个杜牧到底想说什么，父亲又不在身边，我没人可问。但是读着读着，眼前好像出现了一个画面，像在去上海的火车上看到的烟雨朦胧的田野那样，我被一种奇异的感觉笼罩了，觉得自己整个人在昏暗中闪闪发光。当时母亲在我对面批改中学生的英语作业，我没有打扰她，而是一个人安静地体会那种无声无息从天而降的幸福。可是，独自惊喜了一会儿，又有一点隐隐的担忧：怎么读不出什么要人上进的意思？可能是我没读出来，还是理解错了？

　　等到再见到父亲，我忘了问这个问题，等到我可以天天见到他，我已经不需要问了，我自己明白了：把千里之外的景色"拘"到读诗人的面前，让人觉得优美，置身其境，这个诗人已经手段了得，这首诗的价值已经足够了。并不需要每首诗都像父亲给我的信中反复教导的"宝剑锋从磨砺出，梅花香自苦寒来"那样，一定要励志的。诗不一定是用来包裹人生道理，不说"苦寒"、单纯写梅花也是可以的。明白了这一点，我有一种被赦免的轻松感，从此自由自在地选择自己喜欢的诗词来读了。

十二岁那年，随母亲移居上海全家团聚之后，一下子海阔天空了。我从父亲的书架上很方便地可以接触到许多古典诗词读本，而且编选者都是真正的学问大家。比如余英时选注的《乐府诗选》，人民文学出版社 1957 年版，竖版，初版定价六毛五分。这是我第一次读竖版的书（也可以说是程乙本《红楼梦》，人民文学出版社 1973 年版，我当时是两本同时读的），至今记得面对竖排书那种奇异的不适应以及说不清来由的肃然起敬的感觉。

适应了竖排书之后，有一天我又发现，有的诗和我过去背的不一样，有时是一个字，有时是两个字不一样。我惊呆了，难道父亲错了？这对我来说是不可想象的。什么都懂的爸爸怎么会错？难道书上错了？不可能！——父亲说了，编这些书的"都是真正做学问的人"！"做学问"，父亲早就用语气和神情在我心中核准了这三个字的分量。不得了，出大事了！心急火燎的我，等到父亲从复旦校园里回来，满头大汗地扑上去问他，他却根本不看我手里的书，就轻描淡写地说："都没错，这是两个版本。"天哪，竟有这种事情！竟然没有斩钉截铁的对与错！

怎么会这样呢？父亲一边洗手一边笑着说："你不用眼睛瞪得圆滚滚，这个很正常，我和他是不同学校不同老师教的，我们的老师当初读的是不同的版本；还有一种可能，这首诗流传下来有两种版本，而我们的老师各人喜欢各人的，所以就不相同了。"于是惊魂初定的我，又记住了一个重要的词：版本。后来，读其他版本的《红楼梦》，发现和记忆中的句子有出入的时候，我不再吃惊，而是对父亲说："我觉得程乙本，读起来不如庚辰本舒服。"父亲看了我一眼，眼神内似乎含了一些欣慰，但是仍然说："不要太随便下结论，版本研究起来是很深的学问。"

也就是在这些诗词选里，我第一次看到了在书上随手标记、评点的做法（而不是我的老师们要求的"要保持书本整洁"），父亲在这些书里，用铅笔、红铅笔、蓝色钢笔作了各种记号（估计是每一次读用一种颜色的笔，有三种颜色表示至少读了三遍）。

比如《乐府诗选》中，在第十八页的《猛虎行》的注释部分，父亲在"双起单承"四字的旁边用红笔划了双线，于是我第一次读这首诗就注意到了这个说法，或者说知道了古诗中的这种手法。在《艳歌行》的注释部分，父亲用单线划了"'艳'是音乐名词，是正曲之前的一段"，所以我一上来就没有误认为"艳"和鲜艳美丽有什么关系；《白头吟》有"沟水东西流"之句，我顿住了，水怎能同时向两个相反方向流呢？正觉得不好理解，看到注释里，父亲划了"'东西'是偏义复辞，偏用东字的意义"这一句，而且又是醒目的双线。哦哦，原来如此！
《子夜歌》中有"明灯照空局，悠然未有期"，父亲在"期"字
旁边注一"棋"字，还用一个拉长的箭头标到上句的"空局"处，
使我更明确地理解了"'期'与'棋'同音双关"的注释——眼
前是一个空局（空棋枰），就是"未有棋"，同音双关成"未有
期"，思念之人相见无期的惆怅，写来多么婉转，又自然又含蓄。
当时的我，还远远不能说出"蕴藉""风调"，但是已经模糊感
受到了单纯里的匠心独具与浑然无痕。

　　父亲觉得好的地方，会划圈。若是句子好，先划线，然后
在线的尾巴上加圈，整首好，则在标题处画。好，一个圈；很好，
两个圈；极好，三个圈。觉得不好，是一个类似于拉长了的顿
号那样的一长点。让父亲画三个圈的情况自然不多，所以每次
遇到我都要"整顿衣裳"，清清嗓子，认认真真地读上几遍。有
时候我会忍不住地对父亲说，某一首诗真是好，我完全同意你
的三个圈，父亲大多只是笑笑，并不和我展开讨论，那是八十
年代，与一大批同龄人一样，正在进行被耽误了十年的工作，
他忙着准备讲义和伏案著书，我虽然到了他眼皮底下，但他却
常常没空理会我。

　　于是我只能用也在书上点点划划写写的方式来抒发自己的
读后感——父亲给了我破天荒的待遇，同意我在他书上做记号，
当然只能用铅笔。父亲在苦熬他的文章或者讲义，我虽然就坐
在他对面，但是不敢打扰他，只能在他读过的书里通过各自的

评注和他"聊天"。我喜欢的诗，有时和父亲不一样，比如我在二十八页的《西门行》的"人生不满百，常怀千岁忧。昼短苦夜长，何不秉烛游？"四句上重重地划了线，加了圈。父亲正好起身倒茶，看见了，说："好是好，不过你划三个圈太多了，两个圈还差不多。"父亲大概觉得最好的诗是不能这样说穿道破，直截了当的。而我觉得：一说说到了底，多么痛快！也难怪，我读这些诗正是"少年不识愁滋味"的时候，加上八十年代万象更新、充满希望的时代氛围，明明是无边无际的忧愁和苦闷，我也读成了明快铿锵。

有一天，我捧着一本古诗站到父亲面前，破釜沉舟地对他说："这首诗，我不同意你观点。"面对超级话痨（闽南话叫作"厚话仙"）的女儿，惜时如金的父亲常常有点抵挡不了，用上海话说就是"吃不消"，他想早点溜进书房——"以后再说吧"，我不依不饶——"你给我五分钟"。于是父亲坐了下来，听完我机关枪扫射般的一通话，想了一想，说："虽说诗无达诂，不过你说的好像比我当年更有道理。"没等我发出欢呼，他又说："哪天我去看朱先生，带你一起去吧。"朱先生，是父亲的老师，而且是父亲特别尊敬的老师——朱东润先生啊！我又觉得自己整个人闪闪发光起来了。就在那一天，我觉得自己长大了。

朱永新感悟：

潘向黎是我的好朋友。我读过她的好几本书，如《茶可道》《看诗不分明》等，也在《中华读书报》上发表了书评文章《人生真局促，伴君有诗茶》。在《古典的春水：潘向黎古诗词十二讲》新书发布会上，我也谈到，她的这本书不仅仅是讲诗词，其实也在讲人生。书里涉及的如苏东坡、陆游、辛弃疾等人，我们说文人也好，知识分子也好，或者说生命的原型，或者说人生的榜样。这篇文章，讲述了她跟着父亲学习诗词的经历，从儿童时期跟着父亲背古诗词，到少年时期父亲为她抄古诗词；从到父亲的书架上找各种诗词选本阅读，到与父亲切磋讨论感兴趣的诗人。向黎是幸运的，她是一个生活在诗词世界里的人。

第四编

分离与成长

第四编"分离与成长"讲述的是某种"离开"与"成长"：父亲的离开，造成孩子童年生活中父亲的缺位，孩子的成长多少带有某种被动、被迫的意味；有些是在某一个时间节点，父亲与孩子的人生开始分叉。父亲的缺位、父亲的离开意味着个体生命历史的断裂与转折。子女终其一生带着这种刻骨的疼痛去怀念与追寻那个永不会再出现的人，然而当意识到分离的那一刻，孩子终究与自己的过去和解，在时光中乘着风成长。

茅盾

茅盾（1896—1981），原名沈德鸿，笔名茅盾、郎损等，字雁冰。中国现代著名作家、文学评论家、文化活动家及社会活动家，新文化运动的先驱、中国革命文艺的奠基人之一，新中国第一位文化部长。代表作品有长篇小说《子夜》、中短篇小说《霜叶红似二月花》《春蚕》《林家铺子》、散文《白杨礼赞》等。

父亲的抱负／茅　盾

外祖父逝世后，母亲回家，我亦跟着回家了。两年后，曾祖父去世，老三房分家。又一年，我五岁，母亲以为我该上学了，想叫我进我们家的家塾。但是父亲不同意。他有些新的教材要我学习，但猜想起来，祖父是不肯教这些新东西的。他就干脆不让我进家塾，而要母亲在我们卧室里教我。这些新的教材是上海澄衷学堂的《字课图识》，以及《天文歌略》和《地理歌略》；后两者是父亲要母亲从《正蒙必读》里亲手抄下来的。

母亲问父亲：为什么不教历史？父亲说，没有浅近文言的历史读本。他要母亲试编一本。于是母亲就按她初嫁时父亲要她读的《史鉴节要》，用浅近文言，从三皇五帝开始，编一节，教一节。

为什么父亲自己不教我，而要母亲教我呢？因为一则此时祖母当家，母亲吃现成饭，有空闲；二则，——也是主要的，是父亲忙于自己的事，也可以说是他的做学问的计划。

父亲结婚那年，正是中日甲午战争的那一年。清朝的以慈禧太后为首的投降派，在这一战争中丧师辱国割地求和，引起了全国人民的义愤。康有为领导的公车上书，对于富有爱国心的士大夫，是一个很大的刺激。变法图强的呼声，震动全国。乌镇也波及到了。我的父亲变成了维新派。亲戚中如卢鉴泉，朋友中如沈听蕉（鸣谦），都与父亲思想接近。父亲虽然从小学八股，中了秀才，但他心底里讨厌八股。他喜欢的是数学。恰好家里有一部上海图书集成公司出版的《古今图书集成》（那是曾祖父在汉口经商走运时买下来的）。父亲从这部大类书中找到学数学的书，由浅入深自学起来。他还自制了一副算筹（用竹片），十分精致（母亲一直保存着直到她逝世）。但当时，曾祖父尚在，父亲只得偷偷学习，而且结婚以前，父亲没有钱，不能购买那时候已在上海出版的一些新书。

当时（曾祖父尚在梧州），老三房各房的用度，都由曾祖父供给，家中称为公账开支；这公账包括了老三房各房的一切费用，外加零用钱，每房每月五元……统归祖母掌握，如果父亲向祖母要钱买书，祖母就会说：家中有那么多书，还要买？

但在结婚以后，父亲知道母亲有填箱银元八百元，他就觉得他的一些计划可以实现了。这些计划，除了买书，还有同母亲到上海、杭州见见世面，到苏州游玩等等（父亲那时也没有到过上海、苏州），甚至还想到日本留学。当时母亲笑道："你没有当过家，以为八百块钱是个大数目，可以做这，做那。我当过家，成百上千的钱常常在我手上进出，我料想这八百元大概只够你买书罢了。"

事实上，当时曾祖父尚在，除了到杭州乡试，是不许父亲到别处去"见世面"的，何况到日本！曾祖父自己三十岁过上海，后来走南闯北，是最喜欢新环境，新事业的，不料他管教儿孙却另是一套。

父亲暂时只能满足于买书，求新知识。他根据上海的《申报》广告，买了一些声、光、化、电的书，也买了一些介绍欧、美各国政治、经济制度的新书，还买了介绍欧洲西医西药的书。

曾祖父告老回家之第二年，四月间，光绪帝下诏定国是，决定变法维新。几个月内，接二连三下了好些上谕，例如试士改八股文为策论，开办京师大学堂，改各省省会之书院为高等学堂，府城之书院为中学堂，州、县之书院为小学堂，皆兼习中西学术……突然，八月初六日，慈禧太后再出亲政，将光绪幽拘于瀛台，杀谭嗣同等六人，通缉康有为、梁启超。百日维新，至此遂告结束。这就是历史上有名的戊戌政变。

我的父亲空高兴了一场。当维新变法正当高潮时，我的父亲计划到杭州进新立的高等学堂，然后再考取到日本留学的官费，如果考不上，就到北京进京师大学堂。而今都落空了。

庚子（八国联军攻陷北京）秋，曾祖父病逝。接着是老三房分家。这些事接着而来，父亲的出游志愿，自然要搁起来了，何况母亲第二次怀孕，次年生下我的弟弟。

戊戌政变后的第四年，即壬寅（1902年）秋，举行乡试，废八股，考策论。父亲本来不想应试，但是亲友们都劝他去。卢鉴泉自己要去，也劝父亲去。于是结伴到杭州应考的，有五六人。沈听蕉素来不想应乡试，但想趁热闹到杭州玩一次，也同去了。

父亲下了头场，就得了疟疾，他买了金鸡纳霜（即奎宁），服下后疟止，没有考第三场，自然"中式"无望。但这次到杭州，未入场前，逛了书坊，买了不少书，其中，有买给母亲的一些旧小说（《西游记》《封神榜》《三国演义》《东周列国志》），和上海新出的文言译的西洋名著。父亲还拍了一张六寸的半身照片。这张照片一直挂在卧室内靠近大床的墙上，直到父亲逝世。

这是父亲最后一次出门，一年后他病倒了。

壬寅乡试是补行庚子、辛丑恩正并科，也是清朝举行的倒数最后第二次的乡试（最后一次即癸卯科），卢鉴泉于壬寅中式第九名。同镇另一个中式的是严槐林。

朱永新感悟：

　　本文讲述了一个有着学问报国理想的年轻父亲的故事，其中也透露出一些教育的细节。茅盾的父亲是一位维新派，他渴求新知，买了不少声、光、化、电等自然科学方面和介绍欧、美各国政治、经济制度的书籍，也曾经梦想到杭州进新立的高等学堂，然后再考取到日本留学的官费，或者到北京进京师大学堂。他不让孩子进入传统的私塾学习，而是采用上海澄衷学堂的《字课图识》，以及《天文歌略》和《地理歌略》等教材，让母亲自己教。父亲就像家庭学校的校长，亲自制定教学计划，指定教材，并且让母亲根据要求自编教材。他自己则把时间用来研究学问。可惜因为生病，英年早逝，父亲"出师未捷身先死"。但是，父亲对学问的态度，对真理的追求，对自由的向往，无疑在儿子的身上打下了深深的烙印。

朱自清

朱自清（1898—1948），原名自华，字佩弦，号秋实，中国现代著名作家和学者。代表作品有《背影》《春》《桨声灯影里的秦淮河》《荷塘月色》等。

背　影 / 朱自清

　　我与父亲不相见已二年余了，我最不能忘记的是他的背影。

　　那年冬天，祖母死了，父亲的差使也交卸了，正是祸不单行的日子。我从北京到徐州，打算跟着父亲奔丧回家。到徐州见着父亲，看见满院狼藉的东西，又想起祖母，不禁簌簌地流下眼泪。父亲说："事已如此，不必难过，好在天无绝人之路！"

　　回家变卖典质，父亲还了亏空；又借钱办了丧事。这些日子，家中光景很是惨淡，一半因为丧事，一半因为父亲赋闲。丧事完毕，父亲要到南京谋事，我也要回北京念书，我们便同行。

　　到南京时，有朋友约去游逛，勾留了一日；第二日上午便须渡江到浦口，下午上车北去。父亲因为事忙，本已说定不送我，叫旅馆里一个熟识的茶房陪我同去。他再三嘱咐茶房，甚是仔细。但他终于不放心，怕茶房不妥帖；颇踌躇了一会。其实我那年已二十岁，北京已来往过两三次，是没有什么要紧的了。他踌躇了一会，终于决定还是自己送我去。我再三劝他不必去；他只说："不要紧，他们去不好！"

我们过了江，进了车站。我买票，他忙着照看行李。行李太多了，得向脚夫行些小费才可过去。他便又忙着和他们讲价钱。我那时真是聪明过分，总觉他说话不大漂亮，非自己插嘴不可。但他终于讲定了价钱，就送我上车。他给我拣定了靠车门的一张椅子；我将他给我做的紫毛大衣铺好座位。他嘱我路上小心，夜里要警醒些，不要受凉。又嘱托茶房好好照应我。我心里暗笑他的迂；他们只认得钱，托他们只是白托！而且我这样大年纪的人，难道还不能料理自己么？唉，我现在想想，那时真是太聪明了！

我说道："爸爸，你走吧。"他往车外看了看说："我买几个橘子去。你就在此地，不要走动。"我看那边月台的栅栏外有几个卖东西的等着顾客。走到那边月台，须穿过铁道，须跳下去又爬上去。父亲是一个胖子，走过去自然要费事些。我本来要去的，他不肯，只好让他去。我看见他戴着黑布小帽，穿着黑布大马褂，深青布棉袍，蹒跚地走到铁道边，慢慢探身下去，尚不大难。可是他穿过铁道，要爬上那边月台，就不容易了。他用两手攀着上面，两脚再向上缩；他肥胖的身子向左微倾，显出努力的样子，这时我看见他的背影，我的泪很快地流下来了。我赶紧拭干了泪，怕他看见，也怕别人看见。我再向外看时，他已抱了朱红的橘子往回走了。过铁道时，他先将橘子散放在地上，自己慢慢爬下，再抱起橘子走。到这边时，我赶紧去搀他。他和我走到车上，将橘子一股脑儿放在我的皮大衣上。于是扑扑衣上的泥土，心里很轻松似的。过一会儿说："我走了，到那边来信！"我望着他走出去。他走了几步，回过头看见我，说："进去吧，里边没人。"等他的背影混入来来往往的人里，再找不着了，我便进来坐下，我的眼泪又来了。

　　近几年来，父亲和我都是东奔西走，家中光景是一日不如一日。他少年出外谋生，独立支持，做了许多大事。哪知老境却如此颓唐！他触目伤怀，自然情不能自已。情郁于中，自然要发之于外；家庭琐屑便往往触他之怒。他待我渐渐不同往日。但最近两年不见，他终于忘却我的不好，只是惦记着我，惦记着我的儿子。我北来后，他写了一信给我，信中说道："我身体平安，惟膀子疼痛厉害，举箸提笔，诸多不便，大约大去之期不远矣。"我读到此处，在晶莹的泪光中，又看见那肥胖的、青布棉袍黑布马褂的背影。唉！我不知何时再能与他相见！

朱永新感悟：

　　这篇文章是朱自清的经典散文。讲述了他离开南京到北京上学，父亲送他到浦口火车站，照料他上车的故事。其中父亲替他买橘子时在月台爬上攀下时，那肥胖的、青布棉袍黑布马褂的背影，用朴素的文字，把父亲对儿女的爱表达得深刻细腻，真挚感动。全文很短，几乎没有写到教育的细节，但是父亲遇到困难时的豁达，对儿子的无微不至的关心，却让我们看见了一个山一般的男人。

曹聚仁

曹聚仁（1900—1972），字挺岫，中国现代作家、学者、记者。曾主编《涛声》《芒种》等杂志。抗日战争爆发后，任战地记者，曾报道淞沪战役、台儿庄之捷。1950年赴香港，任新加坡《南洋商报》驻港特派记者。20世纪50年代后期，主办《循环日报》《正午报》等报纸。后多次回中国内地，促进祖国统一事业。著有《中国学术思想史随笔》《万里行记》《现代中国通鉴》等。

先父梦岐先生 / 曹聚仁

从我个人的生命根源来说，我永远是我父亲梦岐先生的儿子，却又永远是先父的叛徒。一个经过了十几代挖泥土为活的贫农家庭，祖父永道公一生笃实和顺，委曲求全；有一年，天旱，邻村土豪霸占了水源，祖父不惜屈膝以求，先父愤然道："我们为什么要向他哀求？"便拖着先祖回家。这便见先父的反抗压力的精神。先父之所以要在耕余读书，要参加科举考试，要背着宗谱到金华去考试，这都表现他不为环境所束缚的威武不能屈的气度。

先父从杭州应了乡试回来，接受了维新志士的变法路向，一回到家乡，便把学校办起来。在我们自己的厅堂上办育才小学，已经招来亲友们的窃笑，说先父是书呆子。而进一步，把通州桥头的观音堂的庵中佛像拆了，办起乡村小学来，那真是犯众怒的大事。先父却一肩独当，居然做成了，这就使亲友由惊疑而钦佩了。先父青少年时，身体很怯弱，二十八岁那年，大病几乎死去。其后，他处在危殆境况中，总是说："我譬如二十八岁那年死去了，怕什么！"除死无大难，这就战胜了横逆之境。看起来，先父那么一个瘦弱的身子，却有着钢铁般坚强的意志，我阅世六七十年，能如先父这样敢作敢为的汉子，就很少了。

有如范仲淹那样，乐以天下，忧以天下，公而忘私的人，世人一定看作是大傻瓜。先父说了要维新，便一一做了起来。女人要放脚，儿童要受教育，革命就剪了发，事事切实去做。辛亥革命，废旧历行新历，先父便要我们在阳历去向亲友贺年，到了旧历新正，就不让先母招呼贺年的亲友，这虽是小事，做起来，就十分别扭的。他要兴实业，就要家中人种桑养蚕，纺纱织布，还开了一家小小的布厂。我们在小学读书时，先父就划了一亩水田，给我们种稻、种麦、种豆，从插秧到收割，让我们一一做起来。因此，我这个书呆子，对所有田间的事，一一都熟知，我还会养蚕养蜂接桑。我一向看不起孔老夫子，因为他是四体不勤，五谷不分，手不能提，肩不能挑的人。先父虽是圣人之徒，却是要我们学农学稼，走的是许行的路子。

表面上看起来，先父是朱熹一派的信徒；朱子的《近思录》和《小学》，乃是教导我们立身处世的入门工夫。但在躬行实践上，却和北方学人颜元、李塨的路子相吻合。而他那年从杭州回家，带了一部《王阳明全集》回来，他的关心社会治安，培养民间新风尚，敢作敢为的立身之道，实在和王氏相符合。这种种，正如朋友们所称道的"蒋畈精神"。这是维新志士所带来的朝气，但先父并不如康梁那样浮夸，也并不想投入政治圈子，只是一点一滴在地方自治的文化教育下功夫就是了。因此，先父的施为，颇和陶行知先生的晓庄工作相吻合呢！

先父这位圣人之徒，他只从孟子的议论中知道有所谓"异端"杨（朱）墨（翟）；他从来没看过墨子和庄子、列子之书。其实，先父一生摩顶放踵，以利天下而为之，是一个墨子之徒。而我呢，却是一个老庄之徒，正是孟子所谓"异端"。到了先父晚年，扬名声于四近，一提到"蒋畈曹"，有着敬而畏之的意味。真所谓"邪不敌正"，我们那一边区，真是烟赌盗窃丛生之地，他以一手之力完全肃清掉。地方自治，并不是件容易的事，除恶务尽，无权无势，怎么做得到？居然做到了，乡人奉之若神明。先父逝世了，乡人都说他到某地做上地神城隍神去了；乡人都相信，只有我不信。

我的舅父，他是独生子，给外祖父母娇养惯了，吃喝玩赌吹，无所不能；先父嫉恶如仇，凡是他所要禁绝戒绝的，舅父无一不染上了。可是，舅父老年时，却对我说："四近百里以内，没有人不怕你爸爸的，只有我一个人不怕你爸爸；可是，不怕你爸爸的人，总是没出息的！"这就说了他心底的话了。要说舅父是软弱的人吗？他七十五岁那年，感怀身世决定要自杀了，如杨白劳喝下盐卤去。喝盐卤自杀，是一件极苦痛的事，他有那么大的勇气，却耐不住赌博的诱惑。这件事，对我是了解人生的一课。

先父是一个防微杜渐，而且以身作则的人。我六七岁时，旧历除夕，跟邻家女去赛"字乌"（一个钱的正面，便是字，反面便是乌；三钱在掌，谁得的字多胜），先父便叫了回家，狠狠打了我一顿，我一生不受赌博，和那顿教训有关。

我对先父，"畏"的成分多于"敬"；他只怕孩子们玩物丧志，因此先父生平，是不让我们看社戏。（他绝想不到，我到了中年以后，倒成为地方剧曲的研究者呢！）他以坚强意志来克制种种欲念，立志成为圣人之徒，因此，我一直怕他，不肯和他相接近。别人都以为先父只疼爱我这个孩子，我呢，却畏敬而远之。

二十岁以后，我一直在上海做事，年节也很少回乡去。有一回，　位至戚到上海来看我，对我说："你知道你爸爸怎么对我说？他说：'别人都说我有三个儿，一个女儿子，实在呢，我是养了四个女儿！"这番话，深深地感动了我。原来他是把热情的火团，用灰盖了起来，时时怀念着我们的。那年，我回乡住了一个夏天，秋初回上海去，先父一直送我们出门，送了一程又一程。其明年，先父便卧病了，病了十八个月，便逝世了。病中，我曾在床的另一头陪着他，却已补不了先前对他的疏远了。先父对先兄聚德管责得最严厉，对我次之，到了四弟，先父公务太忙，管束最松。后来，我才知道先兄的受责，有时是挞伯禽以教成王之意，这当然不是我们所能领会的了。不过父子之间，究竟该怎么来教育，自是一个值得研究的大问题，古有易子而教之说，也值得研究一下的。一方面，时代的变迁，社会环境的复杂，世界观的扩大，这都影响做人的规范，难于执一的。

先父是一位笃实的理学家，他对程朱学说的和儒家思想的笃信，已经到达要排除佛道各派思想的程度。他要把居敬存诚工夫灌输到我们这一代，让理学在我们心灵中生根，其结果是失败的。但我一生对于恋爱会这么认真，也还是受了理学的影响。我在这儿郑重说一件旧事：先父病危时，有一天，忽然要叫我母亲备一份香烛到庙中去祈祷一番，而且吩咐她不要我们知道这件事。我忽有所感：先父到了最后，对灵魂来世的事，无法安顿；这样的矛盾，颇值得体味的。于先父死后，乡间传出了他出任某处县城隍的神话，我已说过了。先父是不礼拜佛道二教的神道的，也不相信基督耶稣的，只留下了泛自然神教的观念，真要成神的话，也只有土地神可以做得的了。

在这一方面，家母倒是先父的忠实信徒，她既不烧香拜佛，也不吃素念经。我自信，我所讲的《金刚经》，比一般方丈法师高明一点，虽不能使顽石点头，却也足使凡人们恍然有所悟。上海解放以后，家母从乡间来上海，我看她十分寂寞，心绪也不十分好，想试着劝她看看《金刚经》。她却一一拒绝，说她是不信佛的。她和我一样，近于自然神教，我是走出了儒家圈子以后，走进道家思想圈子去。家母则是无意之中，闯到泛神论的世界，成为朴素的自然主义的信徒的。

有一位耶稣教徒，他自以为天天关着门看《圣经》，直通基督的圣旨，他认为如我这样一个凡夫俗子，不会有所领会的。他并不知道我正走了和他相反的路。我是走了比较宗教的路，才对这一问题有所交代。我觉得各种经典之中，博大精深，莫如佛经。新旧约实在浅薄得很，比之佛经，连小巫都称不上。道家思想虽不及佛经，但圆通之处，老庄还在释迦之上。从前，我不曾注意到《可兰经》，后来看了一遍，才知道此中自有胜义，自在《新旧约》之上。我从反程朱而重复回到宋明理学、儒家思想门庭，已在中年以后，觉得孔老二毕竟见过大世面，不像耶稣在钉上十字架以前，只在小天地中翻筋斗的。比较宗教，比较哲学，使我成为虚无主义者，我想当年的释迦也一定走过同样的路子。可惜，这些话，已经没有机会来和先父反复讨论了。

当然，先父虽是启蒙时期的进步分子，但他毕竟是上一代的人物。当他病危那一时期，他和我谈到一件宗法社会的大事。我们的祖先，为了保持血统的纯洁，立下了祠规，不许外姓人继嗣的。恰好洞井叔一辈某家，没有后嗣，已经抚养郑姓的外甥来继嗣。依祠规，那是不许"上宗谱"的。因此，那家便上法庭提出控诉，按照国家法律说，这样的嗣子，应该承认的，这一场官司，先父代表宗祠任被告，却败诉了。先父觉得他自己对不起了祖宗，要我牢记在心，在适当机会，把这场官司再翻过案来。我当时不知怎么答复他的，到了今日，连宗谱也不再存在了，这一类宗法社会所留下的精神，我们看来，实在不值考虑的了！

朱永新感悟：

作者笔下的父亲是一位严于律己、知行合一的人，也是一位家教严格、以身作则的人。一方面，他要孩子读《近思录》和《小学》，学会立身处世入门功夫。另一方面，他要孩子躬行实践，划了一亩水田让孩子学农学稼，掌握从插秧到收割的农活。父亲对孩子要求严格，防微杜渐，即使在除夕夜与邻家女玩赛"字乌"，也遭到狠狠教训。当然，父亲的教育也有一些过于死板，如担心孩子"玩物丧志"而不让看社戏等。

鲁
彦

鲁彦（1901—1944），原名王衡臣，又名
王衡、王鲁彦等。中国现代著名乡土小说家、
翻译家。著有《柚子》《旅人的心》《野火》《伤
兵医院》《我们的喇叭》等。

旅人的心 / 鲁　彦

　　或是因为年幼善忘，或是因为不常见面，我最初几年中对
父亲的感情怎样，一点也记不起来了。至于父亲那时对我的爱，
却从母亲的话里就可知道。母亲近来显然在深深地记念父亲，
又加上年纪老了，所以一见到她的小孙儿吃牛奶，就对我说了
又说：

　　"正是这牌子，有一只老鹰！……你从前奶子不够吃，也
吃的这牛奶。你父亲真舍得，不晓得给你吃了多少。有一次竟
带了一打来，用木箱子装着。那是比现在贵得多了。他的收入
又比你现在的少……"

　　不用说，父亲是从我出世后就深爱着我的。

但是我自己所能记忆的我对于父亲的感情，却是从六七岁起。

父亲向来是出远门的。他每年只回家一次，每次约在家里住一个月。时期多在年底年初。每次回来总带了许多东西：肥皂、蜡烛、洋火、布匹、花生、豆油、粉干……都够一年的吃用。此外还有专门给我的帽子、衣料、玩具、纸笔、书籍……

我平日最喜欢和姊姊吵架，什么事情都不能安静，常挨了母亲的打，也还不肯屈服。但是父亲一进门，我就完全改变了，安静得仿佛天上的神到了我们家里，我的心里充满了畏惧，但又不像对神似的慑于他的权威，却是在畏惧中间藏着无限的喜悦，而这喜悦中间却又藏着说不出的亲切的。我现在不再叫喊，甚至不大说话了；我不再跳跑，甚至连走路的脚步也十分轻了；什么事情我该做的，用不着母亲说，就自己去做好；什么事情我该对姊姊退让的，也全退让了。我简直换了一个人，连自己也觉得：聪明，诚实，和气，勤力。

父亲从来不对我说半句埋怨话，他有着宏亮而温和的音调。他的态度是庄重的，但脸上没有威严却是和气。他每餐都喝一定分量的酒。他的皮肤的血色本来很好，喝了一点酒，脸上就显出一种可亲的红光。他爱讲故事给我听，尤其是喝酒的时候常常因此把一顿饭延长了一二个钟点。他所讲的多是他亲身的阅历，没有一个故事里不含着诚实，忠厚，勇敢，耐劳。他学过拳术，偶然也打拳给我看，但他接着就讲打拳的故事给我听：

学会了这一套不可露锋芒，只能在万不得已时用来保护自己。父亲虽然不是医生，但因为祖父是业医的，遗有许多医书，他一生就专门研究医学。他抄写了许多方子，配了许多药，赠送人家，常常叫我帮他的忙。因此我们的墙上贴满了方子，衣柜里和抽屉里满是大大小小的药瓶。

一年一度，父亲一回来，我仿佛新生了一样，得到了学好的机会：有事可做也有学问可求。

然而这时间是短促的。将近一个月他慢慢开始整理他的行装，一样一样的和母亲商议着别后一年内的计划了。

到了远行的那夜一时前，他先起了床，一面打扎着被包箱夹，一面要母亲去预备早饭。二时后，吃过早饭，就有划船老大在墙外叫喊起来，是父亲离家的时候了。

父亲和平日一样，满脸笑容。他确信他这一年的事业将比往年更好。母亲和姊姊虽然眼眶里贮着惜别的眼泪，但为了这是一个吉日，终于勉强地把眼泪忍住了。只有我大声啼哭着，牵着父亲的衣襟，跟到了大门外的埠头上。

父亲把我交给母亲，在灯笼的光中仔细地走下阶级，上了船，船就静静地离开了岸。

"进去吧，很快就回来的，好孩子。"父亲从船里伸出头来，说。

船上的灯笼熄了，白茫茫的水面上只显出一个移动着的黑影。几分钟后，它迅速地消失在几步外的桥的后面。一阵关闭船篷声，接着便是渐远渐低的咕呀咕呀的桨声。

"进去吧，还在夜里呀。"过了一会，母亲说着，带了我和姊姊转了身。"很快就回来了，不听见吗？留在家里。谁去赚钱呢？"

其实我并没想到把父亲留在家里。我每次是只想跟父亲一道出门的。

父亲离家老是在夜里，又冷又黑。想起来这旅途很觉可怕。那样的夜里，岸上是没有行人也没有声音的，倘使有什么发现，那就十分之九是可怕的鬼怪或恶兽。尤其是在河里，常常起着风，到处都潜着吃人的水鬼。一路所经过的两岸大部分极其荒凉，这里一个坟墓，那里一个棺材，连白天也少有行人。

但父亲却平静地走了，露着微笑。他不畏惧，也不感伤，他常说男子汉要胆大量宽，而男子汉的眼泪和珍珠一样宝贵。

一年一年过去着，我渐渐大了，想和父亲一道出门的念头也跟着深起来，甚至对于夜间的旅行起了好奇和羡慕。到了十四五岁，乡间的生活完全过厌了，倘不是父亲时常寄小说书给我，我说不定会背着母亲私自出门远行的。

十七岁那年的春天，我终于达到了我的志愿。父亲是往江北去，他送我到上海。那时姊姊已出了嫁生了孩子，母亲身边只留着一个五岁的妹妹。她这次终于遏抑不住情感，离别前几天就不时流下眼泪来，到得那天夜里她伤心地哭了。

但我没有被她的眼泪所感动。我很久以前听到我可以出远门就在焦急地等待着那日子。那一夜我几乎没有合眼。心里充满了说不出的快乐。我满脸笑容，跟着父亲在暗淡的灯笼光中走出了大门。我没注意母亲站在岸上对我的叮嘱，一进船舱，就像脱离了火坑一样。

"竟有这样硬心肠，我哭着，他笑着！"

这是母亲后来常提起的话。我当时欢喜什么，我不知道。我只觉得心里十分的轻松，对着未来，有着模糊的憧憬，仿佛一切都将是快乐的，光明的。

"牛上轭了！"

别人常在我出门前就这样的说，像是讥笑我，像是怜悯我。但我不以为意。我觉得那所谓轭是人所应该负担的。我勇敢地挺了一挺胸部，仿佛乐意地用两肩承受了那负担。而且觉得从此才成为一个"人"了。

夜是美的。黑暗与沉寂的美。从篷隙里望出去。看见一幅黑布蒙在天空上，这里那里镶着亮晶晶的珍珠。两岸上缓慢地往后移动的高大的坟墓仿佛是保护我们的炮垒，平躺着的草扎的和砖盖的棺木就成了我们的埋伏的卫兵。树枝上的鸟巢里不时发出喊喊的拍翅声和细碎的鸟语，像在庆祝着我们的远行。河面上一片白茫茫的光微微波动着，船像在柔软轻漾的绸子上滑了过去。船头下低低地响着淙淙的波声，接着是咕呀咕呀的前桨声和有节奏的喊嚓喊嚓的后桨拨水声。清冽的水的气息，重浊的泥土的气息和复杂的草木的气息在河面上混合成了一种特殊的亲切的香气。

我们的船弯弯曲曲地前进着，过了一桥又一桥。父亲不时告诉着我，这是什么桥，现在到了什么地方。我静默地坐着，听见前桨暂时停下来，一股寒气和黑影袭进舱里，知道又过了一个桥。

一小时以后，天色渐渐转白了，岸上的景物开始露出明显的轮廓来，船舱里映进了一点亮光，稍稍推开篷，可以望见天边的黑云慢慢地变成了灰白色，浮在薄亮的空中。前面的山峰隐约地走了出来，然后像一层一层地脱下衣衫似的，按次的展出了山腰和山麓。

"东方发白了。"父亲喃喃地念着。

白光像凝定了一会，接着就迅速地揭开了夜幕，到处都明亮起来。现在连岸上的细小的枝叶也清晰了。星光暗淡着，稀疏着，消失着。白云增多了，东边天上的渐渐变成了紫色，红色。天空变成了蓝色。山是青的，这里那里弥漫着乳白色的烟云。

我们的船驶进了山峡里，两边全是繁密的松柏、竹林和一些不知名的常青树。河水渐渐清浅，两边露出石子滩来，前后左右都驶着从各处来的船只。不久船靠了岸，我们完成了第一段的旅程。

当我踏上埠头的时候，我发现太阳已在我的背后。这约莫二小时的行进，仿佛我已经赶过了太阳，心里暗暗地充满了快乐。

完全是个美丽的早晨。东边山头上的天空全红了，紫红的云像是被小孩用毛笔乱涂出的一样，无意地成了巨大的天使的翅膀。山顶上一团浓云的中间露出了一个血红的可爱的紧合着的嘴唇，像在等待着谁去接吻。西边的最高峰上已经涂上了明耀的光辉。平原上这里那里升腾着白色的炊烟，雾一样。埠头上忙碌着男女旅客，成群的往山坡上走了去。挑夫，轿夫喊着道，追赶着，跟随着，显得格外的紧张。

就在这热闹中，我跟在父亲的后面走上了山坡，第一次远离故乡跋涉山水，去探问另一个憧憬着的世界，勇往地肩起了"人"所应负的担子。我的血在沸腾着，我的心是平静的，平静中含着欢乐。我坚定的相信我将有一个光明的伟大的未来。

但是暴风雨卷着我的旅程，我愈走愈远离了家乡。没有好的消息给母亲，也没有如母亲所期待的三年后回到家乡。一直过了七八年，我才负着沉重的心，第一次重踏到生长我的土地。那时虽走着出门时的原来路线，但山的两边的两条长的水路已经改驶了汽船，过岭时换了洋车。叮叮叮叮的铃子和呜呜的汽笛声激动着旅人的心。

到得最近，路线完全改变了。山岭已给铲平，离开我们村庄不远的地方，开了一条极长的汽车路。她把我们旅行的时间从夜里二时出发改做了午后二时。然而旅人的心愈加乱，没有一刻不是强烈地被震动着。父亲出门时是多么的安静，舒缓，快乐，有希望。他有十年二十年的计划，有安定的终身的职业。

而我呢？紊乱，匆忙，忧郁，失望，今天管不着明天，没有一种安定的生活。

实际上，父亲一生是劳碌的，他独自负荷着家庭的重任，远离家乡一直到他七十岁为止。到得将近去世的几年中，他虽然得到了休息。但还依然刻苦地帮着母亲治理杂务。然而，他一生是快乐的。尽管天灾烧去了他亲手支起的小屋，尽管我这个做儿子的时时在毁损着他的遗产，因而他也难免起了一点忧郁，但他的心一直到临死的时候为止仍是十分平静的。他相信着自己，也相信着他的儿子。

我呢？我连自己也不能相信。我的心没有一刻能够平静。

当父亲死后二年，深秋的一个夜里二时，我出发到同一方向的山边去，船同样的在柔软轻漾的绸子似的水面滑着，黑色的天空同样地镶着珍珠似的明星，但我的心里却充满了烦恼，忧郁，凄凉，悲哀，和第一次跟着父亲出远门时的我仿佛是两个人了。

原来我这一次是去掘开父亲给自己造成的坟墓，把他永久地安葬。

朱永新感悟：

作者的父亲是一位常年在外的"旅人"，每年只在年底左右回家一次，每次回来除了带足够家用一年的生活用品，就是给儿子的帽子、衣料、玩具、纸笔、书籍了。父亲的爱，倾注在这些精心挑选的物品之中，也倾注在他的故事之中。他给孩子讲亲身的阅历，所有的故事里都有着诚实、忠厚、勇敢、耐劳的元素。父亲对孩子和蔼可亲，音调宏亮而温和，态度庄重而亲切。父亲学过拳术，偶然也露一手，但总是告诫孩子：学会了这一套不可露锋芒，只能在万不得已时用来保护自己。虽然父亲一年一度只回来一次，但是，父亲就是一所学校："父亲一回来，我仿佛新生了一样，得到了学好的机会：有事可做也有学问可求。"父亲"旅人"的状态深深影响了作者，对于他来说，那既是生命的支撑，也是爱的羁绊：少年时的作者对于这种漂泊的生涯一度充满了憧憬与渴望，不同于母亲对于又一次分离的离愁别绪，作者认为以行旅的方式对世界有所憧憬并对其加以探索，是对于人生之"轭"的担当，是成为一个"人"的必经阶段。而父亲离世后的两年，作者悄然出发，在行旅中却又感受到了人生的沉重、无奈与凄凉，无复少年意气的飞扬。

李星华

李星华（1911—1979），中国现代作家，李大钊先生的女儿。十六岁时即和父亲李大钊一同被捕入狱。出狱后加入中国共产党。1932年起，开始做党的地下工作，曾多次参加反帝爱国游行，经常为营救被捕同志而奔走。1933年，按中共地下组织之指示开展活动，将李大钊烈士的安葬仪式变成群众性的、声势浩大的示威游行。抗日战争爆发后，奔赴延安。此后长期从事教育工作和民间文学创作。主要作品有《回忆我的父亲李大钊》《白族民间故事传说集》《十六年前的回忆》等。

十六年前的回忆 / 李星华

我的父亲李大钊的被难日，是1927年4月28日，离现在已经整整十六年了，但是留给我的印象是很深的。

那年春天，父亲每天夜里回来得很晚，早晨又不知几时离开了房间。有时他也留在家里埋头整理一些书籍和文件。我常常蹲在一旁，呆呆地看着他把那些书籍和带字的纸片投到火炉里去，它们立刻化成灰，像灰色的蝴蝶，飞满天空，父亲的面孔马上严肃起来，现出一种难以猜测的神情。

"是不是他在痛心这些和他相伴的书籍和文件的无辜被烧？"我这样猜想着。"既然不愿意把它们烧掉，何必还要这样做呢？"我想来想去，怎么也找不到理由，实在忍不住，就很奇怪地向父亲问道：

"爹，为什么把它烧掉呢，怪可惜的。"

"不愿要它们就烧掉，你孩子家知道什么！"待了一会儿，父亲才这样回答。

父亲一向是慈祥的，从没有骂过我们，更没有打过我们。我总爱向父亲问许多幼稚可笑的问题。无论他怎样忙，对于我的愚问，总是很感兴趣的，耐心地给我解答。不知为什么，这次父亲回答得这样含混，我有点怀疑。

后来从母亲嘴里知道，过几天军阀张作霖要派人来搜查。果然，没出两天工夫，父亲那里的一位工友阎振三，一早出去到街上买东西，直到夜晚不见回来。第二天，父亲他们才知道阎振三被关在警察厅里了。我们心里很不安，都为这位工友焦急。现在，父亲这里，只剩了一个工友帮忙，所以父亲他们也必须自己做饭，从此，父亲也就开始学习做饭了。

局势颇见严重，父亲的工作也更加紧张起来。他并不因形势的恶化而发愁或灰心，当他的工作有闲暇时，还谈些惹人发笑的话。父亲对他那艰苦的革命事业，永远是乐观的。

几天以来，也常有父亲的朋友们，偷空来劝父亲离开北平。父亲对他们的劝告，似乎并不在意。母亲当然时时为父亲担着一份心，向父亲发着唠叨的劝告。但是，这对父亲也是毫无效果，反而惹起他的不快来。

"不是常对你说吗？我是不能轻易离开北平的，在这紧急的时候，假如我走了，北平的工作留给谁领导？"他很坚决地讲给母亲。

"你要知道，现在是什么时代，这里的工作是怎样地重要……哪能离开呢！"父亲继续地说着，一直说得母亲闭口无言，他也就不再说了。

我虽然也在发愁，但总脱不掉孩子气，自己玩得高兴的时候，会把什么事情都丢向脑后的，绝不像母亲整体浸在忧愁里。

我们就这样不安地把日子过掉，不久，那可怕的一天终于到了。

六号的早晨，母亲带了妹妹到兵营那边的儿童娱乐场去散步了，这天天气很好，她们兴致勃勃地走了，连早饭也没有吃。

里间屋里，父亲在桌上写字，我坐在外间的长木椅上看报。短短的一段新闻还没有看完，听到"嚓……"快枪发着尖锐的爆炸声。紧接着从庚子赔款委员会那边传来一阵纷乱的喊叫声，又听见有许多人从那列矮小的围墙上跳到我们的院里来。

"什么？爹！"我瞪着两只受惊的眼睛向父亲问着。

"没有什么，不要怕，星，跟我到外面去看看吧！"他不慌不忙地向院里走去。当我们走出房门时，看见许多赤手空拳的青年，像一群受惊的小鸟似的东奔西撞，找不到去处。我紧随在父亲的身后，走出这座充满恐怖的院子，找到一间僻静的小屋，暂时安静下来。

父亲坐在椅子上，面孔非常冷静，因此我也有些胆壮起来。

一会儿，外面传来一阵沉重的皮鞋声，迎接着这响声，我的心剧烈地跳动起来。我没有哼气，只是用恐怖的眼光，瞅了瞅父亲。

"不要放走一个！"粗暴的吼声在窗外响起来了。

那穿着灰制服、长筒皮靴的宪兵，穿便衣的侦探，和那穿黑制服的警察，一拥而入，挤满了这间小屋子。他们像一群魔鬼似的，把我们包围起来。他们每人有一支手枪，枪口对着我和父亲，发出无情的冷光。在这许多军警中间，我发现了前几天被捕的那位工友阎振三。他的胳膊被绳子捆上了，一个肥胖的便衣侦探紧牵着那条绳子。从阎振三向两边披散着的长发间，露出一条苍白的脸来。一看便知，他受过苦刑了，他们把他带来，当然是叫他来认人的。

一个身格粗大、满脸横肉，有一双阴险眼睛的便衣侦探指着父亲，向阎振三问道：

"你认识他吗？"

阎振三摇了摇头，表示不认识。

"哼！你不认识吗？我可认识他呢！"他狡猾地冷笑着，又郑重地吩咐他的左右：

"看好，别让他得空自杀！"

他手下的那一伙，立刻把父亲抓住了，仔细地在父亲身上搜了一遍。父亲始终保持着他那惯有的严峻态度，没有向他们讲任何道理。因为他明白，对他们是没有道理可讲的。

在残暴的斥叫下，父亲束手受缚，我眼看着他们把父亲拖走了。接着，我也被那群暴徒牵走了。

在被高大砖墙密密围起来的警察厅的院子里，我看见母亲和妹妹也都被牵来了。还有谭祖尧的未婚妻李婉玉和他的妹妹柔玉，我们一块被关在女拘留所里。

差不多十多天过去了，我们始终也没看见父亲，更无从打听他们的消息。我和母亲，每天都沉在猜疑里。一天，上午十一点钟左右，我们正在吃中饭，手里的窝头还没有啃完，听见警察喊母亲、我和妹妹的名字，说是"提审"。

在法庭上，我们和父亲见了面。

父亲身上，仍穿着他那件灰布旧棉袍，可是没戴眼镜。在那乱蓬蓬的长头发下，我看到了他那副平静而慈蔼的脸。

"爹！"我忍不住喊出声来。母亲哭了，妹妹也跟着哭起来了。

"不许乱喊！"法官拿起惊堂木来，重重地在桌子上敲了一下。

“不许乱喊！”他的手下也应声斥责着。

父亲瞅了瞅我们，没对我们说一句话。他脸上的表情非常安定，非常沉着。他的心被一种伟大的力量占据着。这个力量就是他平日对我们讲的——他对于革命事业的信心。

“这是我的妻子。”他指着母亲说。接着他又指了一下我和妹妹：“这是我的两个女孩子！”

“她是你最大的孩子吗？”法官指着我问父亲。

“是的，我是他们最大的孩子。”我不知当时为什么那样的机智和胆大，恐怕父亲说出哥哥来，我就这样的抢着说了。

“不要多嘴！”法官怒气冲冲地又将他面前那块木板狠狠地敲了一阵。

父亲立刻就会意到了，接着说：

“是的，她是我最大的孩子。我的妻，是一个乡下女人。我的孩子们年纪都小，可以说她们什么也不懂，一切都与她们没有关系。”父亲说完了这段话，不再说了，又望了望我们。

法官命令着把我们急速押下去。就这样，同父亲见了一面，又匆匆分别了。

28 日黄昏，警察第二次喊着母亲和我以及妹妹的名字，这次是叫我们收拾行李出拘留所了。在忙乱中，我帮着母亲，用颤抖的手，整理好了我们的几件破衣服之后，一个警察一直把我们押送到大门口。在路上，我很焦急，不知父亲的情形怎样，就低声地问一下警官：

"警官先生，有件事向你打听一下，你知道我父亲……怎样了？"我的声音不自主地有些发抖，两眼挤满了热泪。

"唉！回去吧，回去以后什么都会知道的！"他用一种哀伤的口吻说。

于是我们像从樊笼里逃出的小鸟似的，走出那座漆黑坚实的大铁门。

回到朝阳里，天已经全黑了。来到这座寂静冷落的家门前，在我已感到说不出的生疏了。我的舅老爷——父亲的舅父，打开了大门，一见到是我们，意外高兴地向院里高声喊着：

"她妈回来了！"

帮着母亲照看孩子的雨子妈，简直乐得闭不上嘴。"这是老天的保佑！"她只说了这么一句。

母亲看见留在家里的三个孩子，当然免不了一阵伤心。

第二天，舅老爷到街上去买报。我们在家里不安地等待着他把父亲的消息带回来。这位老人是从街上哭着回来的，他的手里无力地握着一份报。

当我看到报上用头号字登着"李大钊等昨已执行绞决"时，我立刻感到眼前蒙了一团云雾，昏倒在床上了。我醒过来的时候，母亲房里乱成一团：母亲伤心过度，晕过去了三次，每次都是刚刚把她叫醒，她又晕过去了……

过了好半天，母亲醒过来了，她低声问我："昨天是几号？记住，昨天是你爹被害的日子。"

我又哭了，从地上捡起那张报纸，咬紧牙，又勉强看了一遍。我低声对母亲说："妈，昨天是4月28日。"母亲微微点了一下头。

朱永新感悟：

这是李大钊的女儿在父亲去世十六年的时候写的回忆文章。文章主要还原了父亲被捕前后以及审讯、被害的现场，没有太多的教育故事。但是，我们还是可以从中发现一些值得关注的细节。父亲很慈祥，从来没有打骂过孩子。父亲鼓励孩子提问，无论工作多忙，对孩子的问题总是很感兴趣，耐心地回答，即使是幼稚可笑的问题，也认真地解答。父亲有着崇高的理想，"他的心被一种伟大的力量占据着"。"铁肩担道义，妙手著文章"，李大钊先生不仅是一位伟大的无产阶级革命家，一位共产主义战士，也是一位伟大的教师、伟大的父亲。

林海音

林海音（1918—2001），本名林含英，中国当代著名作家，1937年从北平新闻专科学校毕业后担任《世界日报》记者、编辑。代表作品有小说集《城南旧事》，散文集《冬青树》《窗》《一家之主》等。1998年，获得第三届世界华文作家大会终身成就奖。

爸爸的花儿落了 / 林海音

新建的大礼堂里，坐满了人；我们毕业生坐在前八排，我又是坐在最前一排的中间位子上。我的衣襟上有一朵粉红色的夹竹桃，是临来时妈妈从院子里摘下来给我别上的。她说：

"夹竹桃是你爸爸种的，戴着它，就像爸爸看见你上台时一样！"

爸爸病倒了，他住在医院里不能来。

昨天我去看爸爸，他的喉咙肿胀着，声音是低哑的。我告诉爸爸，行毕业典礼的时候，我代表全体同学领毕业证书，并且致谢词。我问爸，能不能起来参加我的毕业典礼？六年前，他参加了我们学校那次的欢送毕业同学同乐会时，曾经要我好好用功，六年后也代表同学领毕业证书和致谢词。今天，"六年后"到了，我真的被选做这件事了。

爸爸哑着嗓子，拉起我的手，笑笑说：

"我怎么能够去？"

但是我说：

"爸爸，你不去，我很害怕；你在台底下，我上台说话就不发慌了。"

爸爸说：

"英子，不要怕，无论什么困难的事，只要硬着头皮去做，就闯过去了。"

"那么，爸爸不是也可以硬着头皮从床上起来，到我们学校去呀！"

爸爸看着我，摇摇头，不说话了。他把脸转向墙那边，举起他的手，看手上的指甲。然后，他又转过脸来叮嘱我："明天要早起，收拾好就到学校去，这是你在小学的最后一天了，可不能迟到！"

"我知道，爸爸。"

"没有爸爸，你更要自己管自己，并且管弟弟和妹妹。你已经大了，是不是？"

"是。"我虽然这么答应了，但是觉得爸爸讲的话很使我不舒服，自从六年前的那一次，我何曾再迟到过？

当我在一年级的时候，就有早晨赖在床上不起床的毛病。每天早晨醒来，看来阳光照到玻璃窗上，我的心里就是一阵愁：已经这么晚了，等起来，洗脸，扎辫子，换制服，再到学校去，准又是一进教室被罚站在门边，同学们的眼光，会一个个向你投过来。我虽然很懒惰，却也知道害羞呀！所以又愁又怕，每次都是怀着恐惧的心情，奔向学校去。最糟的是爸爸从不许小孩子上学乘车的，他不管你晚不晚。

有一天，下大雨，我醒来一睁眼，就知道不早了，因为爸爸已经在吃早点。我看着窗外，听着雨声，心里愁得了不得。我上学不但要晚了，而且妈妈还要给我穿上肥大的夹袄（是在夏天！），踢拖着不合脚的油鞋，举着一把大油纸伞，走到学校去！想到这么不舒服的上学，我竟有勇气赖在床上不起来了。

过了一会儿，妈妈进来了。她看我还没有起床，吓了一跳，催促着我，但是我皱紧了眉头，低声向妈哀求说："妈，今天晚了，我就不去上学了吧？"

妈妈就是做不了爸爸的主意；当她转身出去，爸爸就进来了。他瘦瘦高高的，站到床前来，瞪着我："怎么还不起来，快起！快起！"

"晚了！爸。"我硬着头皮说。

"起！"

一个字的命令最可怕。但是我怎么啦？居然有勇气不挪窝。

　　爸爸气极了，一把把我从床上拖起来，我的眼泪就流出来了。爸左看右看，结果从桌上抄起鸡毛掸子倒转来拿，藤鞭子在空中一抡，就发出咻咻的声音。我挨打了！

　　爸爸把我从床头打到床角，从床上打到床下。外面的雨声混合着我的哭声。我哭号，躲避，最后还是冒着大雨上学去了。我是一只狼狈的小狗，被宋妈抱上了洋车——第一次花五大枚坐车去上学。

　　我坐在放下雨篷的洋车上，一边哭着，一边撩起裤脚来检查我的伤痕。那一条条鼓起的鞭痕，是红的，而且发着热。我把裤脚向下拉了拉，遮盖住最下面的一条伤痕。我是怕被同学耻笑呀！

　　虽然迟到了，但是老师并没有罚我站，这是因为下雨天可以原谅的缘故。

　　老师教我们先静默再读书。坐直身子，手背在身后，闭上眼睛，静静地想五分钟。老师说：想想看，你是不是听爸妈和老师的话？昨天的功课有没有做好？今天的功课全带来了吗？早晨跟爸妈有礼貌地告别了吗……我听到这儿，鼻子抽答了一下，幸好我的眼睛是闭着的，泪水不至于流出来。

　　正在静默的当中，我的肩头被拍了一下，急忙地睁开了眼，原来是老师站在我的位子旁边。他用眼势告诉我，教我向窗外看去，我猛一转头看，是爸爸那瘦高的影子！

　　我刚安静下来的心又害怕起来了！爸为什么追到学校来？

爸爸点头示意招我出去。我看看老师，征求他的同意，老师也微笑地点点头，表示答应我出去。

我走出了教室，站在爸爸面前。爸爸没说什么，打开了手中的包袱，拿出来的是我的花夹袄。他递给我，看着我穿上，又拿出两个铜板来给我。

后来怎么样了，我已经不记得，因为那是六年前的事了。只记得，从那以后到今天，每天早晨我都是等待着校工开大铁栅校门的学生之一。冬天的清晨，站在校门前，戴着露出五个手指头的那种手套，举了一块热乎乎的烤白薯在吃着。夏天的早晨站在校门前，手里举着从家里花池中摘下的玉簪花，送给亲爱的韩老师，她教我跳舞。

啊！这样的早晨，一年年都过去了，今天是我最后一天在这学校里啦！

当当当，钟响了，毕业典礼就要开始。看外面的天，有点阴，我忽然想，爸爸会不会忽然从床上起来，给我送来了花夹袄？我又想，爸爸的病几时才能好？妈妈今早的眼睛为什么红肿着？院子里大盆的石榴花和夹竹桃，今年爸爸都没有给上麻渣，他为了叔叔给日本人害死，急得吐血了。到了五月节，石榴花没有开得那么红，那么大。如果秋天来了，爸爸还要买那样多的菊花，摆满在我们的院子里、廊檐下、花架上吗？

爸是多么喜欢花。

他每天下班回来，我们都会在门口等他。他把草帽推到头后面，一手抱起了弟弟，经过自来水龙头，一手提起灌满了水的喷水壶，唱着歌儿走到后院来。他回家来的第一件事就是浇花。那时候，太阳快要下去了，院子里吹着凉爽的风，爸爸摘下一朵茉莉花，插到瘦鸡妹妹的头发上。陈家的伯伯对爸爸说："老林，你这样喜欢花，所以你太太生了一堆女儿！"我有四个妹妹，只有两个弟弟：我才十二岁……

我为什么总想到这些呢？韩主任已经上台了，他很正经地说：

"各位同学都毕业了，就要离开上了六年的小学到中学去读书，做了中学生就不是小孩子了，当你们回到小学来看老师的时候，我一定高兴看你们都长高了，长大了……"

于是我唱了五年的骊歌，现在轮到低班的同学唱给我们送别：

"长亭外，古道边，芳草碧连天。问君此去几时来？来时莫徘徊！天之涯，地之角，知交半零落。人生难得是欢聚，惟有别离多……"

我哭了，我们毕业生都哭了。我们是多么喜欢长高了变成大人，我们又是多么怕呢！当我们回到小学来的时候，无论长得多么高，多么大，老师！你们要永远拿我当个孩子呀！

不但韩主任说我不是小孩子了，别的人也常常要我做大人。

宋妈临回她的老家的时候说：

"英子，你大了，可不能跟弟弟再吵嘴，他还小。"

兰姨娘跟着那个四眼狗上马车的时候说：

"英子，你大了，可不能再招你妈妈生气了！"

蹲在草地里的那个人说：

"等你小学毕业了，长大了，我们看海去。"

虽然，这些人都随着我的长大没有了影子了，是跟着我失去的童年一起失去了吗？

爸爸也不拿我当小孩子了。他说：

"英子，去把这些钱寄给在日本读书的陈叔叔。"

"爸爸——"

"不要怕，英子，你要学做许多事，将来好帮着你妈妈。你最大。"

于是他数了钱，告诉我怎样到东交民巷的正金银行去寄这笔钱——到最里面的桌子上去要一张寄款单，填上"金柒拾圆整"，写上日本横滨的地址，交给柜台里的小日本儿！

我虽然很害怕，但是也得硬着头皮去。——这是爸爸说的，无论什么困难的事，只要硬着头皮去做，就闯过去了。

"闯练，闯练，英子。"我临去时，爸爸还这样嘱咐我。

我心情紧张，手里捏紧一卷钞票到银行去，等到从高台阶的正金银行出来，看着东交民巷街道中的花圃种满了蒲公英，我高兴地想：闯过来了，快回家去，告诉爸爸，并且要他明天在花池里也种满蒲公英。

快回家！快回家去！拿着刚发下来的小学毕业文凭——红

丝带子系着的白纸筒，催着自己，我好像怕赶不上什么事情似的，为什么呀？

进了家门，静悄悄的，四个妹妹和两个弟弟都坐在院子里的小板凳上，他们在玩沙土。旁边的夹竹桃不知什么时候垂下来好几个枝子，散散落落地很不像样。是因为爸爸今年没有收拾它们——修剪、捆扎和施肥。

石榴树大盆地下也有几粒没有长成的小石榴，我很生气，问妹妹们：

"是谁把爸爸的石榴摘下来的？我要告诉爸爸去！"

妹妹们惊奇地睁大了眼，她们摇摇头说："是它们自己掉下来的。"

我捡起小青石榴。缺了一根手指的厨子老高，从外面进来了，他说：

"大小姐，别说什么告诉不告诉你爸爸了，你妈妈刚从医院来了电话，叫你赶快去，你爸爸已经……"他为什么不说下去了？我忽然觉得着急起来，大声喊着说：

"你说什么？老高！"

"大小姐，到了医院，好好儿劝劝你妈，这里就数你大了！就数你大了！"

瘦鸡妹妹还在抢燕燕的小玩意儿，弟弟把沙土灌进玻璃瓶里。是的，这里就数我大了，我是小小的大人。我对老高说：

"老高，我知道是什么了，那我就去……"我的喉咙忽然发紧，不能再说下去，我的眼睛也模糊起来了，可是我从来没有过这样的镇定，这样的安静。爸爸，是你教我这样的吗？

我把小学毕业文凭放进书桌的抽屉里。再出来，老高已经替我雇好了到医院的车子。走过院子，看那垂落的夹竹桃，我默念着：

爸爸的花儿落了，

我也不再是小孩子。

朱永新感悟：

林海音的《城南旧事》，曾经感动过无数的中国人。这篇文章从自己的毕业典礼讲起父亲对自己的深爱，同样感人至深。父亲的爱深沉而又有原则，他反对娇惯孩子，无论刮风下雨，无论时间宽紧，都不允许用车送孩子去上学。女儿曾经因为下雨天赖床想逃学，遭受父亲严厉的责罚，从此每天早早起来等着学校开门。父亲鼓励女儿不要畏惧困难，告诉她"无论什么困难的事，只要硬着头皮去做，就闯过去了。"林海音父亲体罚孩子固然不应该效仿，但是把严格要求与爱结合起来是教育的真谛，有原则、有底线的爱，才是真正的智慧的爱。

罗兰

罗兰（1919—2015），原名靳佩芬，中国台湾作家。1988 年深圳海天出版社首次向中国大陆读者推介并出版了《罗兰小语》《罗兰散文》以及部分书信体文集和论文集，获得极大反响，在中国大陆迅即形成"罗兰热"。其中《罗兰小语》曾经是二十世纪八九十年代青年热衷的"励志书"。2003 年获世界华文作家协会"终身成就奖"。

父亲的照片 / 罗　兰

偶翻旧照，又看见了许久不敢去看的父亲的照片。

我只有两张父亲的照片，但这两张却代表了父亲一生中的两个重要阶段。

一张是他坐在他工厂的大办公桌前，身穿一套蓝色的工服，手中拿着一支钢笔，微抬着头，一双乐观而又慈爱的眼睛，透过圆形黑边的轻度近视眼镜，向我注视。在那高挺的鼻子下面，那薄薄的两角微翘的嘴唇，仿佛正要绽出一个欣慰和悦的微笑，说：

"你回来啦？"

"是的，我回来啦。"

二十多年前，我一次又一次地站在父亲的大办公桌前，向他报到，带着与他同样快乐的心情。

那时，我在学校住读，每到寒暑假，乘火车回家，一下火车，总是先到工厂去看父亲。

他那由公事桌上一抬头的神情，就恰是照片上这个神情。而这张照片，也就是我刚学会照相之后，一次戏剧化的"杰作"。我预先准备好相机，悄悄地走到他面前，趁他一抬头的当儿，照上了这个镜头。然后，父女二人相视大笑。

全家中，父亲最钟爱的是我。当我小的时候，他讲故事给我听，带我去野外玩，告诉我，他小时候怎样淘气，上学时怎样顽皮，祖父怎样聪明倜傥而又善于挥霍，怎样游乐而玩世不恭。父亲的生活怎样由甘到苦，又由苦到甘。

慢慢的，我长大了。父亲送我投考，送我住校，他教会了我在依赖与自立之间，怎样抉择，使我慢慢地适应了独立生活，而且学会了用自己的力量去克服困难。

他把一只乳燕放出巢去，在这方面，他表现了最大的坚强与远见，尽管当时二十岁的我，吵着不肯离家，但父亲却一反平时对我的娇惯，对我的吵闹无动于衷。

　　但是，父亲对我的想念和切盼，完全流露在他这一抬头，一句"你回来了"之中。

　　是的，我回来了。带着日渐茁长的身体，日渐增多的知识，日渐成熟的心境，我回到了父亲的面前。

　　望着父亲那宽大考究的办公桌，玻璃板下还压着我上学期的成绩单。我知道，过几天，新的成绩单来了，他会把这张旧的收起来，和我以前的成绩单订在一起，放入他办公桌最下面的抽屉里。

　　我知道，父亲一生中，最感到骄傲的事情之一，就是我每学期都带给他一张令他满意的成绩单。尽管我自己知道，那上面的分数，多半都是我"临阵磨枪"所得来的不踏实的成绩；尽管我自己知道，我在学校的时候，除了上课之外，用在吃零食和玩闹上的时间，比用在读书上的时间多出数倍；但既然父亲为我的成绩单如此满意，我也就觉得快乐，而不好意思不督促自己多努力些了。

　　父亲的教育方法是鼓励，而不是逼迫苛求；是随我们的个性发展，而决不强迫把我们铸成固定的模式。他不赞成"死用功"，时常在有意无意之间，把他幼时上学淘气，因留级而自己转学，因转学反而跳班，提早毕业的趣事讲给我们听。在我的记忆中，父亲讲他淘气的故事最多。他相信，每个人发展的方向是不一样的，他常说，一个喜欢园艺的孩子，最好是让他去经营他的花圃。我知道，他所指的是五叔。五叔中学都没读完，他不喜欢读书，但是，他把老家那广大的后园，调理得万紫千红，一片蓬勃。而且，他会金石雕刻，会做各种轻便的手工艺品。

"像这样的人，逼他去念书是没有用的！"父亲说。

而六叔也是不用功的一个。为了怕读书，他宁愿舍弃了当时富裕的家庭生活，只身跑去当兵。但在这一方面，六叔却颇有升迁。

父亲是他们兄弟行中，唯一读书有成的人。因为他喜欢化学，而且有一种属于流浪者的拓荒精神，所以他拒绝了去读可以做官的"交际学堂"或法政学院，而去读"只能做工人"的工业学校。

他说："一个人喜欢什么，他就可以用什么来赚钱吃饭，就可以在这上面获得成就。什么也没有兴趣的力量大。"

父亲的这段话，给了我深远的影响。

我一上了中学，父亲就开始告诉我，要有"一技之长"。他说，与其做个"样样皆通，样样稀松"的好学生，不如做个有一样专精，其他稀松的专才。有了一技之长，你可以用它赚钱吃饭，你也可以在它上面获得成就。

"人的精力是有限的。你不可能样样都成专家。"父亲时常笑嘻嘻地说，"假如样样都被你一个人独占了，别人吃什么去呀？"

但是，也就因为父亲这样不苛求我们，我们反而有了一种自发自动的意愿，愿意把父亲认为我们不必念好的东西念好，使父亲有一个意外的惊喜。

现在想来，父亲真是个教育家，他给了我们充分的自由去决定自己的前途，他只从旁略加指引，用鼓励代替打击与责罚。当我们在一些难关面前停顿下来的时候，他总是说："你会把这弄好的！凭你的聪明，这点小事是难不倒你的！"而我们往往就因为父亲这句话，奇迹似的把本来弄不好的东西弄好，对本来视为畏途的工作发生兴趣。

比如写字，我似乎最没有写字的天才，小时候，写毛笔字，总是像蜘蛛爬，既无笔力、又无间架，老师经常飨以大"饼"一张，自己看了也未免泄气。

父亲把这种情形看在眼里，就不声不响地从书柜里翻出许多碑帖，一本一本地拿给我看。告诉我，哪一家的字刚，哪一家的字柔，哪一家的字适于女性，哪一家的字适于男人，让我自己挑选。

而我选来选去，却选择了古拙的魏碑。那字帖旧得要命，而且是父亲自己裱的，裱得七皱八歪，凹凸不平，厚厚的一大本，父亲用不同意的眼光对我摇头。而我却是喜欢那魏碑的古香古色，和那一页页经父亲裱糊过的手迹。

妥协的是父亲。他说："只要你喜欢，你就去写好了！"

于是，我开始有了事做。天天磨墨润笔、读帖，大练其魏碑，每写一张，就拿去给父亲看。而父亲的评语永远是"很好嘛！谁说你不会写字！"

我听得出父亲口气中的半真半假，但是，自己高兴的心情却是真的。所高兴的并不是自己字写得好，而是父亲对我的那一片爱。

父亲的爱心常常使我在心里发下誓愿，单单为了父亲，我可以去做任何事，也可以放弃任何东西。

字并没有写得如父亲所夸奖的那么好，但是，父亲的夸奖培养并维持了我写字的兴趣。使我在日后的许多年中，仍然愿意一有空闲，就去练字。在练字的时候，我就想起父亲那和蔼的容颜，快乐的笑容，和鼓励的眼光，也想起父亲的字。他喜欢写那核桃般大小的寸楷，写字是他心绪烦乱时的镇定剂，而他似乎并不多写，每次坐下来，只是写一两首诗，写完之后，他就掷开笔，靠在椅背上，和我们谈笑了。

父亲的乐观常使我羡慕和感动。他幼年丧母，中年丧偶，老年丧子。人生中的三大不幸，他都亲身遭遇。但是，幼年丧母的孤凄岁月，并未影响到他喜欢玩闹的天性，由他口中讲述的他幼年的故事，是那样的多彩多姿，生动活跃。中年丧偶的打击，他用一次长途旅行去忘记。那次旅行，他走遍了中国南部七省，遍访当地名山大川，得偿他平生喜爱山水风景的夙愿，然后，带着更为豁达的心情回来。似乎他不但把悲苦交给了广漠的大自然，而且他带回了大自然给他的更多的宽容与忍耐，使他得以安稳地度过沦陷八年和老年丧子的悲苦黯淡的岁月，而步入优容冲淡的晚年。

我不知道是否有别人比我从父亲那里所得的更多。我用父亲的豁达应付环境中的变故，用父亲的乐观创造自己的前程，用父亲的鼓励与宽容的方法去教学生和孩子，用父亲对大自然和诗文的爱好来陶冶我自己的性情。

为了使自己不辜负父亲的爱和期望，我才能远离邪恶与错误，才能只身在外而并未被人海风涛所吞没。

如今，离开父亲，倏忽将近十八年。这十八年，世事变化万端。父亲的另一张照片，是我前往台湾之前，由芜湖寄来。那照片，灰颓而又苍老。父亲以迟暮之年，被眼光浅短的公司经理嫉视排挤，而远谪异地。事业的幻灭，家园的破碎，骨肉的离散，一重重地随着那年席卷一切的风雪，凌厉无情地向他袭去。那一段日子，父亲的来信中，隐约都是泪痕。但在表面上，他仍用他一贯的洒脱幽默的笔锋，以自嘲代替叹息，以笑语代替眼泪。总因自己当时年轻，对父亲的来信未曾深想，现在翻开重读，才读出字面背后的苍凉与辛酸，才明白，一个做父亲的人是怎样在任何情形之下，也不愿把悲凉灰颓的一面示之儿女。

于是，我顿悟，他那一切的欢乐的故事，一切的达观的见解，都是他为了给我们善良、乐观、积极有为的影响而下的一番苦心。他把悲苦独自吞咽，为了让我们也能无视世间一切残酷与悲凉，而能用热烈真挚的欢乐与爱心去追求理想，开拓前程。

面对父亲的两张照片——他的事业巅峰的盛年，和他如风飘飞絮的晚年，我喉头哽咽，但是，我告诉自己："不要流泪！"

是的，不要流泪。因为父亲希望我快乐。父亲从未以泪的一面示我，我也将永不以泪的一面示人。

真的不要流泪！为了父亲，我要快乐！不管我心中有多少眼泪……

朱永新感悟：

这是一篇优美的教育散文。文章从父亲的两张老照片引发出许多教育的故事。父亲爱自己的女儿，给她讲故事，带她去野外玩，用自己小时候淘气的故事鼓励孩子顽皮一些。父亲鼓励她独立生活，学会用自己的力量克服困难。父亲尊重孩子的兴趣，鼓励个性自由发展，认为"什么也没有兴趣的力量大"。"一个喜欢园艺的孩子，最好是让他去经营他的花圃。"懂教育的父亲培养出这样一位出色的女儿，她用父亲的豁达应付环境中的变故，用父亲的乐观创造自己的前程，用父亲的鼓励与宽容的方法去教学生和孩子，用父亲对大自然和诗文的爱好来陶冶自己的性情。

陈
祖
芬

陈祖芬（1943—　），中国当代著名报告文学作家。现为北京市作协副主席，北京市文联副主席，全国政协委员。代表作品有《祖国高于一切》《青春的证明》《中国牌知识分子》等，出版有《陈祖芬报告文学选》《陈祖芬报告文学二集》。曾连续五次获全国优秀报告文学奖。

爸　爸 / 陈祖芬

护士说，只有亲人才能使死者的眼睛合上。我抚着爸爸的上眼皮，爸爸的眼睛合上了。

这是 1974 年 7 月 25 日早上八点。在这以前，爸爸大约已经有两周滴水不进，全靠输液维持生命。人，和此刻没什么两样。此刻他真的故去了，我反觉得他或许还活着。

我帮他合上的眼睛，刚才还是清纯的。快六十岁的人，眼睛如孩童一般，圆的，清的，不知道保留，不知道躲闪。眼睛只会正着看人，眼角不留余光。只有一次，他头不动斜过左眼睛看我，使劲眨着、扭挤着眼睛，示意我警惕、镇静。那是1968年的5月的一天。我挺着九个月的肚子坐在上海老家的沙发上。只听一阵楼梯响，红卫兵押着爸爸回来了。爸爸右眼睛的周围，已经肿成了一个大黑包。我明白，我家的劫难开始了。押解的红卫兵宣布我爸爸是美国特务。这时妈妈回家了，拿了只新买的小奶锅，是为我那就要出生的婴儿准备的。红卫兵说妈妈很可能也是特务。譬如买这只奶锅是想干什么的？

红卫兵开始抄我的家。爸爸已经数天不归，我们是有了准备的。我们把爸爸在各国的照片，全撕了。我最下不了手的，是爸爸在莎士比亚故居前照的那几张。莎士比亚是我最喜爱的作家。但是这种照片留下来，爸爸必定和莎士比亚有什么"单线联系"。撕！

除了照片，再无其他。不仅没有"物证"，就连爸爸的思想，也没有残存一点美国的影响。爸爸是个国粹派。在美国留学几年回来，一样也不买，只带回一笔美元。美元都放在一只不锁的抽屉里。不久就发现抽屉里的全部美元不辞而别。是谁拿的？爸爸不愿意把人往这方面想，也不愿想这种事——不是因为觉得想也无用所以不去想，而是这件事本来就不在他的心上。

在我的记忆里，家境从来没有富裕过。亲友邻人的孩子，凡对围棋表示出些许兴致的，爸爸——来教，教到把手头仅有的棋子棋盘送给对方，然后再买一副，然后再教一个，然后棋盘棋子又随学棋人而去。我大弟祖德每次赴日参加围棋赛，日方常送他高级的棋盘棋子，他无一不上交给国家。祖德这个全国围棋冠军的家里，便没有一副像样的、更没有一副"有常性"的围棋。有朋自各方来弈棋，一看棋子又没了，爸爸又去买一副不起眼的棋子，又铺开一张纸棋盘。

　　爸爸常说，钱是最不值钱的。爸爸存不住东西，连钱物带学问。常有学生来家请教，爸爸滔滔讲来，乐此不疲。至于我们姐弟三人，从不很认字的时候开始，爸爸天天早上给我们讲解《诗经》、唐诗之类。我小弟在这方面最有悟性。他六岁时看到雪花飘飘，随口就是小诗一首："窗外在下雪，屋内在吟诗。吟诗是何人，诗人陈祖言。"后来，我家这位唐代诗歌的传人与国家共命运，十五岁高中毕业后十年不沾书本——种地、筑路。直到国家恢复招收研究生，复旦大学中文系要招一名唐代文学的研究生。应考者纷纷，大都是文科毕业生。中榜者却没有读过文科，压根儿十年不得读书，考分偏比居第二名多出二十多分。外人觉得大惊。我知道唯祖言得到了爸爸的真传。

　　爸爸每天傍晚回家，我们姐弟三人近乎条件反射地一个个轮着站到他跟前，飞快地背诵他早上布置的我们其实不解其味的诗词，乃至整篇的《古文观止》《史记》。我印象最深的是背《项羽本纪》和《滑稽列传》。前者因为是我们背《史记》的第一篇，因为觉得长；后者因为觉得好玩。

　　假期里，有时爸爸叫我们姐弟上公园去玩玩，但回家时必须各人带首《十六字令》什么的。家中来客，客人走后，我们又被迫一人填一首《菩萨蛮》，写和客人的孩子玩的感受。星期天，爸爸常常带上我们三人去看京剧。看到精彩处，爸爸的叫好声气盖全场。妈妈最怕京剧的开场锣鼓，她酷爱电影。爸爸晚饭后打开报纸，说一声：有啥影戏看啊？（老上海管电影叫影戏）全家雀跃。爸爸一看外国电影，不多会儿就睡着了，常有次重量级的鼾声输出，直到电影散场，他很满意地回家了。

我从来没有见他读过外国文学，连西菜他都不吃。家里抽水马桶的水箱上，古文书籍如同手纸一样不可或缺。爸爸"积肥"（他一向把上厕所叫作积肥）时，手不离卷。中国的文学和历史，给了他取之不尽的兴味，哪怕他活一千岁！

但是，我们的全盘国粹的爸爸无可幸免地成了"美国特务"。后来，他在病床上，也一直在读古文。后来，他不大能说话了，右手的食指，总还在空中书写着毛笔字。

爸爸去世了，周岁五十九岁。

爸爸的眼睛，是我给他合上的。爸爸的嘴，张着，再合不上。这是我难过极了的。爸爸有话要说吧？爸爸最后要说的是什么呢？他的遗言，在去世前两周就留下了：第一，我死了以后，你们不要跟着医院推死人的车走。人死了，什么都完了。随便医院把我扔哪儿好了。火葬场，不许去。骨灰，不许要。不许为我费什么事。我生平就喜欢两件事：文章和下棋。下棋，祖德继承了。文章，你们两个（指祖言和我）继承了。我没什么遗憾了。就是，如果我活着，可以帮你们做些家务事，经济上还可以补贴些你们……

这个"你们"，恐怕首先指的是我。当时，两个大学毕业生组成的家庭，如果其中一方要月月给父母寄生活费，两人还要扶养一个孩子，相当拮据。当然也能活——大家不都这么活吗？我在爸爸遭劫的时候生的孩子，妈妈卖了大衣柜来贴补我。我还是没有钱顿顿吃个菜。当时我在文化馆上班。往往在上午的各种会议结束前，假装上厕所，其实是溜到单位食堂买一只贴饼子之类，啃了，然后又表情正常地坐回到会场里。等会议结束别人都打饭回来时，说小陈你怎么不吃饭，我说吃过了。我不愿别人看我不吃菜同情我，更不愿别人由此又联想到我爸爸被关押……

爸爸的嘴终于没能合上。我想，他是在呼叫我们。他未必再有什么遗愿，社会是不允许他这样的人有什么宏愿的。他落拓一生，作诗填词题对联编谜语，有出典，有幽默，家中常有"食客"数人，才子若干。都是同事朋友，只从来没有学校领导级人物。于是从一个学校又一个学校被贬，竟至到了一个县里的中学。一再被贬，倒也没有听见过他的怨言。总是常有他的同事到我家来，总是常有他的学生到我家来。明明当个大学教授绰绰有余，爸爸教县中学照样津津乐道。来兴致时，和同事朋友们可打上一夜乒乓球。记得爸爸有一次干脆脱了鞋袜光着脚大打。他的直拍抽球是很具威慑力量的。有时他和两个儿子一起到上海的乒乓房打半天，三雄鼎立，各有胜负。偶尔兴来，说去襄阳公园。我们一家五人，走进公园不到二十来米，爸爸说兴尽了，乘兴而来，兴尽而归吧。爸爸活得洒脱。每年夏天即将来临之际，他总是我们看到的上海大街上第一个穿短裤的人。而且总是纯白的短裤。爸爸在家洗澡，从来不关卫生间的门，他说此乃开门整风。

从五十年代的"整风"到六十年代的"文革"，爸爸没有不挨整的。一个群众关系极好而不会和领导"理顺关系"的人，只能挨整复挨整。纵然才学过人，偏偏不事权势。知识没有力量，才智任人宰割。爸爸被红卫兵关起来以后，被打，被假活埋，被逼迫通宵达旦地拉板车，被告知出校门修鞋也不能摘去身上挂的黑帮牌。

爸爸被红卫兵押走后，有一天，我正午睡，只听爸爸在喊我。我不知是梦是真，跑到窗前一看，是爸爸！爸爸回家了！爸爸一身褴褛，揣着一块叠起的黑帮牌。他说，红卫兵放他回家住一夜，叫他找一些围棋书带给他们。当晚我发疯似的找棋书。我正在坐月子。跑到窗口书架前乱翻。窗开着，风直冲我吹来。我知道月子里不能这么吹风。但我近乎半疯。爱怎么样就怎么样，不想关窗只想找书，找更多的棋书，去送给迫害我爸爸的人。

爸爸还是爸爸，只讲了关押时的几件事，不无幽默地、画外音似地说："爸爸排解得开！"

从爸爸上次被押走后，我一直哭。妈妈说，你就要生了，你这么哭，对孩子不好。我顾不上，我顾不上！我心里已全无孩子，只有爸爸！完全不看重生孩子这件事了，所以连生孩子时的痛都感觉迟钝了。月子里，妈妈说我老哭眼睛要哭坏的。我还是哭。哭坏就哭坏！这次爸爸回家了，讲了假活埋什么的，我倒反而没有眼泪。爸爸把所有的劫难都淡化了，还带上淡淡的幽默。

这次劫难，是要横扫幽默的。这个社会，是不让人活得洒脱的。回想起来，爸爸的癌症，从红卫兵半夜把他拉出去挖坑活埋的时候，就埋下了。

我没有办法使爸爸张着的嘴合上。护士们就开始给爸爸换上干净的白衣。护士都对爸爸好，因为爸爸太为别人着想了。爸爸去世前一两个月，已经不能从病床上坐起来了，都是我们扶他起来，搬他起来的。有时我们倒班的间隙，他不巧要上厕所。护士们一再和他说过，一定要打铃叫他们。护士也一再和我说，你叫陈老师别客气，这是我们的工作。他要摔了可怎么办？有些病人大事小事的打铃找我们，陈老师从来不打铃,这样的病人真没见过！但是爸爸还是不打铃。一个自己坐不起来的人，居然能硬撑着站起来，硬撑到厕所！极壮实的人，只剩下一副骨头架子，和一身飘忽的病号衣。

去世前两周开始，他每讲几个字，都要费好大的劲。我们往往只能根据他的口形来猜测意思。往往猜到他说的就是这两个："回去！"他老觉得把我们都拖累了。他宁可一个人在医院受罪。明知日子无多了，谁不想多见见亲人！可他天天撵我们。有时我从他的表情看出他真是火了——如果我还不走的话。

我在爸爸病床前，七个月了。单位里一再来信来电催我回京。我就是不回。我知道我已经被大会批评了。可以批评我，可以处分我，可就是不回京！我想，只要不被开除，其他怎么都行。我因为爸爸的事，自知低人一等。加上体内有爸爸的遗传因子，离权势者远而敬或不敬之。（十多年后我在东京算一卦，第一句便是：见禄隔前溪。）我和爸爸一样，太不把别人的看法放在心上了。所以，任凭十二道金牌来催我回京，我是全不在乎。爸爸一身才学、无穷智慧，尚且如此！我只盼望自己能退休，最好三十岁就能退休。拿一些退休工资聊以糊口，再不上班了！爸爸兢兢业业教学，他的报酬是整、是关、是癌症。我是什么都不想干了，只想把自己缩在家里，去爱我的亲人们。

我洒脱的结果是十年冷遇、十年荒芜。爸爸洒脱的结果是完全不谙中国的政治，终被政治吞吃了。

在1974年的初春，爸爸早已住进医院了。祖德回上海看爸爸。爸爸担心自己的病情会影响祖德七月在成都的全国围棋比赛。爸爸平素糊涂，这次用尽力气打起精神和祖德说，等今年秋天日本围棋代表团来，你陪他们到上海时，我们再好好聊聊。祖德从医院回到家里说，爸爸真是糊涂，他哪里能拖到十一月呵？！祖德离沪回京后，爸爸说："我真怕呀！我就怕祖德在上海时我会出毛病，影响他的全国比赛。现在好了，我不怕了。我死后绝不要告诉祖德。等他比赛结束后再告诉他。"

　　七月，祖德在成都又一次夺得全国冠军。可惜赶不上告诉爸爸了。爸爸就在全国围棋赛结束前夕去世了。

　　爸爸去世后，穿上了妈妈为他新买的毛衣。爸爸生前，早就没有一件毛衣。只一件儿子穿过的、上面印着"一少体"字样的天蓝色球衣。以爸爸之洒脱，毫不在乎五六十岁年龄和"一少体"之间的反差。他少送两副围棋子，也就可以买件毛衣的。他只是所求无多。只要少一些整风之类，他本也可开口诗文地活得成仙了一般。

　　我望着爸爸的遗体。我想，如果科学再发达，根据物质不灭定律，可以使时光倒回去看见自己已故的亲人们，或许又能看见爸爸？或许爸爸的物质又可以重新聚合起来形成爸爸？我这个想法一经产生，越想越觉着可能。以后在半年一年的时间里，一直企盼着爸爸在我眼前显现，倒也屡屡显现，好多年后还屡屡显现，不过是在梦中。最常见的，是爸爸病得很重，病了好久了，而我一直没去看他，我怎么可以不去爸爸身边哪？！我这个难过、这个自责啊！可能我实在觉得爸爸一生得到的太少了，我就一直有一种自责的潜意识。这种自责意识，或许也是父亲的真传？

　　1974 年 7 月 25 日，这一天结束了。爸爸从这个难得洒脱的人世中解脱了。

朱永新感悟：

曾经见到过陈祖芬老师和她的先生刘梦溪，也得到过他们的签名赠书。我也一直好奇，培养出报告文学作家陈祖芬、围棋大师陈祖德和文学评论家陈祖言的父亲，究竟有着怎样非凡的教育智慧，才能创造如此奇迹。陈祖芬的这篇文章，透露了其中的一些秘密。祖芬老师的父亲是喝过洋墨水的，但是却酷爱中国文化和围棋。他学而不厌，连上厕所也在读书；他诲人不倦，常有学生来家请教，他滔滔讲来，乐此不疲；他不仅对学棋的孩子来者不拒，还经常把手头仅有的棋子棋盘送给他们。他淡泊宁静，出手大方，认为钱是最不值钱的。对自己的孩子，他更是用心启蒙，从幼儿期开始天天早上给孩子讲解《诗经》、唐诗等，傍晚回家让孩子背诵的《古文观止》《史记》。他经常带孩子去公园、看京剧，但回家时必须各人带首《十六字令》之类的感受。学习娱乐化，娱乐学习化，是他们的家庭教育特色。

李海鸣

李海鸣（1946—　），中国当代作家，曾任漓江出版社编辑部主任、广西第六、七、八届政协委员。中国电影艺术家、广西电视艺术家及作家、音乐家、书法家协会会员。曾编剧并拍摄影视作品十余部。出版小说集《疯子作家》《丐侠》《仇剑悲歌》等。

他，躺在乡间的小路旁／李海鸣

蓝天、白云、暮归的老牛……每当那浑厚抒情的男中音演唱着那首乡村小曲的时候，泪水总慢慢地充盈了眼眶——我总会想起我的父亲。如今，这乡间老教师正静静地躺在一条偏僻的小路旁，与蓝天白云相望，与暮归的老牛相亲，与清风明月作伴，与芬芳的野花为邻……

是的，他对学生的感情如同高远的蓝天一般深邃；璀璨绚丽的晚霞，象征他的教学成绩；而暮归的老牛——就像是我那晚年归队的父亲！

清明时节，我们去扫墓，发现有人来过，杂草被清除，爆竹的红屑洒落碑前，坟头上放着一束不知名的野花！这花，也像父亲：它没有玫瑰那么鲜红娇艳，更无牡丹那般光彩夺目，也不像茉莉那样芬芳四溢，它只有一缕淡淡幽幽的清香。谁干的？我不怀疑——是那些乡村子弟们。

学生尊敬的，总是他最钦佩的老师。他们究竟佩服父亲什么呢？是他那深入浅出、耐心细致的讲解，还是那慈祥温和、风趣幽默的目光？是他那才思敏锐、博闻强记的头脑，还是他那受到团中央推荐的、连续再版的优秀科普读物？是这些么？又像又不像。究竟为什么？我思索着……

记得小时候，有一次他带我到学校去——那是离城百里的兴安县中学。打开房门，我便惊呼着向窗前的书桌跑去，那里放着一堆粽子，还有花生。"爸爸你看！"我高兴得大叫。父亲却站在门边，脸色很沉重。"唉，这些学生！"他马上去借来钉子锤子，把窗户钉上插销，把缺了玻璃的地方用纸糊好，一边自言自语："怎么得了啊……说过多次了，叫他们不要这样……以后回家，一定要关好窗子！"他回过头，看见我正在津津有味地剥花生，便骂道："吃！你就晓得吃！……人家生活还很苦！不容易！"他颤声说。——啊，那些五十年代的村镇子弟们！

是的，五十年代，父亲的才学就已在附近一带的荒村小镇出了名。可惜啊，生活的逆流竟一度把他冲击！这耿直的人，不善处事，直言不讳，为此付出了很高的代价。在被迫离校后，一些学生写信给他，寄照片给他。这些信和照片，他一直很仔细地珍藏着。家长们也惦念他，他的名字在那里是家喻户晓的。多年以后，在兴安，人们谈话时还常提到他。一个老农在县粮店，看见有人算盘打得很好，就开玩笑地说，"你算得这么快，莫不是李镇业的学生啵！"父亲听说这些，眼睛总红红的——当时他离开乡间已经很久了，在那些平凡的角落里，人们还在议论着他！他怎能不动情呢！

父亲三十年代在中山大学毕业后，就与教室结下了不解之缘！解放后，又进"革大"学习，分配到兴安县。如今，他的魂魄无日无夜不在那风景优美的校园中留连：那青青的石板台阶，水池亭台，那曲折而幽静的乡间小路……他更向往着课堂——那宁静肃穆的气氛，清新明亮的阳光；用粉笔作板书时的嗒嗒声响；一排排仰起的、朴实的脸庞；那乡村子弟令人心醉的、专注而信赖的目光！

古人一饭之恩必报，老一辈知识分子对百姓的一"语"之恩也是不能忘情的。打倒"四人帮"后，党用温暖的手抚摸他那颗痛苦的心，真使他感动不已！尽管凄风楚雨二十年，生活的遭遇像那条乡间小道一样曲折坎坷，他却毫无怨言。尽管他患有高血压、冠心病、糖尿病，可以退休，但他不愿。他迫不及待地要回到那日夜思念的讲台！本来，教育局已让他在条件优越的市师范任教，离家很近。但他却又毅然接受原中学的邀请，以六十七岁的高龄和多病之身，孤单一人回到了他曾任教多年的兴安县，回到那块魂牵梦萦的地方。人家不是在想方设法调进城么？他却相反，他固执得使人不解。是要在跌倒的地方站起来么？不，我明白——他是要去报答党，他拼了老命也要去报答那些家长、学生的知遇之恩！于是，在县郊那古朴的黄土岗上，在那林木葱郁的校园中，出现了一个白发苍苍，手扶拐杖，踽踽缓行的老教师。

父亲终于回到了他的学生中间。昔日的学生有的已走上了讲台。他们尊敬他，校领导看重他，让他担任高中毕业班的教学。这是广西的重点中学。为了带领那些村镇子弟们向高等学府进行最后冲刺，年迈的父亲又挑起了压力不轻的担子。一届届的学生走出去，升上来；父亲的窗口彻夜亮着灯光……他食睡不宁，出虚汗；于是他吃药，打太极拳。他经常头昏目眩，走路上重下轻：但只要一站到讲台上，他便忘了一切，他精神抖擞，布满血丝的双目闪闪发光……"我还行！'声音宏亮，讲解清楚'是学生对我的评价！"他兴奋地说。为了上课方便，为了跟那些乡村子弟更多地接触，他一个人住在远离宿舍的教学区，住在教室隔壁兼放劳动工具的小屋里。放学后，他挂着拐杖，缓缓穿过那一大片操场、草地，上下几道石阶去食堂拿饭、打开水。当然，总有热心的老师和同学们要帮他的，但他决不麻烦人家。是的，他最不愿打扰人了。他既随和又要强，毫不讲究又极有自尊——他生怕人家担心他的身体……

在一个严寒的冬夜，我搭火车去给他送衣物。到学校时已是深夜十一点多钟了。我迎着刺骨的朔风走上高岗，树枝在摇撼着，电线呜呜地响，尘沙扑在脸上……我穿越那一大片清冷寂寞的操场。抬起头来，夜空高阔而深邃，满天的寒星像冰晶一样，默默地、静静地闪烁着……前面，高岗上的教室静悄悄的、黑黝黝的，一排、一排，只有父亲的窗口孤零零地射出昏黄的光！他一个人冷清清地在那里备课，改作业。他又瘦了，眼里布满血丝，膝头上搭着一条毛毯……他不生火，哪怕是在滴水成冰的冬夜，哪怕高岗上凛冽的北风呼啸着，一阵一阵，噼噼啪啪地扑打着窗棂……

啊，父亲，你不知道这情景给了我多么深刻的印象——那高岗上昏黄而固执的灯火，那天幕中冰晶般闪烁的寒星！如今，在这夜深人静的时候，我放下笔，活动着身子，推开窗户，让清凉的晚风吹走睡意，于是，我又看到了那高远深邃的夜空，那满天闪烁的繁星……这些星星固定在各自的岗位上，执着地、默默地闪光！！啊，它们不正是教育战线那千千万万的教师吗？父亲、父亲，你在哪儿？我从心灵的深处轻轻呼唤你，那遥远的天幕上，似乎渐渐浮现出你苍老而慈祥的面容——啊，父亲！你更像一颗星星，一颗小小的、普普通通的，然而闪闪发亮的星星……

执着地闪光啊，灵魂深处的爱——啊，父亲，在这夜深人静的时候，我终于找到了那些乡村子弟们钦佩你的真正原因！

一颗流星倏忽划过夜空，消失在大地的深处——父亲去世了，他倒在他的岗位上，死在他呕心沥血的教育事业中。

一些老师动情地对我说："他又不吃饭了。我们发现后责怪他，他说不想吃。这回竟有三天，一点不饿，精神也还好。其实，他的手在颤抖，钢笔也拿不住，用粉笔也要写碗大的字，才能写清楚。他一直不吭气，继续上课！教导主任知道了，硬要他休息，并亲自帮他顶课。哪知才上了半节，又见他拄着拐杖，笃笃笃地走来了——他硬是不放心啊！"老师们的眼里含着泪花……

父亲去世了。他临终的谵语使医生大吃一惊：他在用含混的喉音唱四十年代的抗日歌曲，而我们从不知道他会唱歌！——据说人死前是要将一生"过电影"的，他也许是想起那烽烟弥漫、民族危亡的年月，想起一个青年教师满腔热血，投笔从戎的壮烈情景吧？在昏迷中，他还说了好些话。他曾慢慢地睁大了眼，吃力地、断断续续地说："椭圆……方程……"对着那虚幻中的课堂，他的嘴唇颤抖着，混浊的眼膜闪出最后一丝光亮，他的呼吸终于渐断衰微下去……

父亲去世了。他脸色蜡黄，白发稀疏；他消瘦得厉害，额上棱线分明；他眼睛凹陷，却半睁着，闪着怅惘之色——是在痛心那些没有授完的课程，还是在牵挂那些将赴考场的学生？

他留下了什么？——小屋里除了极简单的生活用品，就是一大叠一大叠的书、手稿、备课本。桌子上还有一个用硬纸制成的，别出心裁的教具——那是他上解析几何用的。

他带走了什么？——他的棺里装着他最心爱的东西：他的著作、老花眼镜，他的旧钢笔、数学书……

父亲去世了。他埋葬在乡间的小路旁。在那里，教育局和学校为他举行了追悼会，洁白的花圈密密层层地围满了他的坟墓……

啊，父亲，他静静地躺在乡间的小路旁，与蓝天白天相望，与暮归的老牛相亲，与清风明月作伴，与芬芳的野花为邻……

朱永新感悟：

这是一个把全部的生命奉献给教育、奉献给孩子的乡村教师的故事。在儿子看来，父亲已经不仅仅属于他，更属于那些乡村孩童。文章没有太多发生在父子之间的叙事，父亲已经把他的爱给了那些渴求知识的乡村的孩子。父亲深入浅出、耐心细致的讲解，慈祥温和、风趣幽默的目光，才思敏锐、博闻强记的头脑，让那些乡村子弟陶醉、仰慕，让他们的父母感动、信赖。那些穷孩子翻窗把自己舍不得吃的粽子、花生悄悄放到父亲的办公室里，遭受不公正待遇之后，孩子们仍然给他写信、寄照片。父亲说，他拼了老命也要去报答那些家长、学生的知遇之恩！教师父亲，最后倒在了自己的岗位上，死在他呕心沥血的教育事业中。

赵丽宏

赵丽宏（1952—　），中国当代著名诗人、散文家、儿童文学作家。中国作家协会全国委员会委员，上海作家协会副主席，上海文学杂志社社长，出版有散文集、诗集等各种专著九十余部。散文集《诗魂》获新时期全国优秀散文集奖，《日晷之影》获首届冰心散文奖，作品另获塞尔维亚斯梅德雷沃"金钥匙国际诗歌奖"、上海文学艺术杰出贡献奖等国内外多种奖项。

挥手——怀念我的父亲 / 赵丽宏

深夜，似睡似醒，耳畔嗒嗒有声，仿佛是一支手杖点地，由远而近……父亲，是你来了么？骤然醒来，万籁俱寂，什么声音也听不见。打开台灯，父亲在温暖的灯光中向我微笑。那是一张照片，是去年陪他去杭州时我为他拍的，他站在西湖边上，花影和湖光衬托着他平和的微笑。照片上的父亲，怎么也看不出是一个八十多岁的人。没有想到，这竟是我为他拍的最后一张照片！

6月15日，父亲突然去世。那天母亲来电话，说父亲气急，情况不好，让我快去。这时，正有一个不速之客坐在我的书房里，是从西安来约稿的一个编辑。我赶紧请他走，但还是耽误了五六分钟。送走那不速之客后，我便拼命骑车去父亲家，平时需要骑半个小时的路程，只用了十几分钟，也不知这十几里路是怎么骑的，然而我还是晚到了一步。父亲在我回家前的十分钟停止了呼吸。一口痰，堵住了他的气管，他只是轻轻地说了两声："我透不过气来……"便昏迷过去，再也没有醒来。救护车在我之前赶到，医生对垂危的父亲进行了抢救，终于无功而返。我赶到父亲身边时，他平静地躺着，没有痛苦的表情，脸上似乎略带微笑，就像睡着了一样。他再也不会笑着向我伸出手来，再也不会向我倾诉他的病痛，再也不会关切地询问我的生活和创作，再也不会拄着拐杖跑到书店和邮局，去买我的书和发表有我文章的报纸和刊物，再也不会在电话中笑声朗朗地和孙子聊天……父亲！

因为父亲走得突然，子女们都没有能送他。父亲停止呼吸后，我是第一个赶回到他身边的。我把父亲的遗体抱回到他的床上，为他擦洗了身体，刮了胡子，换上了干净的衣裤。这样的事情，父亲生前我很少为他做，他生病时，都是母亲一个人照顾他。小时候，父亲常常带我到浴室里洗澡，他在热气蒸腾的浴池里为我洗脸擦背的情景我至今仍然记得，想不到，我有机会为父亲做这些事情时，他已经去了另外一个世界。父亲，你能感觉我的拥抱和抚摸么？

父亲是一个善良温和的人，在我的记忆中，他的脸上总是含着宽厚的微笑。从小到大，他从来没有骂过我一句，更没有打过一下，对其他孩子也是这样。我也从来没有见到他和什么人吵过架。父亲生于1912年，是清王朝覆灭的第二年。祖父为他取名鸿才，希望他能够改变家庭的窘境，光耀祖宗。他的一生中，有过成功，但更多的是失败。年轻的时候，他曾经是家乡的传奇人物：一个贫穷的佃户的儿子，靠着自己的奋斗，竟然开起了好几家兴旺的商店，买了几十间房子，成了使很多人羡慕的成功者。家乡的老人说起父亲，至今依旧肃然起敬。年轻时他也曾冒过一点风险，抗日战争初期，在日本人的刺刀和枪口的封锁下，他摇着小船从外地把老百姓需要的货物运回家乡，既为父老乡亲做了好事，也因此发了一点小财。

抗战结束后，为了使他的店铺里的职员们能逃避国民党军队"抓壮丁"，父亲放弃了家乡的店铺，力不从心地到上海开了一家小小的纺织厂。他本想学那些叱咤风云的民族资本家，也来个"实业救国"，想不到这就是他在事业上衰败的开始。在汪洋一般的大上海，父亲的小厂是微乎其微的小虾米，再加上他没有多少搞实业和管理工厂的经验，这小虾米顺理成章地就成了大鱼和螃蟹们的美餐。他的工厂从一开始就亏损，到解放的时候，这工厂其实已经倒闭，但父亲要面子，不愿意承认失败的现实，靠借债勉强维持着企业。到公私合营的时候，他那点资产正好够得上当一个资本家。为了维持企业，他带头削减自己的工资，减到比一般的工人还低。他还把自己到上海后造的一幢楼房捐献给了公私合营后的工厂，致使我们全家失去了存身之处，不得不借宿在亲戚家里，过了好久才租到几间石库门里弄中的房间。于是，在以后的几十年里，他一直是一个名不符实的资本家，而这一顶帽子，也使我们全家消受了很长一段时间。

在我的童年时代，家里一直是过着清贫节俭的生活。记得我小时候身上穿的总是用哥哥姐姐穿过的衣服改做的旧衣服，上学后，每次开学前付学费时，都要申请分期付款。对于贫穷，父亲淡然而又坦然，他说："穷不要紧，要紧的是做一个正派人，做一个对社会有贡献的人。"我们从未因贫穷而感到耻辱和窘困，这和父亲的态度有关。"文革"中，父亲工厂里的"造反队"也到我们家里来抄家，可厂里的老工人知道我们的家底，除了看得见的家具摆设，家里不可能有什么值钱的东西。来抄家的人说："有什么金银财宝，自己交出来就可以了。"记得父亲和母亲耳语了几句，母亲便打开五斗橱抽屉，从一个小盒子里拿出一根失去光泽的细细的金项链，交到了"造反队员"的手中。后来我才知道，这根项链，还是母亲当年的嫁妆。这是我们家里唯一的"金银财宝"……

"文化大革命"初期的一天夜晚，"造反队"闯到我们家带走了父亲。和我们告别时，父亲非常平静，毫无恐惧之色，他安慰我们说："我没有做过亏心事，他们不能把我怎么样。你们不要为我担心。"当时，我感到父亲很坚强，不是一个懦夫。在"文革"中，父亲作为"黑七类"，自然度日如年。但就在气氛最紧张的日子里，仍有厂里的老工人偷偷地跑来看父亲，还悄悄地塞钱接济我们家。这样的事情，在当时简直是天方夜谭。我由此了解了父亲的为人，也懂得了人与人之间未必是你死我活的阶级斗争关系。父亲一直说："我最骄傲的事业，就是我的子女，个个都是好样的。"我想，我们兄弟姐妹都能在自己的岗位上有一些作为，和父亲的为人，和父亲对我们的影响有着很大关系。

记忆中，父亲的一双手老是在我的面前挥动……

我想起人生路上的三次远足，都是父亲去送我的。他站在路上，远远地向我挥动着手，伫立在路边的人影由大而小，一直到我看不见……

第一次送别是我小学毕业，我考上了一所郊区的住宿中学，那是二十世纪六十年代初。那天去学校报到时，送我去的是父亲。那时父亲还年轻，鼓鼓囊囊的铺盖卷提在他的手中并不显得沉重。中学很远，坐了两部电车，又换上了到郊区的公共汽车。从窗外掠过很多陌生的风景，可我根本没有心思欣赏。我才十四岁，从来没有离开过家，没有离开过父母，想到即将一个人在学校里过寄宿生活，不禁有些害怕，有些紧张。一路上，父亲很少说话，只是面带微笑默默地看着我。当公共汽车在郊区的公路上疾驰时，父亲望着窗外绿色的田野，表情变得很开朗。我感觉到离家越来越远，便忐忑不安地问："我们是不是快要到了？"父亲没有直接回答我，指着窗外翠绿的稻田和在风中飘动的林荫，答非所问地说："你看，这里的绿颜色多好。"他看了我一眼，大概发现了我的惶惑和不安，便轻轻地抚摸着我的肩胛，又说："你闻闻这风中的味道，和城市里的味道不一样，乡下有草和树叶的气味，城里没有。这味道会使人健康的。我小时候，就是在乡下长大的。离开父母去学生意的时候，只有十二岁，比你还小两岁。"父亲说话时，抚摸着我的肩胛的手始终没有移开，"离开家的时候也是这样的季节，比现在晚一些，树上开始落黄叶了。那年冬天来得特别早，我离家才没有几天，突然就发冷了，冷得冰天雪地，田里的庄稼全冻死了。我没有棉袄，只有两件单衣裤，冷得瑟瑟发抖，差点儿冻死"。父亲用很轻松的语气，谈着他少年时代的往事，所有的艰辛和严峻，都融化在他温和的微笑中。在我的印象中，父亲并不是一个深沉的人，但谈起遥远往事的时候，尽管他微笑着，我却感到了他的深沉。那天到学校后，父亲陪我报到，又陪我找到自己的寝室，帮我铺好了床铺。接下来，就是我送父亲了，我要把他送到校门口。在校门口，父亲拍拍我肩膀，又摸摸我头，然后笑着说："以后，一切都要靠你自己了。开始不习惯，不要紧，慢慢就会习惯的。"说完，他就大步走出了校门。我站在校门里，目送着父亲的背影。校门外是一条大路，父亲慢慢地向前走着，并不回头。我想，父亲一定会回过头来看看我的。果然，走出十几米远时，父亲回过头来，见我还站着不动，父亲就转过身，使劲向我挥手，叫我回去。我只觉得自己的视线模糊起来……在我少年的心中，我还是第一次感到自己对父亲是如此依恋。

父亲第二次送我，是"文化大革命"中了。那次，是出远门，我要去农村"插队落户"。当时，父亲是"有问题"的人，不能随便走动，他只能送我到离家不远的车站。那天，是我自己提着行李，父亲默默地走在我身边。快分手时，他才讷讷地说："你自己当心了。有空常写信回家。"我上了车，父亲站在车站上看着我。他的脸上没有露出别离的伤感，而是带着他常有的那种温和的微笑，只是有一点勉强。我知道，父亲心里并不好受，他是怕我难过，所以尽量不流露出伤感的情绪。车开动了，父亲一边随着车的方向往前走，一边向我挥着手。这时我看见，他的眼睛里闪烁着晶莹的泪光……

父亲第三次送我，是我考上大学去报到那一天。这已经是1978年春天。父亲早已退休，快七十岁了。那天，父亲执意要送我去学校，我坚决不要他送。父亲拗不过我，便让步说："那好，我送你到弄堂口。"这次父亲送我的路程比前两次短得多，但还没有走出弄堂，我发现他的脚步慢下来了。回头一看，我有些吃惊，帮我提着一个小包的父亲竟已是泪流满面。以前送我，他都没有这样动感情，和前几次相比，这次离家我的前景应该是最光明的一次，父亲为什么这样伤感？我有些奇怪，便连忙问："我是去上大学，是好事情啊，你干嘛这样难过呢？"父亲一边擦眼泪，一边回答："我知道，我知道。可是，我想为什么总是我送你离开家呢？我想我还能送你几次呢？"说着，泪水又从他的眼眶里涌了出来。这时，我突然发现，父亲花白的头发比前几年稀疏得多，他的额头也有了我先前未留意过的皱纹。父亲是有点老了。唉，这是没有办法的事情，儿女的长大，总是以父母青春的流逝乃至衰老为代价的，这过程，总是在人们不知不觉中悄悄地进行，没有人能够阻挡这样的过程。

　　父亲中年时代身体很不好，严重的肺结核几乎夺去了他的生命。曾有算命先生为他算命，说他五十七岁是"骑马过竹桥"，凶多吉少，如果能过这一关，就能长寿。五十七岁时，父亲果真大病一场，但他总算摇摇晃晃地走过了命运的竹桥。过六十岁后，父亲的身体便越来越好，看上去比他实际年龄要年轻十几二十岁，曾经有人误认为我们父子是兄弟。八十岁之前，他看上去就像六十多岁的人，说话，走路，都没有老态。几年前，父亲常常一个人突然地就走到我家来，只要楼梯上响起他缓慢而沉稳的脚步声，我就知道是他来了，门还没开，门外就已经漾起他含笑的喊声……四年前，父亲摔断了胫股骨，在医院动了手术，换了一个金属的人工关节。此后，他便一直被病痛折磨着，一下子老了许多，再也没有恢复以前那种生机勃勃的精神状态。他的手上多了一根拐杖，走路比以前慢得多，出门成了一件困难的事情。不过，只要遇到精神好的时候，他还会拄着拐杖来我家。

在我的所有读者中，对我的文章和书最在乎的人，是父亲。从很多年前我刚发表作品开始，只要知道哪家报纸和杂志刊登有我的文字，他总是不嫌其烦地跑到书店或者邮局里去寻找，这一家店里没有，他再跑下一家，直到买到为止。为做这件事情，他不知走了多少路。我很惭愧，觉得我的那些文字无论如何不值得父亲去走这么多路。然而再和他说也没用。他总是用欣赏的目光读我的文字，尽管不当我的面称赞，也很少提意见，但从他阅读时的表情，我知道他很为自己的儿子骄傲。对我的成就，他总是比我自己还兴奋。这种兴奋，有时我觉得过分了，就笑着半开玩笑地对他说："你的儿子很一般，你不要太得意。"他也不反驳我，只是开心地一笑，像个顽皮的孩子。在他晚年体弱时，这种兴奋竟然一如数十年前。前几年，有一次我出版了新书，准备在南京路的新华书店为读者签名。父亲知道了，打电话给我说他要去看看，因为这家大书店离我的老家不远。我再三关照他，书店里人多，很挤，千万不要凑这个热闹。那天早晨，书店里果然人山人海，卖书的柜台几乎被热情的读者挤塌。我欣慰地想，还好父亲没有来，要不，他拄着拐杖在人群中可就麻烦了。于是我心无旁骛，很专注地埋头为读者签名。大概一个多小时后，我无意中抬头时，突然发现了父亲，他拄着拐杖，站在远离人群的地方，一个人默默地在远处注视着我。

唉，父亲，他还是来了，他已经在一边站了很久。我无法想象他是怎样拄着拐杖穿过拥挤的人群上楼来的。见我抬头，他冲我微微一笑，然后向我挥了挥手。我心里一热，笔下的字也写错了……

去年春天，我们全家陪着我的父母去杭州，在西湖边上住了几天。每天傍晚，我们一起在湖畔散步，父亲的拐杖在白堤和苏堤上留下了轻轻的回声。走得累了，我们便在湖畔的长椅上休息，父亲看着孙子不知疲倦地在他身边蹦跳，微笑着自言自语："唉，年轻一点多好……"

死亡是人生的必然归宿，雨果说它是"最伟大的平等，最伟大的自由"，这是对死者而言，对失去了亲人的生者们来说，这永远是难以接受的事实。父亲逝世前的两个月，病魔一直折磨着他，但这并不是什么不治之症，只是一种叫"带状疱疹"的奇怪的病，父亲天天被剧烈的疼痛折磨得寝食不安。因为看父亲走着去医院检查身体实在太累，我为父亲送去一辆轮椅，那晚在他身边坐了很久，他有些感冒，舌苔红肿，说话很吃力，很少开口，只是微笑着听我们说话。临走时，父亲用一种幽远怅惘的目光看着我，几乎是乞求似的对我说："你要走？再坐一会儿吧。"离开他时，我心里很难过，我想以后一定要多来看望父亲，多和他说说话。我绝没有想到，再也不会有什么"以后"了，这天晚上竟是我们父子间的永别。两天后，他就匆匆忙忙地走了。父亲去世前一天的晚上，我曾和他通过电话，在电话里，我说明天去看他，他说："你忙，不必来。"其实，他希望我每天都在他身边，和他说话，这是我知道的，但我却没有在他最后的日子里每天陪着他！记得他在电话里对我说的最后一句话是："你自己多保重。"父亲，你自己病痛在身，却还想着要我保重。你最后对我说的话，将无穷无尽回响在我的耳边，回响在我的心里，使我的生命永远沉浸在你的慈爱和关怀之中。父亲！

在父亲去世后的日子里，每当我一人静下心来，眼前总会出现父亲的形象。他像往常一样，对着我微笑。他就站在离我不远的地方，向我挥手，就像许多年前他送我时在路上回过头来向我挥手一样，就像前几年在书店里站在人群外面向我挥手一样……有时候我想，短促的人生，其实就像匆忙的挥手一样，挥手之间，一切都已经过去，已经成为过眼烟云。然而父亲对我挥手的形象，我却无法忘记。我觉得这是一种父爱的象征，父亲将他的爱，将他的期望，还有他的遗憾和痛苦，都流露宣泄在这轻轻一挥手之间了。

朱永新感悟：

丽宏写父亲的文章，我是含着泪水读完的。读他的文章，让我想起了许多相似的场景。父亲每年大年三十早晨在家乡的大浴室里为我搓背，父亲送我上大学，父亲寻找我发表的文章阅读，等等。丽宏的父亲与我父亲一样，很温和，向来笑眯眯的，不打骂孩子。他教育孩子"穷不要紧，要紧的是做一个正派的人，做一个对社会有贡献的人"。丽宏兄弟姐妹从未因贫穷而感到耻辱和窘困，没有放弃读书学习，无疑是受了父亲的影响。

后　记

　　1918年，梁启超和蒋百里结伴游历欧洲。考察回国后，两人分别撰写了《欧游心影录》和《欧洲文艺复兴史》。蒋百里找梁启超为新书写序，梁启超欣然答应。没有想到，他一写便不能自已，一口气写了五万多字。而蒋百里的《欧洲文艺复兴史》全书也不过只有五万字，序言字数超过了正文。

　　梁启超觉得自己的这篇文章再作为序言显然不合适，于是重新撰写了一篇短文作为蒋书的序言，而将那篇五万多字的"序言"定名为《清代学术概论》单独出版。这三本书出版后好评如潮，都成为名著。而这件文坛趣事也被传为佳话。

　　讲这个故事，是要让大家有个思想准备，我的这个后记可能也会很长。当然，绝对不会像梁启超那样，超过正文的长度。

　　这本书原来的书名是《父亲是男人最重要的工作》。所以，一开始收录了我儿子朱墨写我的一篇文章《父亲》和我写父亲的一篇文章《父亲的礼物》。但是，与出版社多次沟通以后，书名改为《父爱的力量：名家忆父亲》。既然是名家忆父亲，就不敢把文章放到正文之中了。因为考虑到是从教育的角度选编，我觉得这两篇文章还是有一些教育的意蕴，就利用编者的"特权"，把文章放到了这篇后记中。

儿子这篇文章原题为《父亲》，是他在复旦大学读书期间写的，曾经发表在《上海文学》杂志，当时的主编赵丽宏非常喜欢这篇文章，认为朱墨的文字很感人。从文章中可以看出，儿子是能够感觉到我对他的期待，并为此感觉到很大的压力，感觉到我对他是有点恨铁不成钢的。

朱墨的中小学很顺利，念得也比较轻松。我们没有请过家教，朱墨也没有上过一天补习班。他一年级开始写日记，小学阶段江苏教育出版社出版了一本他的日记集《老虎拉车我敢坐》。初中阶段希望出版社出版了他的《我和老爸是哥们》的随笔集，高中阶段则出版了《背起行囊走天下》和《一个人的朝圣》两本游记。在即将参加高考的高中三年级，他还请了一周的创作假，完成了一部中篇小说《梦之队》。

朱墨考的是理科，最后却读了南京大学中文系，后来又考取了复旦大学中文系的硕士和博士。在博士快毕业的时候，他突然告诉我，要放弃学业，专心减肥。体重250多斤的他退学后，跟着专业教练学健身，用半年左右时间减掉了100斤。

完成了身体上的目标后，他没有继续学业，也没有就业，而是选择了做一个自由写作者。我一开始虽然很纠结，觉得他放弃了唾手可得的博士学位，放弃了当大学老师和高薪就职的机会，是"愚不可及"的行为，但是他说要倾听自己内心的声音。最后，我把决定权交给了他自己。现在，他每天在家中翻译、写作，这几年居然也翻译出版了《长翅膀的猫》《了不起的探险家》（10 册）、《神秘校园日志》（4 册）、《其实，我可以》《科学男孩维伦》（2 册）、《男孩小老鼠和蜘蛛——E.B. 怀特的故事》《大海遇见天空》《我可以一个人呆着》《世界的形状》等数十种图画书、科幻书和儿童小说。

以下就是他的《父亲》原文：

二十六年前，我出生在大丰县人民医院。这个赫然印在户口本上、却很少被我提起的地方，是一座黄海之滨的小城。县城东南方向距离不过二十公里里的地方，有一个名叫南阳的小镇，和祖国各地另外十个同名的乡镇比起来，并无殊胜。三十五年前，我的父亲热烈地爱上了我的母亲。她是大丰县城里家境殷实的漂亮姑娘，而父亲未来波澜壮阔的人生，却刚刚从南阳镇启程。

在我的另一个故乡苏州，市井街坊口谈中的苏北，便往往包含了这些一衣带水而又无关痒痛的地名。于是，我的父亲母亲和他们的亲眷乡邻，也就荫袭了"苏北人"或者"江北人"的名号，尽管这些称谓既不精确也非公允。迄今我却仍漂泊在外，先是去往南京，后又辗转来到上海，这些影影绰绰而又藕断丝连的地域成见，已经淡薄得好像一缕被风剪碎的香。

我那个年代的高中英语书上，有一篇讲麋鹿的课文提到了大丰这个地方。尽管大丰并不是麋鹿的原产地，可是麋鹿依然慷慨地赋予了我的故乡——一座县城所能享受到的最高的名望。这些百年前就失去了故土的野兽，在我出生后的第二年春天便开始在这片迷人的滩涂上生息繁衍。它们如同所有流浪的民族一般敏感而又多情。每年春天，雄鹿相抵而斗，引吭高鸣。秋草黄时，它们又像云一样飘荡不定，踪迹难觅。麋鹿是滩涂的游魂，滩涂却是移民赖以垦拓的真实——故乡的海宛若年复一年向东褪去的青纱，海岸线便好似一双离情依依的手。潮水的呼吸之间，分娩出一线一线的陆地，千百年来我的故乡从未停止过生长，那仿佛来自母亲子宫的潮湿腥咸的气息，渗透进每一丝泥土和每一寸记忆。我的曾祖父兄弟三人相携而行，从镇江迁徙至此，定居南阳。大约总是怀着发财的理想，然而发财终究是一场飘飘荡荡的梦。多少年来，从东面吹来的风里夹杂着蛤蜊和蛏子的味道，躁动的微腥之外，还有一种湿润的甜，大海总在这不远的梦里暧昧地笑着。这粗粝的温暖的笑容，是否也一次次地倒映在祖辈和父亲的梦中？

海对于年轻人来说，正是一场美妙却危险的诱惑。父亲常常说起的三十五年前的文学梦，还有他缄口不提的青年时期的恋爱，这些或在陆上奔涌或在地下暗流的河川，终究都逃不脱汇入大海的命运。好多年前，母亲在书房的杂物堆里寻获了三页旧手稿，俨然是短篇小说的体例，题目叫作《车轮滚滚》——似乎确是父亲颇以为自得的青年时代的成绩。我看着靛青色的钢笔字洇透了枯黄的稿纸，像是覆盖了韶华的锈。纸页在手中生脆地响着，如同一双柔软的靴子踏着厚厚的积雪。眼前恍惚地交替着父亲自满的神气和母亲揶揄的笑容。那时父亲的书法并不如现在洒脱飘逸，像是端端正正地坐在小格子里的学生，把脊梁挺得笔直而又骄傲，仿佛仍要告诉别人，这份滚热的强韧不肯冷却抑或松弛。文字底里的故事已经褪了色，拖拉机载着少年向东面的海边驶去，只留下湮远的尘土气味，和一个模糊不清的蔚蓝的梦。直到现在，父亲还保持着五点即起的习惯，过去是伏案疾书，如今也时髦地敲起了键盘，只是终究没能了却文学的夙愿。笔底的成绩，除了才华和勤奋，可能还需要那么一点机缘。所以，与其说做着文学梦的父亲是机缘巧合地成了教育家，或许不如说他只是阴差阳错地没能成为小说家罢了。

　　离家的这些年，父子难得一见。团聚的时候，耳边却总是同样的一句唠叨："我可能不如你有天分，但是你却连我一半的勤奋都没有。"父亲对于我，似乎始终怀有某种文学的期许。仿佛无论我对自己写的东西抱着怎样的忐忑，他都会很夸张地咧嘴笑着，厚厚的嘴唇温柔地匍匐在两条宽阔的弧线之间，一面说，蛮好的，要继续写啊。偶尔也会眯起眼睛，说我写的东西太花哨了，他有些读不明白。长大成年的我，在父亲面前却渐渐地只剩下低垂的沉默。我无法表达我的欢欣，亦无法言说我的痛苦。莫大的虚空中，父亲的诘责久久地回荡着，而我唯一的回答，就只有那个抿嘴发出的音节——"嗯。"就像是从身体里某个谁也到达不了的地方传来的。

在父亲写小说的年纪，我也常常梦见海。像夜一样的蓝，像雾一样的冷。海底却有明亮的光，照出参差的帕台农式的廊柱。夏天的北戴河郁结着鱼类脏腑的腥味，冬天的银滩北海却像是黯淡的玉石，呕出腻腻的沫。年少时的游历，也就到此戛然而止。父亲斑斓的生命沉沉地投影在我将要步履的路上，而我便如当年的他一般憧憬着大海，半是现实，半是虚幻。

故乡的海离父亲出生的地方并不遥远，或许只有几十里路。我的脑海中总会浮现幻想的场景，海滨的滩涂地里，父亲的背影穿行在疏疏密密的盐蒿丛中，好像摇曳的明灭的烛火。风与波浪的缝隙间挣扎着钻出口琴的声音，支支吾吾的，如同眼睛里忽然飘进了絮。听母亲说，年轻时的父亲很会吹口琴，只是我从来不曾听他吹过。而做着文学梦、却终究没有成为文学家的父亲，却在青春远逝的三十五年之后，写下了这么一段略带感伤的文字——

"但是直到考上大学，我也没有去看过大海。大海似乎离我的生活很远。"

父亲总是用最朴实的文字说话，仿佛永远都和文学二字隔着一笔纱。然而这段话是别样的惊艳，以至于时常如幽灵一般窥伺我的梦境，而那篇文字的题目也叫作《父亲》。故乡的海是甜蜜的希冀，也是哀愁的泉源。记忆深处定格的画面，满脸病容的老人埋坐在椅子里，就像一根随时都可能坍塌下来的枯瘦的藤。我告诉自己那是久未谋面的祖父，咫尺间却仿佛弥漫着灰色和赭色的云霭。我望着它们水波似地倒映在那张陌生的苍老的面孔上，粼粼地氲开了死生的边际。我努力地想说一些安慰的话，嗫嚅的声音从僵硬的唇边下坠、下坠，只听见心头的哀愁落在了一片更苍茫的悲伤之上。临别时，爷爷却忽然对我说道：

"过了年，等爷爷的病好些了，就带你去海边看海啊。"

我觉察到他黯淡的眼眸中闪过一轮温柔的光，又倏忽熄灭，安静得好像刚刚冷却的余烬。

我永远都记得那是 2006 年 1 月最后的日子。除了彻骨的冷，和冰冷中更彻骨的火硝味，故乡并没有多少年关将至的气氛。父亲和母亲步履匆匆地走在凛冽的风里，我拖着曳长的影子瑟缩地走在最后，回想起读小学的时候放学经过的那条窄巷，很多背着书包的老人，牵着很多欢呼雀跃的孩童，只有影子搀扶着我，一如此刻。那时的我总是低着头，想象着早已经去世的外公，和很少在我身边停留的爷爷。春天是什么样子的呢？是不是风和日丽？是不是姹紫嫣红？而我会不会再见到爷爷，又会不会来到故乡的海边？

　　我闭着眼睛，就像玩捉迷藏的孩子。等我数到十，爷爷却蹑手蹑脚地离开了世界。大海始终和我隔着几十里的路程，就好像二月和一月之间永远隔着三十一个日夜。

　　爷爷的墓地就在外公的隔壁，被修剪齐整的灌木包围着，偌大的墓园里独独隔出这僻静的一隅。黑魃魃的大理石墓碑，背面刻着骈四俪六的悼文。逢年过节，焚尽的纸钱旋起袅袅的黑烟，混合着揉碎了的蜡脂的甜味，跌宕地越过高高低低的坟茔，像是有无形的舌头在舔食这诱人的祭馐。唯有它被锁在深翠的庭园里，干干净净地立在原地，一言不发，仿佛是高傲而又孤独的孩子。

　　回忆是阴晦的房间，关于我的祖父的部分，便成了一本残缺不堪的黑白电影，闪回着暗哑的零星片段，无数的闪回之间这仅有的记忆也如木屑一般纷纷剥离。爷爷活着的时候似乎很少同我说话，脸上挂着没有声息的笑，嘴角朝一边微微咧开，像是正在咀嚼苦涩的命运。旁人常说，我笑起来咧嘴的神态与父亲特别相似——咧嘴笑似乎是父亲最重要的表情特征。其实从我的祖父开始就是这么笑的，也许，还能追溯到更久远之前。生命对于父亲来说如同热烈的盛夏，而我和爷爷却永远地留在了那个没有履行诺言的冬天。血缘是无法挣脱的纽带，拓写在我们的面孔上，流淌在我们的血管中，一代又一代人的轨迹总是这样交缠着投影在彼此的命运里，斑斑驳驳，难舍难分。

多年父子成兄弟。然而这许多话，我却从没有和父亲聊过。岁月丝毫没有消减他的精力与热情，只是鬓角爬上了几缕淡淡的霜，就像后半夜才悄悄落下的雪。这荏苒而狭长的夜，我无法同他并肩而行，只能远远地望着父亲浮雕似的背影，隔着一重又一重光晕的帷幔，仿佛是庙堂里高高坐着的偶像。父亲的笑容总是那样的温厚，可又是那样的遥远。雪似乎一直在下，素白的地上，踏碎了的月光籁籁作响。父亲很久没有对我笑过了。横亘在我们中间的，是白茫茫的无边无垠的沉默。

起初，父亲给我写过几封长信，谈理想，谈人生的目标，偶尔也扯些生活的琐细。我知道在这些宏大叙述的间隙，他也像每一个普通的父母那样，从门缝里悄悄地递来关怀的目光。这些年来我却一直都没有回信，父亲对我的期望热切而又沉重，我不想说谎，也假装不出努力的样子。这些年也很少再见到父亲的笑容了。即便是在外人面前难免要做的掩饰，他的微笑也显得苦涩而勉强。更多的时候，他都是眉关紧蹙，显出担忧的神色，不厌其烦地劝诫我，要胸怀理想，要勤奋用功。然而除了理想和用功以外，再没有别的嘱托。每一次我转身离开，父亲的脸庞便蒙上了隐秘的失望和落寞，好像憋着什么话要说，却只是低下头埋在自己的纸堆里，不再看我。

父亲对儿子的失望，至多也就莫过于此吧。就算嘉勉所谓的天分，也不过是为了责难懒惰与无为做下铺垫。不论场合与时间，这句重复了无数次的话，似乎早已经让我觉得麻木了。

如同牛毛细的针，扎进厚厚的茧，只有游弋在表面的痒痛。有时候旁人还会打起圆场，说，朱墨还是用功的，用功的。我和父亲就不约而同地笑了起来，歪歪地咧着嘴，简直就像一个模子里刻出来的。

百年以前，我的祖辈开垦故乡的滩涂，总是先种上耐盐碱的草，待草长成，将土皮掀起，连同植被一起倒盖、犁平，土壤便一点一点地沤出肥力，仿佛粮食在闷热的甑里渗出酒滴。这是极其辛苦而费时的方法，每一个脚印都滋滋作响地烙进泥土，实在没有省力取巧的门路。就像少年时的父亲，每天五点都会被爷爷从被窝里叫醒，例行地临摹柳公权的书帖。自此养成了早起工作的习惯，一直延续至今。而我却已经习惯了每天睡到八点——吃早饭的时候，父亲便会不无得意地向我炫耀："看，我都已经写好一篇约稿了。"

每当此时，我便不知道应该再说些什么，或者只是沉默就好。我只能呵呵地笑，或许连笑都称不上，只是做出了笑的样子。我独自一人缅怀远逝的岁月，那时年幼的我睡在家中的客厅，而那里还兼作父亲的书房。清晨醒来，父亲的书桌上就已经亮起了萤火似的橘黄灯，在迷瞪的眼中飘飘然地游移，像是蠕动的温暖的小兽，从梦里一直爬进我的心间。我端着小板凳坐在水泥砌的阳台上，大声地读着英文课本，金色的曦光在不远处的檐瓦上粼粼地荡漾。那时的我仿佛离父亲很近，仅仅隔着一寸温柔的目光，或是一段抒情的旋律。

而今，在父亲的书桌抽屉里，有一只拳头大的白釉陶牛，线条简约而又风情万种，宛如从岩画上走出的活物。可惜断了一角一蹄，然而断面齐整，恐怕是损于旅途的颠簸。它躺在抽屉的最深处，上面摞着文件和杂物，显出遮掩的意图。二十六年前的秋天，岁值乙丑。我在大丰县人民医院呱呱坠地，父亲却阴差阳错地并没能陪在母亲身边。二十六年后，我的书桌上便多了暗红色的非洲木雕牛，宝石蓝镶彩的西班牙马赛克牛，或许，还应该算上父亲抽屉里的那只断角断蹄的陶牛。

我曾经装作不经意地问他，说还记不记得抽屉里有一只白釉陶牛，是不是在旅行箱里压坏了？父亲迟疑了一下，神情里有一种笨拙的慌张，嘴里却嘟囔着回答说，早已经不记得了。

从地图上看，一道长堤自故乡的最东边直而狭地向海中延伸，像一只长喙的水鸟的孤独侧影。和许多故事的结局一样，祖父去世几年后，我终于走到了这条海堤的尽头。春天并不总是笑靥明媚，灰色的云天和青色的海面在交界处混合出一种暧昧而感伤的白。同行的舅舅说在这里坐船向着东北航行，就能到达韩国和日本。风一直吹，厚浊而又沙哑，仿佛是穿过了一只破旧的埙。举目四望，并没有一艘航船，只有这青白驳杂的绵绵不尽的浪，在脚下密密匝匝地涌动着，矮小却强壮，好像有无数的庄稼汉背伏在地里，朝天露出光溜溜的脊梁。

打那以后，我就常常盼望能做这样一个梦。四个不修边幅的年轻人并排坐在堤坝上，赤足，蓬乱头发，眺望这片苍凉而又粗犷的海。他们的面目依稀相似。他们又环顾，相视，在彼此的眼里找到类同的热情。他们没有寒暄，只是小心翼翼地微笑。然而，直到我的青春如父辈们的青春那般一去不返，这场梦仍旧躲藏在夜晚的对岸。

年复一年，故乡的土地一寸一寸地生长，渴望发财的曾祖父，却终究没能开垦出富足的家业。当年为我的母亲所倾倒的诸多追求者中，父亲的家境或许同他彼时的身材一样单薄。而今他时常大腹便便地坐在越洋飞机的舷窗边，不知道会不会也时时想起年轻时的遗憾？北京的夜晚总是洇着酒红色的雾，宇宙的光和这个星球的灯火叠叠嶂嶂，父亲豪情万丈地对我说，这里才是人生的舞台。他大阔步地走在东三环某个小公园的路上，微微向侧前方昂起头，仰望天穹，像某个舞台剧里的伟大人物一样——夜色多少显得浅薄和轻浮，父亲的话却如火光一般炽热明亮：

"朱墨啊，人一定要有理想，要在历史上刻下自己的名字，要为了这个理想奋斗，不要等到临死了才后悔年轻时没有努力呵！"

尽管我一直低头走在他的身后，紧紧地抿着嘴唇，我却无法不被这样的演说触动。短暂的温热从脚底直涌上头顶，又从头顶流转全身，但转瞬间便意识到这只是父亲想要借予我的力量。从我父亲年幼时生活的地方，到最近的海边，经过参差的果园和棉花田，植被就渐渐地稀疏起来，终于只剩下爬满了盐蒿的滩涂。那是一种半人高的藜科植物。叶似蓬而肥壮，稀疏，据说秋日里茎叶俱红，也许那时的景色才显得壮美。阴恻恻的初春，这十几里路遍布着枯槁的衰色，像是沉在旧瓷碗底擦不去的垢。滩涂的尽头是长长的海堤，海堤的终点是一望无际的海。没有人知道海的那一边是没有休止的梦，还是会在这没有休止的等待中醒来。

告别了夜晚，我和父亲依旧行走在荏苒而狭长的日间。他像健美的力士那样锵锵地走在前面，时常回头说一些鼓励的话，有时也会露出轻快的笑颜。我很想迈开大步追上，正如他长久以来的期望。可是我不能够，亦不能言——我悄悄地拾起他遗忘在路边的行囊，束在自己的背上。

然后咧嘴一笑，作出满不在乎的模样。

最初看到儿子的这篇文字，感动、内疚、欣慰，各种情感交结在一起。我意识到，自己像许多父母一样，并没有真正走进孩子的心灵。同时，我也感觉到，儿子长大了。他有自己的人生观、价值观，有自己的生活世界和生活方式。尊重他的选择就是最好的选择，他必须为自己的选择买单。我的责任是提醒他，某一条道路上可能会遭遇什么。

另外一篇是我写父亲的文章，原文标题是《父亲的礼物》。这篇文章的故事在很多场合讲过，每一次都颇受欢迎。

要说影响我生命的关键人物，我的父亲应该是第一人。这不仅因为通常说的父母是孩子人生的第一任老师，更重要的是因为父亲在我生命中留下了不可磨灭的印记。

父亲是小学教师，最初在家乡的小镇上教书，后来到一所乡村学校担任校长。我们只有周末才能见到他，幼时对他的印象是模糊的。

父亲中师毕业，那个时代的师范生，综合素质都很高。我曾看过他拉手风琴的照片，那是一个洋溢着青春气息的年轻人。遗憾的是，他音乐方面的才能没有遗传给我，也没能让音乐始终伴随他自己的人生。

"文革"期间，父亲曾经带我去他工作的乡村小学。看到校园里贴满了批判他的"大字报"，我惊恐万分，他却不动声色。他那如山一般的静默沉稳，让我也不知不觉镇定下来。

晚上，校园里只剩下我们父子俩，这时我听到了父亲的歌声。虽然他不再操琴，但开心时会情不自禁地唱起歌来。半夜里，我听到了"猫叫"，我呼唤父亲，他却开心地笑了起来，说是他在吓唬房间里的老鼠。

父亲在家的时候，话不多，因而常害得我们兄妹久久地揣摩他的心思。在母亲打我们的时候，我们天真地跑到父亲那里告状，他也耐心地、煞有介事地"倾听"。现在我做父亲了，才知道，他们其实是"穿一条裤子"的。

父亲的敬业精神更是给我们留下了深刻的印象。无论是当小学老师、小学校长，还是后来当镇里的文教助理、县聋哑学校的校长，他都兢兢业业，全身心地投入工作。他曾自豪地对我说："我要么不做，要做就做最好的。"我的父亲，小镇上的一位普通教师，却被评为"全国模范教师"，这份荣誉或许就是对他多年追求的最好褒奖。

大概从我读小学一年级开始，父亲每天早晨 5 点 30 分就会准时把我从床上拖起来，叫我做一件我很讨厌的事：习字。无论是酷热难熬的夏日，还是滴水成冰的冬天，都要千篇一律地临摹柳公权字帖。其实，我也是小和尚念经——有口无心，自然是没有练好字。尽管如今我的毛笔字还过得去，也有人说我的字有"风骨"，但终究没能成为书法家。

只是歪打正着，有心练字，字未练好，却让我养成了一个好习惯：早晨睁眼即起，每天的工作时间比一般人至少多两个小时。当人们还在梦中酣睡时，我已经挑灯早读了；当人们起床洗漱时，我已经工作了两个多小时。

小时候我经常埋怨父亲，甚至在心里把他比作《半夜鸡叫》里的周扒皮。现在看来，这是父亲送给我最大的人生财富。如果每天比别人多工作两个小时，1 年就多了 730 个小时，50 年就多了 36500 个小时，也就是多了 1520 天，按照每天工作 8 小时来算，差不多延长了 12 年的生命！而且这每 1 分钟都是有效的生命！

2006 年 2 月 18 日，父亲永远地离开了我们。但是，当我每天早晨 5 点左右起床，在写字台前伏案工作的时候，脑海里经常会浮现出他的身影。是他，培养了我人生最好的习惯——早起。

我曾经说过，一个人真正懂得父亲，一生中要经过两次的淬炼。一次是成为父亲，一次是失去父亲。成为父亲，才知道当父亲不容易。失去父亲，才知道什么叫父爱如山。在很多家庭，父亲虽然往往更喜欢女儿，与女儿的关系看似更加紧密，把女儿视为"小棉袄"，但是，父亲往往是男儿的第一个榜样，人生的第一个生命原型。父亲的角色在家庭中是不可或缺的。

在《母爱的学问：名家忆母亲》中我曾经说过，与一般的选本不一样的是，我是用一双教育的眼睛来选编的。我希望，这本书，不是一般的文学作品，而是兼具文学性与教育性的读本。《父爱的力量：名人忆父亲》也是如此。

几年前就开始准备这本书。为了选编这本小书，我们查找翻阅了中外数百篇关于父亲的文章，初定稿就有 91 篇文章，做了三个不同的版本。在撰写评点文字和最后定稿的过程之中，经过反复筛选，压缩到 40 篇。有许多文学家、科学家、社会名流回忆自己的父亲，感人肺腑，让人潸然泪下，但是与教育无关，我们不得不割爱了。当然，由于视野的局限，更可能不少富有教育意蕴的好文章被遗漏了。特别可惜的是，由于版权等原因，格雷戈里·海明威、弗兰茨·卡夫卡、奥尔罕·帕慕克、和芥川比吕志等国外名人回忆父亲的文章没有能够收录其中，文学家以外的名家也相对较少。期待以后有机会增补完善。

与《母爱的学问》根据作者的出生时间先后排序不同，这本《父爱的力量》把文章内容按照主题分类四编，第一编"无言的爱"讲述的是普通平凡的父亲如何培养出不平凡的孩子的故事；第二编"诗书传家"讲述了家学渊源，以及族群与代际之间的传承；第三编"岁月的印记"讲述了文化记忆中的父亲；第四编"分离与成长"讲述的是父亲的"离开"（去世）与孩子的"成长"。另外，为了突出文章的个性，避免过多的标题重复，我根据文章的中心内容和关键词语，对部分文章的标题进行了重拟，敬请原作者理解和原谅。感谢本书的原作者及其版权所有人的大力支持。本书所选文章已经委托中国文字著作权协会办理稿酬事宜。

这本书的出版得到了团结出版社的大力支持。梁光玉社长、李可总编辑助理和编辑张晓杰为这本书能够在父亲节之际出版加班加点，付出了辛勤努力，在此表示衷心的感谢。

我要特别感谢苏州大学新教育研究院的李筱寅、杨帆、张伊凡、陶奕阳等同学，感谢新家庭教育研究院的研究员岳坤。在成书的过程之中，他们协助我做了大量文献收集、资料核查等具体工作，其中，李筱寅同学对全书内容编排提出了建设性意见，并且对全书进行了认真的校对，岳坤帮助我梳理了国外研究父亲的有关文献。

　　这本书在 2022 年父亲节之际出版，也祝天下父亲幸福康安！祝年轻的父亲能够向书中的父亲学习，成为一个好父亲！

朱永新

2022 年父亲节前夕定稿于北京滴石斋

参考文献

1. 残雪. 把生活变成艺术：我的人生笔记. 长春：时代文艺出版社，2007.

2. 曹聚仁. 我与我的世界·曹聚仁回忆录：浮过了生命海. 上海：生活·读书·新知三联书店，2011.

3. 陈琮瑛，李星华等著. 烈士亲属的回忆. 北京：中国青年出版社，1958.

4. 陈忠实. 家之脉. 广州：广州出版社，2000.

5. 陈祖芬. 祖国高于一切. 北京：作家出版社，2009.

6. 读者丛书编辑组编. 若时光倒流，我依然如初. 兰州：甘肃人民出版社，2020.

7. 丰子恺. 丰子恺全集：艺术理论艺术杂著卷（三）. 北京：海豚出版社，2016.

8. 李海鸣. 他，躺在乡间的小路旁. 人民文学，1983（07）.

9. 李霁野. 李霁野文集（第1卷）. 天津：百花文艺出版社，2003.

10. 李健吾. 李健吾散文集. 宁夏：宁夏人民出版社, 1986.

11. 李开复. 回忆我的父亲. 21 世纪. 2009（12）.

12. 梁漱溟. 梁漱溟全集（第 2 卷）. 济南：山东人民出版社, 2005.

13. 梁文蔷. 长相思：梁实秋与程季淑. 北京：商务印书馆, 2013.

14. 梁晓声. 父亲的演员生涯. 上海采风, 2016（02）.

15. 林海音. 城南旧事. 北京：现代出版社, 2017.

16. 林清玄. 期待父亲的笑. 小作家选刊, 2002（12）.

17. 刘墉. 父亲的画面. 少年文艺·我爱写作文, 2014（07）.

18. 鲁彦著, 沈斯亨编. 鲁彦散文选集. 天津：百花文艺出版社, 1982.

19. 罗兰. 罗兰散文（上）. 深圳：海天出版社, 1996.

20. 茅盾. 茅盾自传. 南京：江苏文艺出版社, 1996.

21. 牛汉. 牛汉诗文集·散文卷. 北京：人民文学出版社, 2010.

22. 潘向黎. 梅边消息：潘向黎读古诗. 北京：十月文艺出版社, 2018.

23. 齐白石口述；张次溪笔录. 白石老人自述. 长沙：岳麓书社, 1986.

24. 汪曾祺. 多年父子成兄弟. 福建文学, 1991（01）.

25. 王西彦. 王西彦选集（第五卷）. 成都：四川文艺出版社，1986.

26. 吴冠中. 父爱之舟. 少年文摘，2006（01）.

27. 吴小如. 赋得三十五年早春. 长春：吉林摄影出版社，1999.

28. 席慕蓉. 给我一个岛. 武汉：长江文艺出版社，2014.

29. 肖复兴. 当代名家精品文库：肖复兴卷. 成都：四川人民出版社，1997.

30. 杨振宁. 父亲和我. 文汇报，1998-03-17.

31. 叶兆言. 我的人生笔记：名与身随. 长春：时代文艺出版社，2006.

32. 叶至善. 叶至善集：散文集. 北京：开明出版社，2014.

33. 余华. 没有一种生活是可惜的. 西安：陕西师范大学出版社总社，2019.

34. 余秋雨主编. 纯情经典. 长春：时代文艺出版社，1999.

35. 张建星. 书祭. 天津：百花文艺出版社，1990.

36. 张曼菱. 中国布衣. 北京：中国工人出版社，2002.

37. 赵丽宏. 赵丽宏散文精选. 武汉：长江文艺出版社，2016.

38. 周海婴. 记忆中的父亲. 意林（金故事），2007（4）.

39. 朱自清. 背影：朱自清散文选. 北京：中国三峡出版社，2010.

40. 忆明珠. 忆明珠散文选. 上海：上海文化出版社，2003.